× 서문 ×

센트럴에서 존재 자체를 인정하지 않는 외경[1]에는 우리가 알던 것과는 다른 역사가 적혀있다. 외경의 창세기에서 이르길 그 옛날 선주민 암스트롱과 올드린은 처음으로 '바깥'에서 이곳에 도착했다. 거대한 배를 타고 선주민들이 하나, 둘씩 모여들었다. 그들이 살고 있던 곳에서는 존재하지 않는 것을 얻기 위해 이 땅에 정착했다.

선주민들은 우리의 땅을 '달'이라 불렀다. 그들은 도시를 만들기 이전에 땅 밑에서 '무엇'인가를 발견했다. 그들은 그것을 '요람'이라 불렀다. 요람이라는 것이 무엇인지는 알 수 없었으나 센트럴이 감추고자 하는 역사의 빈 페이지와 직접적으로 연결이 되는 것임은 틀림이 없다.

선주민들은 '요람'을 둘러싸고 갈라져서 싸우기 시작했고 결국 서로의 뜻을 관철시키기 위해 전쟁을 일으켰다. 밤낮을 가리지 않는 치열한 전쟁이었다. 외경에서는 이 전쟁을 '달'과 '지구'의 결별 전쟁이라 일컬었다. 그들의 전쟁이 어떻게 끝났는지는 알 수 없었다. 분명한 것은 달의 주민들 역시 편을 갈라 싸웠으며, 지구의 편을 든 이들은 전쟁에서

---
[1] 센트럴에서 공식적으로 인정한 성경(지구의 성경과는 다르다)에서 배제된 경전들을 뜻한다. 주로 도시의 초기 성립 이전 시대의 이야기를 다루고 있는 신화와 전설에 관련된 내용이 많다. 외경 중 특히 도시의 기원을 다루는 창세기의 내용에 관해서는 센트럴이 금기시하며, 관련 내용을 읽거나 소유하는 것만으로도 센트럴보안법 위반으로 즉결 처분이 가능하다.

월면도시 PART1: 일광욕의 날

패배한 뒤 승자들에게 숙청 당했을 것으로 추정된다. 결별 전쟁이 끝난 뒤 북쪽 외부지역 너머로 달의 반대편은 완전히 폐쇄되어 접근이 불가능하다. 필자는 그 너머에 창세기 속 선주민들의 버려진 도시가 있을지도 모른다는 가설을 세웠다.

- 중략 -

하지만 일광욕의 날이 일어난 이후 도시 곳곳에서 심상치 않은 조짐들이 나타나고 있다. 센트럴이 감추고 있는 비밀과 밀접한 연관이 있을 것이라 추정한다. 하지만 센트럴은 이 문제들을 해결하기는커녕 존재 자체를 인정하려 하지 않는다. 자신들이 만들어낸 조작된 역사를 지키기 위해 조사국이라는 무소불위의 권력을 휘두르는 데만 집중하고 있다. 이제는 역사의 가림막을 치우고 진실과 마주해야할 때다.

올드타운 매거진 기자 (미르 창) 저서
〈흑막과 적막: 그 날의 진실〉 서문

프롤로그 · 서문 ◆ 002

재현 ◆ 007
김동식

진시황의 바다 ◆ 035
정명섭

제13호 ◆ 089
김선민

하드보일드와 블루베리타르트 ◆ 137
홍지운

가마솥 ◆ 189
김창규

예약 손님 ◆ 225
최지혜

에필로그 : 너울 ◆ 287
추천사 ◆ 303
부록 : 월면도시 연대기 ◆ 318
부록 : 월면도시 콘셉트 일러스트 ◆ 322

재현

김동식

2016년 5월부터 1년 반 동안 인터넷 커뮤니티에 올렸던 단편소설을 모아 『회색 인간』, 『세상에서 가장 약한 요괴』, 『13일의 김남우』를 출간했다. 지금까지 8권의 소설집을 출간했고, 『명신학교에 오신 걸 환영합니다』, 『몬스터: 한밤의 목소리』, 『일상 감시구역』 등 다수의 앤솔러지에 참여했다.

× '일광욕의 날'로부터 19년 11개월 후 ×

 달의 변방, 위성도시 '마레'는 세 가문이 지탱하던 도시다. 자경단 가문 펄, 교육의 가문 체페슈, 무역의 가문 브램. 폐쇄적인 도시 마레에서는 센트럴보다도 위세가 대단한 가문들이었지만, 지금은 노인들이나 기억하는 잊힌 과거의 영광이었다. 현대의 마레는 모두가 평등한 민주적이고 평화로운 도시다.
 한데 지금, 평화롭던 그 도시에 흉흉한 소문이 나돌고 있었다.
 "들었어? 괴물에게 당한 시체가 또 나타났대!"
 "끔찍해! 그 괴물에게 당하면 우주 밖으로 떨어진 것처럼 얼어버린다며?"
 "아니야. 색깔을 빼앗겨서 새하얗게 변한대!"
 아이들이 호기심으로 소비하는 모습을 보며, 마크는 인상을 찌푸렸다. 그가 이 극비 사건을 담당하고 있기 때문이다. 어린아이들한테까지 소문이 도는 게 반가울 수가 없었다.
 "빌어먹을, 도대체 목적이 뭐야?"
 마크는 많은 살인 사건을 담당해왔지만, 이번만큼 이해할 수 없는 사건은 처음이었다. 아이들을 지나쳐 레스토랑 안으로 들어선 마크는 털썩 자리에 앉아 외쳤다.
 "여기 티본 스테이크 레어에 레드와인 하나!"

근무 시간에 술을 마시면 안 되겠지만, 내내 그 끔찍한 시체를 조사하고 온 마크는 술을 안 마시려야 안 마실 수가 없었다. 지금도 잠시 그 시체를 떠올린 순간, 그는 황급히 외쳤다.

"아니아니! 스테이크 웰던에 화이트 와인으로!"

그가 조사한 그 시체에는 피가 한 방울도 남아 있지 않았다. 혈관을 뚫은 구멍을 통해 모든 피가 빨려나가 있었다. 그것이 그가 도대체 이 사건을 이해할 수 없는 이유였다. 도대체 왜 피를 가져갔을까? 그동안 온갖 시체를 봐왔지만, 이런 건 처음이었다. 심지어는 소문처럼 인간의 짓이 아니라는 생각까지도 들 정도였다. 하지만 그래서는 안 됐다. 달의 도시에서 그런 정체불명의 존재는 대혼란을 불러올 게 뻔했다. 안 그래도 다른 도시의 기묘한 소문이 흉흉한 시절이다. 반드시, 이 범죄는 인간의 짓이어야만 했다.

"그럼 도대체 어떤 사이코 새끼야? 아니, 새끼들인가?"

식탁 위에 태블릿을 펼친 마크는 음식이 나오기 전까지 사건을 정리해보기로 했다.

일단 피해자는 모두 여섯. 대부분 도시의 외곽에서 발견되었고, 다섯 명까지는 모두 부랑자들이었다. 한데 어제 발생한 시체는 젊은 직장인 여성에다가 시체가 발견된 현장도 직장 건물의 뒷골목이었다. 이 말은, 시체의 모든 피를 뽑아내는 방식이 생각보다 번거롭거나 복잡하지 않을 수도 있다는 말이었다. 증거 하나 남기지 않고 말이다.

"왜? 어떻게? 무엇으로?"

마크는 머리를 벅벅 긁었다. 도무지 하나도 감이 오질 않았다. 다만 한 가지, 쾌락에 의한 살인이 아닌 필요에 의한 살인이라고 생각되었다. 현장에 낭비된 피의 흔적이 거의 없다는 게 그랬다. 대량의 피가 필요한 이유가 뭘까?

고민하던 마크는 스테이크가 나와서 태블릿을 집어넣었다. 일단 배부터 채울 요량으로 핏기 없는 스테이크를 찍어든 그때, 폰이 울렸다. 후배 맥스였다.

[선배님! 일곱, 여덟 번째 시체가 발견됐습니다! 그, 근데 언론에서 먼저 취재를 해간 것 같습니다!]

"뭐야? 이런 씨!"

마크의 얼굴이 일그러졌다. 아니나 다를까, 레스토랑 스크린에서 뉴스가 나왔다.

[온 몸에 피가 빨린 시체를 본 적이 있습니까? 소문은 사실이었습니다! 정체를 알 수 없는 무언가가 인간을 습격하고 있습니다!]

마크는 골치 아픈 얼굴로 고개를 흔들었다. 아무래도 혼란은 막을 수 없을 것 같았다. 정체를 알 수 없는 괴물이 아니라, 인간의 범죄라고 주장하는 수밖에는.

마크는 채 음식을 다 먹지도 못하고 레스토랑을 나섰다. 결제한 크레딧이 아까웠지만, 지금은 어쩔 수 없다.

×

"그러니까, 연쇄 살인마의 범죄란 말이죠?"

기자는 날카로운 눈빛으로 물었다. 마크는 고개를 끄덕이며 미리 준비한 대사를 읊었다.

"예. 모두 동일 수법에 비슷한 구역에서 벌어진 일입니다. 원래 연쇄 살인은 이번 경우처럼 특이성을 띄는 경우가 많습니다. 과거에 '칠 엑스'의 경우에도 피해자들의 배꼽을 도려낸 특징이 있었고, '웅쯔'는 피해자의 모든 체모를 밀었던 특징이 있었습니다."

"그렇습니까? 하지만 이 경우는 너무 과하지 않습니까? 피를 다 뽑다니요. 비효율적이고 말입니다. 시체가 발견된 현장과 살인 현장이 같다고 들었는데, 이렇게까지 할 이유가 있겠습니까?"

"그건 범인이 과한 집착과 편집증이 있었을 경우······."

기자는 변명하려던 마크의 말을 끊으며 물었다.

"그럼, 이유가 뭐죠?"

"예?"

"온몸의 피를 뽑아간 이유 말입니다. 살인이 목적이 아닌, 피가 목적인 것 같은 그 행위의 이유가 뭐냐는 말입니다."

마크는 대답할 말을 찾지 못해 침묵했다. 기자는 자리

에서 일어났다.

"알겠습니다. 인터뷰 감사드립니다."

"아, 저!"

마크는 떠나가는 기자를 붙잡고 싶었지만, 그러지 못했다. 그에게는 붙잡을 만한 답변이 없었다.

×

[외계인의 짓인가, 귀신의 짓인가, 그것도 아니면 소문으로만 듣던 비순수인 괴물인가? 정체를 알 수 없는 피의 살인!]

"빌어먹을!"

사무실 자리에 앉아 TV를 보던 마크는 방송 타이틀을 보며 욕설을 내뱉었다. 언론이라는 것들은 그저 자극적인 것만 쫓아다니지, 치안과 안정 따위에는 관심이 없다. 벌써 도시의 분위기가 흐트러지고 있었다. 지금이야 외출을 자제하는 정도겠지만, 최악까지 간다면 주민의 도시 이주까지도 벌어질지 모른다. 그렇게 됐을 때 과연 센트럴이 마레를 지금처럼 방관할까? 보존 목적이라는 명분으로 격리된 마레의 특수성이 사라진다면, 지금 같은 평화도 함께 사라질 게 분명했다. 마레의 존재 자체를 반대했던 몇몇 센트럴 위원들에게 명분이 주어진다면, 마레의 미래는 통제를 넘어 삭제일지도 모른다. 마레의 격리 폐쇄성은 지켜져야만 했다.

지금 당장 범인을 잡는 것보다, 범인이 인간이라는 걸 밝혀내는 게 더 급했다. 마크는 스크린에서 시선을 떼며 앞에 서 있던 맥스에게 물었다.

"열두 번째 시체도 나왔다고? 간격이 더 짧아지고 있다는 말이네?"

"예. 어마무시합니다. 발견하지 못했던 시체들도 속속들이."

"그런데도 증거가 하나도 없고?"

"아, 예. 그게 참……."

"미치겠네! 정체가 뭐야 도대체? 과거에는 이런 일이 전혀 없었지?"

"제가 아는 한은 없습니다."

마크는 답답한 얼굴로 머리를 벅벅 긁으며 말했다.

"누가 좀 알려줘라, 제발 좀!"

마크는 그냥 한 말이었지만, 맥스가 조심스럽게 대답했다.

"저기, 혹시 그분은 아시지 않을까요?"

"누가? 누구?"

"'체페슈' 가문의 가주 말입니다."

"체페슈 가주? 아!"

마크의 눈이 번쩍했다. 교육의 가문 체페슈! 지금은 잊혀 명맥만 유지하는 가문이라지만, 그 늙은 가주는 한때 모르는 게 없다고 소문이 난 지성이었다. 혹시 그라면 무언가를 알지 않을까?

"그래, 그 노인은 뭔가를 알지도 모르겠다. 왜 그 생각을 못했지?"

"3대 가문이 이십년 전 '그 사고' 이후 워낙 밖으로 나오질 않으니까……."

"아! 그 일광욕의 날……. 그래, 그럼 내가 찾아가야겠지. 밖으로 나오질 않는다면 말이야."

마크는 체페슈 가문으로 가는 길을 떠올렸다.

×

도시의 외곽. 체페슈 가문의 사유지 안으로 마크가 들어섰다. 정원을 지난 그의 목적지는 직사각형으로 생긴 새하얀 건물이었다. 그 현관 앞에 도달한 마크는 벨을 눌렀고, 초록빛 레이저가 그를 한 번 스캔했다. 뒤이어 노인의 목소리가 들려왔다.

[불손한 자는 아니구먼. 들어오게나.]

기계음과 함께 문이 열리고, 마크가 안으로 들어섰다. 조명이 켜진 방향으로 눈치껏 걸어간 마크는 한 방문 앞에 서서 노크했다.

"안녕하십니까? 경관 마크라고 합니다. 어르신의 지혜를 빌리고자 찾아왔습니다."

"들어오게."

방안으로 들어선 마크는 흑발의 노인을 보았다. 검은

잠옷 차림의 노인은 침대보다도 넓은 크기의 책상을 두고 앉아 있었다. 그는 책상의 앞을 가리키며 말했다.

"반갑네. 난 게일 체페슈라고 하네. 이리와 앉지."

마크는 의자에 앉으며 게일을 관찰했다. 늙어 쭈글쭈글한 피부에 눈이 반쯤은 묻혀있었지만, 왠지 모를 깊이가 느껴졌다.

"그래, 무엇을 묻고 싶어서 왔나?"

"아, 네."

게일의 질문에 마크는 단도직입적으로 말했다.

"뉴스를 보셨는지 모르겠지만, 최근 도시에 희한한 연쇄 살인이 벌어지고 있습니다. 매우 빠른 주기로, 현재는 피해자가 열 명이 넘습니다."

"온몸의 피가 다 빨린 시체들?"

"아, 네! 그렇습니다. 아신다면 이야기가 빠르겠습니다. 혹시, 비슷한 사건을 알고 계십니까?"

"흠."

게일은 턱을 매만지며 말했다.

"내가 알기로 이 도시의 역사 속에서, 그리고 이 달의 역사 속에서도 그런 일은 없었네."

"아, 그렇습니까?"

마크는 맥이 빠진 얼굴로 힘을 뺐다. 한데, 게일의 말은 그게 끝이 아니었다.

"하지만 짐작 가는 건 있긴 하지."

"예? 있습니까?"

마크의 목소리가 높아졌다.

"무엇입니까?"

"그건 말이야……."

게일은 잠깐 고민하는 듯 턱을 매만지다가 고개를 끄덕였다.

"살다 보니 우리 가문의 보물을 외부인에게 보여줄 날도 오는군."

"네?"

자리에서 일어난 게일은 등 뒤의 벽으로 가 장치를 건드렸다. 벽에 숨겨진 금고가 드러나자, 마크는 긴장했다. 한때 도시를 호령하던 가문의 비밀 금고에 숨겨진 보물이라니?

열린 금고 속에서 게일이 꺼내온 것은 한 권의 낡은 책이었다. 마크가 궁금한 얼굴로 바라보자 노인이 웃으며 말했다.

"고작 책 한 권이 보물이라고 한다면 우습게 보일지도 몰라. 책이 아닌 시간이 보물인 거겠지. 이해하겠나?"

"무슨 말씀이십니까?"

"알겠지만, 체페슈, 브램, 펄. 세 가문은 아주 유서 깊은 가문이야. 한때는 센트럴 권력의 최중심이었던 적도 있지. 지금이야 이 곳으로 밀려났지만, 문화 정통성으로만 본다면 마레가 센트럴보다 더 위대하지."

그렇다기엔 마레의 규모가 센트럴의 발끝도 안 된다는 말을 마크는 속으로 삼켰다.

"체페슈, 브램, 펄. 이 세 가문은 달의 역사가 시작되는 날부터 존재했어. 그것은 각 가문의 자부심이자 정체성이야. 그런데……."

게일은 낡은 책의 겉을 사랑스럽게 쓰다듬으며 말했다.

"이 책은 달의 역사보다도 오래된 책이야. 이 책이 나올 때 달의 도시들은 존재하지도 않았을 거야."

"그렇게나!"

마크의 눈이 커졌다. 낡은 책이 달라 보였다. 게일은 책장을 천천히 넘기며 말했다.

"이 책은 내 아버지의 아버지의 아버지의 아버지의…… 몇 대를 걸쳐 소중히 지켜진 가보야. 이 책은 한 존재에 관한 소설이지. 그는 고귀한 귀족이고, 엄청난 능력을 가진 인간 위의 존재야. 영원히 살고, 종복을 거느리고, 어디든 갈 수 있는 어둠의 지배자인 그 인물의 이름은……."

잠시 말을 줄인 게일은, 신성한 이름을 읊조리듯 속삭였다.

"드라큘라."

마크가 긴장한 얼굴로 되물었다.

"드라……큘라? 그게 뭡니까?"

게일은 질문에 대한 대답 대신 이어 말했다.

"그리고 결정적인 그의 특징으로는 흡혈이 있지."

"흡혈? 아! 흡혈이라면……?"

"그래. 인간의 피를 빨아먹는 거야."

마크의 눈이 흔들렸다. 그는 심각하게 물었다.

"그 말은 설마, 그동안의 살인 사건들이 드라큘라란 괴물의 소행이란 말씀입니까?"

"아니, 난 괴물을 믿지 않아. 드라큘라는 어디까지나 소설 속 가상의 존재에 불과해. 하지만 그 시체를 두고 생각나는 게 있다면, 드라큘라 밖에는 없겠지."

"무슨…… 말씀이신지?"

마크가 의문에 찬 시선을 던지자, 책장을 넘기던 게일이 어느 페이지에서 멈추며 물었다.

"브램 가문의 저택을 본 적이 있나?"

"예. 어릴 때 본 적이 있습니다."

"특이하게 생긴 건물이지. 그렇게 비효율적인 건축 양식은 이 달에서도 유일할 거야. 그런 걸 고딕 양식 건축물이라고 부르는데, 바로 이런 형태지."

게일이 앞으로 내민 책의 페이지에는 한 건물의 삽화가 있었고, 그것은 마크의 눈에도 익숙한 모양새였다.

"이건, 브램 가문의 저택?"

"그래. 고딕 양식으로 지어진 유일한 달의 건물이야."

혼란스러워하는 마크에게 게일이 말했다.

"이 책은 우리 가문의 선조가 브램 가문에게서 가져온

책이야. 이 책의 원래 주인은 브램 가문이라는 거지."

"그 말은."

"브램 가문은 드라큘라가 뭔지 알아. 그리고 그 오래된 지식을 안다는 것은 그들의 자부심이지. 드라큘라는 달의 역사보다도 오래된 존재니까."

"음……."

머리가 복잡해진 마크의 미간이 좁아졌다. 게일은 책을 쓰다듬으며 말했다.

"무역의 가문이라고 불리는 브램의 흑역사를 아는가? 멍청하게도 센트럴을 믿었다가 파산 직전까지 갔었던 때가 있었지. 그때 브램이 다 내놓아도 마지막까지 내어놓지 않던 게 바로 이 책이야. 우리 체폐슈가 브램의 재건을 약속하지 않았다면, 죽어도 내어놓지 않았을 걸?"

"아."

"자네는 향수병을 얼마나 믿나? 핏줄을 타고 흐르는 향수병 말이야."

"예?"

"달의 시작과 함께한 가문의 핏줄에는 절대 지워질 수 없는 향수병이 존재해. 우리의 진정한 고향은 따로 있고, 언젠가는 고향으로 돌아갈 것이라는 향수병 말이야. 몇 세대가 지나도 그 향수병은 절대 씻어지지 않아. 유서 깊은 집안일수록 더더욱. 그건 나도 마찬가지야. 이 책이 우리 체폐슈 가문의 보물인 것만 봐도 알겠지. 나는 이해해. 전적으로 이해해."

게일은 책장을 덮어 소중히 당기며 말했다.

"핏줄을 타고 흐르는 향수병은 역설적으로 가문의 자부심이자 정체성이야. 몇 대를 걸쳐 말로만 전해졌다면 의미가 희미해졌을 수도 있지. 하지만 이렇게 달의 역사보다도 오래된 실물이 존재한다면, 핏줄에 흐르는 향수병은 결코 옅어지지 않아."

책 표지를 쓰다듬던 게일의 눈빛이 변했다.

"하지만 지금은 가문이 기울었지. 자부심과 정체성을 잃어버리고 있어. 그래서 더 매달리게 되는 거야. 이런 것에."

책을 두드린 게일은 말했다.

"브램 가문은 '재현'하고 싶은 걸지도 모르겠어."

"재현?"

"어떻게 해도 향수병의 근원으로 다시 돌아갈 수 없어. 어쩌면 그것이 피를 이어 내려온 가문의 유일한 염원이었을 수도 있었겠지만, 가문이 기울면서 더욱 불가능해졌지. 그렇다면 차라리, 향수병의 근원을 이 세상에서 재현하는 게 어떨까? 가문이 끝나기 전에, 최소한 그렇게라도 말이야."

"아……?"

"난 이해해. 브램 가문을 충분히 이해해. 그가 지금 '드라큘라'를 이 도시에 재현하고 있다고 해도 말이야."

"재현……?"

마크는 소름이 돋았다. 게일의 말이 사실일까? 그렇다면,

"제가 듣기로 브램 가문의 핏줄은……."

"유일하지. 왈리 브램. 한때 도시 최고의 공학자였던 왈리 브램말이야. 자식들을 모두 잃고 미쳤다는 소문이 돌던 그 왈리 브램."

마크는 자리에서 벌떡 일어났다. 인간의 온몸에서 피를 추출하는 방법, 왈리 브램이라면 가능하지 않을까?

"감사합니다. 제가 지금,"

"그래. 얼른 가보게. 부디 내 추론이 틀리길 바라네."

마크는 빠른 걸음으로 방을 빠져나갔다. 그가 체폐슈 가문의 정원을 지나가는 동안, 맥스에게서 전화가 도착했다.

[또 시신이 발견됐습니다. 벌써 열일곱 번째입니다. 뉴스가 나간 뒤 범인의 활동이 더 활발해지는 걸까요? 현재 실종자 신고도…….]

마크의 발걸음이 점점 더 빨라졌다.

×

"고딕 양식이라고?"

마크는 솟아오른 건축물을 올려다보았다. 도시 외곽에 위치한 브램 가문의 저택이다. 그는 다시 한 번 브램 가

문의 벨을 눌렀다. 이미 10분 전부터 아무런 반응이 없는 벨을 말이다.

"빌어먹을, 이 큰 건물에 사람이 하나 없다고?"

마크는 쾅쾅 문을 두드리기 시작했다.

"계십니까! 왈리 브램 선생님! 계십니까! 안에 아무도 없습니까!"

점점 마구잡이로 문을 두드릴 때, 응답은 등 뒤에서 들려왔다.

"무슨 일인가?"

"!"

화들짝 놀라 돌아본 마크의 눈에 백발의 노인이 들어왔다.

"내 집에 무슨 용무지?"

"아! 왈리 브램 선생님? 안녕하십니까, 저는 경관 마크입니다."

급히 돌아선 마크는 정중히 고개 숙이며 왈리를 관찰했다. 허리가 꼿꼿이 선 강인한 인상의 노인인데, 무거워 보이는 큰 가방을 거뜬히 메고 있었다. 정신이 이상해졌단 소문은 거짓이었는지, 눈빛이 선명했다.

왈리 브램은 마크를 아래위로 훑으며 말했다.

"내 집 문을 부술 생각으로 왔나?"

"아, 죄송합니다. 실은 수사에 협조를 구하고자 찾아왔습니다."

"협조?"

월리는 마크를 지나치며 문을 열고 들어섰다. 그리고 돌아서, 끼어들 틈 없이 문을 닫으며 말했다.

"협조할 것 없으니까 돌아가게."

"아! 저기! 선생님!"

그대로 닫힌 문을 향해 마크는 소리쳤다.

"선생님! 수사에 협조 부탁드립니다!"

"협조를 바란다면 영장을 들고 오던가."

"아니, 그!"

문 너머로 들려온 마지막 말 이후, 더 이상의 응답은 없었다. 마크는 몇 번 더 문을 두드리다가 돌아설 수밖에 없었다.

"그래, 절대 돌아다니지 않는다던 소문과는 달리 외출은 한다는 거지? 한번 보자고."

사무실로 돌아온 마크는 당장 상부에 압수 수색을 요청했다. 그러나 돌아오는 대답은 불가였다. 그의 상사는 단호하게 말했다.

"안 돼. 증거도 없이 그러는 것도 기가 막힌데, 브램 가문이라고? 브램 가문은 성역이야."

"아니, 다 망해가는 가문이 뭐가 있다고 말입니까? 수십 년 전에 후손을 모두 잃은 그 사고 이후로 본 적이 없는데."

"겉으로 보기에야 그렇겠지. 고위층에 3대 가문과 크

고 작게 인연이 있는 인물들이 얼마나 많은 줄 알아? 행사할 영향력이 없다고 해도 늙은이들 사이에선 3대 가문은 성역이라고. 그리고 이 작은 마레에서 그나마 센트럴에 목소리를 낼 수 있는 것도 그들 가문뿐이야. 절대 건드릴 수 없지."

"아니 그래도, 사건 해결의 실마리가 그 가문에 있는데!"

"다른 방법을 찾아봐."

압수수색을 포기한 마크는 상사의 말대로 다른 방법을 강구했다. 불법 잠입 수색이다. 하지만 고딕 양식 건물에 대한 정보가 없었고, 그는 다시 지혜를 빌리기 위해 게일 체폐슈를 찾았다.

"브램 가문에 침입할 생각이라고?"

"예. 그 방법밖에는 없어서 말입니다. 근데 내부가 알려진 적이 없는 건물이라, 혹시 정보가 있으실까 해서 찾아왔습니다."

"나도 정확히 기억은 안 나네만…… 브램 가문이 고딕 건축물을 충실히 재현했다면, 매우 허술할 거야. 현대 건물처럼 보안이 훌륭하지는 않거든. 정문 앞까지는 갔다고? 적어도 하인들이 드나들 작은 뒷문이 존재할 거야. 보통 주방이나 창고와 연결되어 있지."

몇 가지 정보를 얻은 마크는 늦은 밤 몰래 브램 가문의 저택을 찾아갔다. 게일의 말대로 건물 뒤쪽에 작은 뒷문이 존재했고, 마크는 조심스럽게 손잡이를 당겼다. 나무 문 특유의 소음과 함께 열린 너머, 불빛이 없는 동굴 같은 통로가 드러났다. 마크는 최대한 소리를 죽인 걸음으로 통로를 통과했다. 통로의 끝에서 꺾인 공간을 돌아 나온 순간, 마크는 당황했다. 곧바로 거대한 홀이 드러났기 때문이다. 입구인 가장자리보다 반 층이 낮아서 지하의 투박함이 그대로 드러난 그 홀의 중앙에는 마크가 처음 보는 구조물이 서 있었다.

"뭐지, 저건?"

일단 마크는 핸드폰을 꺼내서 구조물의 사진을 찍었다. 한데 그 불빛이 번쩍하는 순간,

"누구냐!"

구조물 뒤편에서 왈리 브램이 튀어나왔다. 짧은 순간, 마크는 도망을 고민했다. 그러나 왈리의 옷차림을 확인한 그는 지금 여기서 증거를 확인하기로 마음을 바꿨다.

"마크 경관입니다."

다음 순간, 홀의 불이 켜지며 허름한 작업복 차림의 왈리가 드러났다. 더러운 얼룩이 많았지만, 마크가 찾던 핏자국은 없었다.

"하! 불법 주거 침입하는 경관이라?"

"죄송합니다."

차가운 왈리의 시선을 받던 마크는 이 상황을 타개할

말을 빠르게 내뱉었다.

"혹시, 드라큘라를 아십니까?"

왈리의 눈빛이 변했다.

"자네가 그 단어를 어떻게 알지?"

대답 없이 시선만 던지는 마크를 가만히 바라보던 왈리는 돌아서며 말했다.

"내려오게."

홀로 내려온 마크는 왈리의 뒤를 따라 다른 출구로 나섰다. 금세 주방으로 보이는 곳에 도착한 두 사람은 탁자를 두고 앉았고, 왈리가 물었다.

"드라큘라가 뭔지 아나?"

"흡혈하는 괴물입니다."

"으음. 어떻게 알았지?"

마크는 체폐슈를 언급해도 되나 잠깐 망설였지만, 왈리가 더 빨랐다.

"체폐슈군. 체폐슈 가문에서 들었겠군?"

"그렇습니다."

"드라큘라는 최근 시끄러운 시체 때문이고?"

"맞습니다."

"그럼 나를 찾아온 이유는 뭐지? 드라큘라에 관해서 더 아는 게 없는데."

마크는 왈리의 눈빛을 관찰하며 솔직하게 말했다.

"선생님은 핏줄을 타고 내려오는 향수병을 믿으십니까?"

"향수병?"

"게일 체페슈 어르신이 그러셨습니다. 브램 가문의 핏줄에는 고향을 그리워하는 향수병이 존재한다고. 달의 역사보다도 오래된 고향으로 돌아가고 싶지만 그럴 수 없기에, 고향의 흔적을 재현하는 것으로 만족하려 한다고 말입니다. 드라큘라를 이 도시에 등장시키는 것으로 말입니다."

왈리의 눈빛이 놀라 커졌다. 그는 아니라고 말하는 대신 신음을 삼켰다.

"재현이라……. 그 양반 참 정확하게 표현했군."

"그 말은?"

"맞아. 우리 가문의 염원은 언젠가 진정한 고향으로 돌아가는 것이야. 그걸 잊지 않기 위해 보관한 달의 역사보다 오래된 가보도 있지. 하지만 현실적으로 불가능하단 걸 알아. 내 대에서 핏줄이 끊기게 생긴 지금은 더 그렇겠지. 그렇다고 대대로 내려온 염원을 이렇게 허망하게 끝내고 싶은 마음이 없어. 게일 체페슈가 정확히 꿰뚫어 봤어. 맞아, 난 분명 '재현'하고 있어."

마크는 앉은 발끝에 힘을 주었지만, 왈리의 말은 자백이 아니었다.

"내가 재현하고 있는 건 저 홀에 있지. 자네가 사진으로 찍은 그것 말이야. 그게 뭔지 아나?"

"아! 그건……?"

마크는 홀에 있던 이상하게 생긴 구조물을 떠올렸다. 얼핏 보면 비효율적인 구조의 집인 것 같기도 하고, 어떻게 보면 거인이 쓰는 거대한 찻잔 같기도 했다.

"당연히 모르겠지. 처음 보는 물건일 테니까. 그건 '해적선'이라고 부르는 거야."

"해적선? 그게 뭡니까?"

"모르겠지. 당연히 모르겠지. 모르는 게 당연해."

왈리는 아련한 눈빛으로 홀 쪽을 바라보며 물었다.

"자네는 바다를 아나?"

"바다? 바다? 처음 들어보는 말입니다. 바다? 바다가 뭡니까?"

왈리는 마치 신성한 무언가와 사랑에 빠진 듯이 말했다.

"바다는 정말 위대한 것이야. 이 삭막한 달에서는 절대 상상조차도 할 수 없는 것이지. 바다는 세계고, 바다는 시작이자 끝이고, 모든 생명의 어머니, 연인, 친구, 고향이야. 자네는 바다를 상상도 못 할 거야. 아니, 이 달에 존재하는 그 누구도 모르지. 바다가 무엇인지, 바다가 얼마나 위대한 것인지."

왈리는 작게 바다를 되뇌다가 여운에서 빠져나오며 말했다.

"저 해적선은 바다 위를 떠다니는 탈것이야. 아직 완성하진 못했지만, 우리 가문의 뿌리가 바로 저 해적선이라고 할 수 있지. 체페슈 가문에서 드라큘라 책을 봤다고 했나?"

"네. 원래 브램 가문이 최후의 최후까지 지키던 보물이었다고 말입니다."

"하하! 상인의 상술을 믿은 게지. 그런 책 같은 건 전혀 중요하지 않아. 우리 가문의 진짜 가보는 바다를 담고 있으니까."

"아······."

"게일 체페슈가 나를 범인으로 의심했다고?"

팔짱을 낀 왈리는 코웃음을 치며 말했다.

"핏줄을 타고 흐르는 향수병은 체페슈 가문도 마찬가지다."

"아."

"그거 아나? 오래 전 우리 가문에서 그 책을 가져간 체페슈 가문은 언제부턴가 스스로를 '백작'이라고 칭하기 시작했지. 드라큘라의 정식 명칭이 바로 드라큘라 백작이야. 고대의 귀족, 드라큘라 백작."

마크의 눈빛이 흔들렸다.

×

마크는 브램 저택의 뒷문으로 들어와 정문으로 배웅받으며 돌아 나왔다. 그의 머리는 무엇도 확신할 수 없어 복잡했다. 다만, 내일 날이 밝으면 게일 체페슈를 다시 찾아가볼 생각이었다.

사무실로 돌아와 쪽잠을 청한 마크는, 다음 날 아침 후배 맥스의 전화로 깨어났다. 잠결에 받았지만, 들려온 말에 정신이 번쩍 들었다.

[선배! 게일 체페슈가 자살했습니다!]

"뭐라고!"

[그런데 이해가 안 가는 것이, 드라큘라? 드라큘라가 도대체 뭐죠, 선배?]

마크는 굳은 얼굴로 사무실을 뛰쳐나갔다.

현장에 도착한 마크는 곧바로 게일의 유언장을 확인했다.

[여러분은 드라큘라가 무엇인지 알아야만 한다. 그가 어떤 존재인지, 어디서 왔는지, 얼마나 오래되었는지, 그리고 피를 갈망하는 그의 저주가 무엇인지도 말이다. 드라큘라는 인간보다 우위에 있는 존재다. 인간은 드라큘라의 먹이이자 종에 불과하다. 최근의 괴사건으로 증명됐다. 그들은 모두 드라큘라에게 피를 빨려서 죽은 것이다. 드라큘라의 능력은……]

자백이나 다름없는 유언장의 내용을 확인한 마크의 얼굴이 분노로 일그러졌다. 그는 게일 체페슈의 품에 있는 책을 집어 들었다.

"이깟 것의 재현을 위해서 그 많은 이들이 희생됐다고? 그 빌어먹을 향수병 때문에?"

마크는 도저히 이해할 수도, 용서할 수도 없었다.

"달의 역사보다도 오래된 책이라고? 귀한 보물이라고?

달에 이런 책은 필요하지 않아! 드라큘라 백작도!"

마크는 드라큘라란 이름조차도 절대 밖으로 새어나가지 않도록 하겠다고 굳게 마음먹었다. 그러나 소문은 막을 수 없었다.

드라큘라란 이름은 아이들에게서부터 퍼져 나갔다. 게일 체페슈가 괴사건의 범인이라는 사실도, 드라큘라가 어떤 능력의 존재인지도, 그리고 게일 체페슈가 바로 달 최초의 드라큘라 백작이라는 소문도 말이다.

×

왈리 브램은 해적선의 마지막 망치질을 끝내며 땀을 닦았다. 뿌듯한 얼굴로 해적선을 한 번 올려다본 왈리는 얼른 한쪽으로 달려가 브램 가문의 가보를 들고 왔다. 그것은 달의 역사보다도 오래된 한 점의 그림이다. 바다 위에 해적선이 떠 있는 빛바랜 그림.

어릴 적 왈리의 아버지는 그 그림을 앞에 두고 늘 말했었다.

'왈리야. 이것이 바로 바다란다. 이 바다가 우리 가문의 고향이지. 바다는 모든 생명의 시작이고 끝이다. 우리 가문은 그 위대한 바다를 누비던 가문인 거야.'

왈리는 그림 속 해적선과 자신이 만든 해적선을 번갈아 보며 만족스럽게 고개를 끄덕였다. 그는 홀의 바깥으로 올라섰다. 반 층 낮은 위치의 해적선을 내려다보던 그는, 커다란 호스를 아래로 늘어뜨렸다. 바다 위에 떠 있는 해적선을 재현할 순간이었다.

"이것이 진짜 재현이다."

왈리는 경관이 다녀간 뒤 나누었던 게일 체폐슈와의 통화를 떠올렸다.

[족보 없는 자네 가문이 그 책으로 정체성을 유지해왔다는 걸 알아. 드라큘라는 자네에게 주겠네. 달의 인간이 아닌 그곳의 사람으로 죽을 수 있는 유일한 기회야.]

왈리는 호스를 틀고는 빛바랜 그림을 바라보았다. 호스의 끝, 진공 탱크에서부터 꿀렁거림이 다가왔다. 왈리는 빙긋 웃었다. 그의 손에 들린 빛바랜 그림 속 바다의 재현이 시작됐다. 빛이 너무 바랜 나머지, 붉게 변한 바다의 재현이.

'왈리야. 모든 생명은 바다에서 태어났고, 바다로 돌아간다. 그래서 바다란 건 이렇게나 아름다운 핏빛인 거지.'

호수는 핏물을 토해내기 시작했다. 동물, 가축, 인간, 그가 모은 모든 생명의 피가 해적선을 띄우기 위해 흘러내렸다.

달의 바다. 브램 가문의 바다가 재현되고 있었다.

진시황의 바다

정명섭

대기업 샐러리맨과 바리스타를 거쳐, 다양한 장르에서 작품을 발표하는 전업 작가로 활동 중이다. 2013년 제1회 직지소설문학상 최우수상을 수상했으며, 2016년 부산국제영화제에서 NEW 크리에이터 상을 받았다. 주요 작품으로는 『한성 프리메이슨』, 『유품정리사 연꽃 죽음의 비밀』, 『미스 손탁』 등이 있으며, 『좀비 썰록』, 『어위크』 등 앤솔러지에도 다수 참여했다.

× '일광욕의 날'로부터 20년 3개월 후 ×

1
선경(仙境)의 에너지 바(BAR)

그가 들어서자 시끄럽던 에너지 바가 일제히 조용해졌다. 누너기가 된 우주복과 렌즈가 두툼한 고글, 전투용이 분명한 에너지 블라스터 권총, 두툼한 자석이 붙은 중력조정용 부츠를 착용하고 있었기 때문이다. 주변의 시선을 무시하고 곧장 주방 앞, 긴 테이블로 향한 그는 금화를 던지면서 말했다.

"써니 21 한 잔, 에틸알코올 같은 거 넣지 말고."

에너지 바 주인은 크롬으로 교체한 귀 부분이 반짝거리고 안면부는 모니터로 되어있는 안드로이드였다. 그는 금화를 슬쩍 챙기면서 대꾸했다.

"우린 그런 거 안 넣습니다."

코웃음을 친 그가 에너지 블러스트 권총과 에너지 캡이 꽂혀있는 벨트를 테이블 위에 올려놨다.

"선경에서 정직한 사람을 찾는 건 불로초를 만나는 것만큼이나 어렵다고 하던데? 장림 77."

가슴에 붙은 명판을 본 그의 대답에 장림 77은 써니 21 드링크를 테이블 위에 내려놓으면서 대답했다.

"불로초는 존재합니다. 어떤 형태인지는 모르겠지만 말입니다."

"이봐, 여기는 달이야."

"선경이기도 합니다. 여기 지하 갱도에 가본 적 없으시죠?"

장림 77이 낮은 기계음으로 묻자 그는 고개를 저었다. 그럴 줄 알았다는 듯 장림 77의 모니터 얼굴에 웃음 이모티콘이 떴다.

"이곳은 인간이 달에 정착한 초창기에 세워진 도시 중 하나입니다. 여기 자리 잡은 사람들은 엄청나게 많은 갱도를 팠습니다."

"달의 중심부까지 닿았다는 얘기를 들은 적이 있지."

그가 코웃음을 치며 말하자 장림 77이 건조한 기계음으로 대답했다.

"당연히 그건 거짓말이지만 선주민들이 만든 요람을 발견한 건 사실입니다. 물론 센트럴의 지시로 그대로 묻혀버렸지만 말이죠."

"어처구니없는 얘기로군."

"그 요람의 정체는 선주민들이 만든 거대한 석조 구조물이라고 하더군요. 하지만 그들이 왜 땅속에 그런 걸 만들었는지는 아무도 모릅니다."

"그 얘기는 들어봤어."

"그러니까 제가 드리고 싶은 말씀은 지금까지 없다고 앞으로도 없다고 생각하지는 말라는 겁니다. 적어도 선경에서는 말이죠. 자, 쭉 드셔보시죠. 달의 도시를 통틀어서 가장 맛있을 겁니다."

장림 77의 얘기를 들은 그는 써니 21을 맛보고는 씩 웃었다.

"깨끗하군."

"때로는 믿음을 가지는 게 나쁘지는 않습니다."

써니 21을 단숨에 비워버린 그가 빈 잔을 내려놓으면서 내뱉했다.

"여기저기 떠돌다보면 가장 먼저 버리는 게 믿음이라서 말이야."

"여긴 무슨 일로 오셨습니까? 차림새를 보아하니 조사관 같으신데 말입니다."

벨트를 차고 에너지 블러스트 권총을 챙긴 그가 대꾸했다.

"불로초를 찾으러 왔어."

장림 77은 그가 문 밖으로 나갈 때까지 음성 스피커로 계속 웃어댔다.

2
채굴 센터

"축축하군."

낡을 대로 낡은 채굴 센터 앞에 선 그가 중얼거렸다. 달에 있는 대부분의 지하 도시들은 거주 가능한 인구보다 2

배에서 10배까지 많은 사람들이 머물렀고, 선경 역시 3배 이상의 인구가 살고 있어서 공기 발생 장치가 일산화탄소 배출량을 감당하지 못했다. 덕분에 낡을 대로 낡아진 여과기를 거치면서 공기는 눅눅하고 축축했다. 그래서 선경의 거주 인구들 상당수는 마스크처럼 생긴 보조 호흡 장치나 산소 캔을 가지고 다녔다. 심호흡을 한 그는 채굴 센터를 올려다봤다. 방금 전에 올려 보낸 소형 드론이 내부를 스캔해서 보내온 화면을 살펴보는 중이었다. 홀로그램으로 띄운 내부를 살펴보던 그는 화면이 갑자기 꺼지자 혀를 찼다. 에너지 블라스터 권총을 뽑아 들고 안으로 들어선 그는 전송된 화면의 공간을 따라 복도를 걷다가 엘리베이터를 탔다. 낡은 엘리베이터가 꼭대기 층에 도착하자 문을 열고 내린 그는 복도 끝에 불이 켜진 방으로 향했다. 반쯤 열린 문 앞에는 그가 보낸 소형 드론의 잔해가 보였다. 옆으로 비켜서서 문을 열고 들어선 그는 먼저 와 있던 사람들의 시선을 한 몸에 받았다. 문 옆에 서 있던 전투용 안드로이드를 보고 말을 건넸다.

"바빌리온 모델이군. 자네가 내 드론을 쐈나?"

군청색의 메탈 외피를 가진 바빌리온이 손등에 부착된 에너지 블라스터 권총의 총구를 접으면서 대답했다.

"보호자 주변에 드론이 접근하면 무조건 쏘도록 세팅되어 있습니다."

"자네 보호자가?"

그는 안쪽의 테이블에 앉은 사람들을 쭉 훑어봤다. 그 중 몇 명은 중앙도시에서 왔다는 것을 은연중에 드러낸 검정색 메탈로 된 보호구와 주황색 우주복 차림이었다. 그들 중 한 명과 눈이 마주친 그가 중얼거렸다.

"안드레아?"

"오랜만이네요. 조사관 안유인 씨."

안유인은 고개를 절레절레 저은 채 빈 자리에 앉았다. 한동안 어색힌 침묵이 흐른 후에 안드레아가 자리에서 일어났다. 그러자 천장에 붙어있던 드론이 내려와서 벽을 향해 홀로그램을 쐈다.

"다들 모였으니까 브리핑을 시작하겠습니다. 제 소개 먼저 하죠. 저는 중앙도시 조사국의 2급 조사관 안드레아입니다. 제 옆에 계신 분은 종교도시 출신의 종교학자인 토니고, 그 옆에는 저랑 같은 조사국 소속의 3급 조사관 마친코입니다."

두툼한 안경에 잿빛머리를 한 토니는 불만에 가득 찬 얼굴이라 따로 인사를 하지 않았다. 매부리코에 묶은 머리를 한 우락부락한 마친코와 눈인사를 나눈 안유인은 안드레아를 바라봤다. 심드렁한 표정의 안드레아가 나머지 사람들을 소개했다.

"그 옆은 선경의 관리국에서 나온 콘라드 씨와 마쉰 양, 그리고 초기 갱도 구획의 유지 보수에 참여했던 아이즈라 씨와 조수 오르코 군입니다."

선경시 소속이라는 마크가 달린 파란색 우주복 차림의 콘라드는 전형적인 중년의 백인이었고, 마쉰은 작은 얼굴에 동그란 눈을 한 젊은 황인종 순수인 여성으로 보였다. 채광기술자인 아이즈라는 두 눈이 인공렌즈로 대체된 할머니였고, 오르코는 곱슬머리에 붉은 피부를 가진 남아메리카 혈통의 젊은 남성이었다. 안드레아가 마지막으로 소개한 것은 안유인이었다.

"저기 서 있는 남자는 프리랜서 조사관인 안유인 씨입니다."

제일 먼저 그의 존재에 대해서 얘기를 꺼낸 이는 내내 못마땅한 표정을 짓고 있던 종교학자 토니였다.

"아니, 뭘 조사하려고 어중이떠중이까지 불러들인 겁니까?"

"안유인 씨는 어중이떠중이가 아니라 우리를 지켜 줄 일급 프리랜서 조사관입니다."

"무엇으로부터 말입니까?"

"우리가 예상하지 못하는 위험으로부터요."

"잠깐만!"

둘의 대화를 듣고 있던 안유인이 물었다.

"어떤 위험을 말하는 거야? 크레딧을 많이 준다고 해서 오긴 했지만 어떤 의뢰인지는 아직 듣지 못했다고."

"그 얘기를 하려고 여기 모인 겁니다. 이제 브리핑을 시작하도록 하죠."

안드레아의 퉁명스러운 대꾸에 안유인은 잠자코 입을 다물었다. 그 모습을 본 안드레아가 홀로그램을 비추고 있던 드론 앞에 서서 입을 열었다.

"간단히 말씀드리자면 우리는 선경의 버려진 갱도 중 하나를 조사해볼 겁니다."

"텅 빈 갱도는 대체 왜 들어간다는 겁니까?"

채광기술자인 아이즈라의 물음에 안드레아는 대답 대신 드론을 바라봤다. 드론이 덜컹거리면서 홀로그램을 바꿨다. 그걸 본 아이즈라가 낮은 신음소리를 냈다.

"초기 갱도를 굴착할 때 모습이군."

"초기 갱도면 수백 년 전에 만들어졌을 텐데 어떻게 아십니까?"

종교학자 토니가 시비를 걸 듯 얘기하자 아이즈라가 인공 안구를 번뜩이며 대답했다.

"그걸 유지 보수한 게 나였으니까. 40년 넘게."

아이즈라의 얘기를 들은 안드레아가 설명을 시작했다.

"선경은 광산도시로 지정이 되어서 초창기부터 활발하게 채굴이 이뤄졌습니다. 그래서 공식적으로는 약 370개, 비공식적으로는 약 900개의 갱도가 만들어졌죠. 처음에는 다른 도시에 공급할 루나 메탈을 채굴하기 위해서였지만 진짜 목적은 따로 있었습니다. 바로 불로초를 찾는 것이었죠."

바뀐 홀로그램은 채굴 장비들이 갱도를 파는 모습을

비췄다. 그리고 캐터필터가 달린 초기형 안드로이드들이 줄지어 갱도 안으로 들어가는 장면으로 바뀌었다.

"특히 진시황의 바다라는 이름이 붙여진 지역에 IM-11부터 QW-89까지 갱도를 굴착한 것도 바로 그런 이유 때문입니다."

"불로초라니, 어처구니가 없군."

마친코가 코웃음을 치자 맞은편에 앉아있던 아이즈라가 인공 안구의 초점을 조정하면서 노려봤다.

"불로초는 존재해."

"할머니, 말도 안 되는 소리 하지 말아요. 아예 달에 토끼가 산다고 하지 그러시죠?"

마친코가 비아냥거리자 아이즈라 옆에 앉아있던 조수 오르코가 노려봤다. 손을 뻗어서 진정시킨 아이즈라가 말했다.

"우리가 생각하는 불로초는 풀 같은 것이 아니라 선주민들의 유산이야."

"유산이요?"

"그래, 진시황의 바다 지하에는 선주민들이 남겨놓은 어마어마한 크기의 조각상들이 잔뜩 있어. 그 조각상을 만든 선주민들은 홀연히 종적을 감췄는데 거기에 새겨진 문자 중에 유일하게 해석이 가능한 것이 바로 영생이었어. 선주민들이 모두 사라진 것도 멸종당한 게 아니라 영생을 얻어서 다른 곳으로 떠났다는 전설도 있다고."

힘주어 말한 아이즈라의 인공 안구가 붉게 변하자 마친코가 겸연쩍은 표정을 지으며 고개를 돌렸다. 양쪽의 얘기가 끝나기를 기다리던 안드레아가 말을 이어갔다.

"현재 대부분의 갱도는 채굴이 중지되어서 방치된 상태입니다. 특히 진시황의 바다가 있는 지역은 3단계로 폐쇄되어 있죠."

"그 날 이후로 쭉 폐쇄되었지."

아이즈라가 한숨과 함께 중얼거리자 젊은 마쉰은 영문을 몰라하는 눈치였지만 콘라드는 뭔가 알고 있다는 듯 깊은 한숨을 쉬었다. 드론이 거미줄처럼 이어진 갱도들을 비추자 안드레아의 설명이 이어졌다.

"그런데 최근 진시황의 바다에 위치한 폐쇄된 갱도 중 하나인 IM-27에서 생체 반응이 감지되었습니다."

"말도 안 됩니다. 거긴 폐쇄된 지 20년이나 된 곳입니다. 일광욕의 날 이후로 말입니다."

콘라드가 침을 튀기며 얘기하자 안드레아가 홀로그램을 가리켰다.

"몇 년 전부터 간헐적으로 감지가 되다가 최근 들어서 더욱 활발해졌습니다. 조사국에서는 이 일을 직접 확인하기 위해서 저와 마친코 요원을 파견한 것이고 말입니다."

"그나저나 폐쇄된 갱도 안에 생체 반응을 감지하려면 별도의 감지 장치를 설치했다는 뜻인데 우리 관리국은 전혀 통보를 받은 적이 없습니다. 이건 명백한 협정 위반입니다."

콘라드가 거칠게 항의했지만 안드레아는 눈 하나 깜빡하지 않았다.

"협정의 별칙 3조에는 조사국이 필요할 때는 협의 없이 진행하고 사후에 통보가 가능하다고 되어 있습니다. 협정에 따라서 지금 통보해드리는 겁니다."

안드레아의 차가운 대꾸에 콘라드는 더 이상 반박하지 못하고 입을 다물었다. 달의 도시들에게 중앙도시는 대항할 수 없는 절대자 같은 존재다. 만약 갈등이 커지면 중앙도시는 이런 저런 이유를 들어서 통로를 폐쇄하고, 물자의 공급을 중단해버릴 게 뻔했다. 그러면 광산도시 같이 쇠락한 곳은 일주일, 무역도시 같이 번창한 곳은 한 달 정도면 끝장나 버릴 것이다. 중앙도시가 각 도시의 물자들의 이동은 물론 몇몇 중요한 물자들은 독점했기 때문이다. 콘라드를 침묵시킨 안드레아가 나머지 참석자들을 한 명씩 쳐다봤다.

"현재 광산도시는 물론이고 달의 도시에는 이상한 소문들이 퍼지고 있어요. 폐쇄된 IM-27 갱도 안에서 감지되는 생체 반응이 바로 갱도 안에서 죽은 인간들의 영혼이라는 것이죠."

"영혼이라면, 갱도를 만들 때 투입된 인간들을 말하는 건가요?"

아이즈라의 물음에 안드레아가 고개를 끄덕거렸다. 그

러자 인공렌즈를 잠시 껐다가 켠 아이즈라가 대답했다.

"이상하군. 그럴 리가 없는데 말이야."

"뭐가 말입니까?"

마친코의 물음에 아이즈라는 콘라드를 바라봤다. 콘라드가 어깨를 으쓱거리자 그녀가 대답했다.

"왜냐하면."

잠시 뜸을 들인 그녀가 참석자들을 향해 말했다.

"그 갱도에는 인간이 들어간 적이 없었으니까."

콘라드가 맞다는 듯 고개를 끄덕거리자 듣고 있던 토니가 끼어들었다.

"갱도에 인간이 들어가지 않았다는 게 무슨 말입니까?"

콘라드가 계속 난감한 표정을 짓자 아이즈라가 대신 설명해줬다.

"IM-1번 갱도부터는 굴착머신과 테크 12라는 초기형 안드로이드가 투입되었지. 인간은 갱도 밖에서 조작만 했어. 그 전에 굴착한 갱도에서 사고가 워낙 많이 일어나서 인명 피해가 많이 났거든."

"그럼 그 갱도 안에서 생체 반응이 발견되었다는 건 말이 안 되잖아요."

토니가 안드레아를 향해 묻자 그녀가 고개를 끄덕거렸다.

"그래서 조사국에서 직접 문제의 갱도로 들어가서 살펴보기로 한 겁니다. 전문가인 여러분들이 여기 모인 이유이기도 하고요."

"어쩌면······."

아이즈라가 침묵을 지키고 있는 참석자들을 향해 말했다.

"그들의 영혼일 수도 있어."

"그들이 누굽니까?"

듣고 있던 안유인의 물음에 아이즈라가 인공렌즈의 초점을 흐리게 하면서 대답했다.

"안드로이드들, 초기에 투입된 테크 12도 문제가 많았고, IM-27 갱도가 이상하게 사고가 많이 발생했지. 그래서 투입된 테크 12의 상당수가 파손되고 말았지. 파손된 안드로이드들은 그곳에 버려졌어."

"갱도 안에 말입니까?"

안유인의 물음에 아이즈라가 고개를 끄덕거렸다.

"나 같은 고참 광부들은 밖으로 꺼내야 한다고 말했지만 관리국에서는 비용이 너무 많이 든다고 그대로 버려뒀지."

"어디에 말입니까?"

"거신상 부근에, 거기는 천장이 높고, 공간이 넓었거든."

"거기에 버려진 안드로이드들의 영혼이 아직 갱도 안을 떠돌고 있다고 믿으시는군요."

그의 얘기에 아이즈라가 마른 침을 삼키며 대답했다.

"허리 아래가 돌에 깔려서 부서지고 동력이 끊겨 작동이 멈췄던 안드로이드가 그곳에 버려지자 손을 뻗어서 내 우주복을 붙잡은 적이 있었어. 마치 나를 여기 버리고 가지 말라고 하는 것처럼 말이야."

넋두리처럼 이어진 아이즈라의 말에 다들 아무 말도 못하는 가운데 토니가 나섰다.

"그러니까 지금 갱도 안에서 감지되는 생체 반응이 그곳에 버려진 안드로이드들의 영혼 때문이라는 겁니까?"

"나는 그렇게 믿어. 나뿐만이 아니라 광산도시 사람들이라면 누구나 다 그렇게 믿을 거야."

아이즈라의 얘기를 들은 토니가 관리국 소속의 콘라드를 바라봤다. 그는 어깨를 으쓱거리며 대답했다.

"관리국에서는 공식적으로 어떠한 해명도 내놓을 계획이 없습니다. 저 역시 아무 의견이 없고요."

"안드로이드에게는 영혼이라는 게 존재할 수 없습니다. 불가능한 일입니다."

토니가 거칠게 말하자 아이즈라는 코웃음을 쳤다.

"보지도 못하고서 그런 얘기들은 잘들 하지. 갱도 안에 들어가면 생각이 달라질 거야."

"내 생각은 변하지 않습니다. 안드로이드에게는 영혼이 존재할 수 없습니다. 영혼은 인간만이 가지고 있는 것이란 말입니다."

참석자들의 논쟁이 이어지는 가운데 잠자코 있던 안유인이 안드레아에게 말했다.

"나는 빠질래."

"왜요. 아주 간단한 조사예요."

"그런데 전투용 안드로이드 중에서도 흉악하기 그지없

는 바빌리온을 왜 데려온 거야? 거기다 선경시의 관리국에 갱도 전문가까지 끌어 모은 건 조사국 스타일이 아니잖아. 이건 분명히 문제가 생길 조짐이라고 알고 있어."

"최근 특수조사관 한 명이 도시 외곽에서 실종되는 일이 벌어졌거든요. 그래서 좀 예민해졌어요."

"판유 말이야? 실종된 게 아니라 자기 발로 사라졌다는 얘기가 있던데?"

"이름을 어떻게 알았죠?"

흠칫 놀란 안드레아가 바라보자 안유인이 씩 웃었다.

"세상의 모든 공식 뒤에는 비공식이 있기 마련이니까."

고개를 절레절레 저은 안드레아가 물었다.

"그래서 빠질 건가요?"

"내가 왜 지금까지 살아남은 줄 알아?"

안유인이 안드레아에게 다가가자 바빌리온이 동작을 감지했는지 살짝 몸을 틀고, 손목의 에너지 블라스터 권총 총구를 폈다. 안유인이 안드레아의 푸른 눈동자를 응시하면서 말했다.

"조금이라도 위험한 조짐이 있으면 아예 근처에도 가지 않았기 때문이야."

"이건 엄연히 계약된 사항이에요."

"프리랜서 조사관에게 계약 같은 건 별로 중요하지 않아. 제일 중요한 건 목숨이지."

얘기를 마친 안유인이 돌아서자 바빌리온이 앞을 가로

막았다. 한숨을 쉰 안유인이 손가락을 까닥거렸다.

"내 앞길을 가로막을 생각하지 마, 깡통 인간."

"저는 깡통 인간이 아니라 바빌리온-9912AS 모델입니다. 주인님이 당신이 떠나는 것을 막으라는 지시를 뇌파를 통해 내렸습니다."

"그건 상관없고, 셋을 셀 동안 물러서지 않으면 네 주인은 새 모델을 받아야 할 거야."

"죄송하지만 저는 살상용 안드로이드입니다. 당신이 가지고 있는 무장이나 체력 상태로는 저를 이길 확률이 0.000067 퍼센트에 불과합니다."

"옛 속담에 말이야. 등잔 밑이 어둡다는 게 있거든. 내가 아까 아주 작은 걸 던져서 등 뒤에 부착시켰어. 아주 작지만 폭발력은 화끈한."

"불가능합니다. 신체 감지 센서에는 아무것도 감지되지 않았습니다."

"감지 센서를 교란시키는 진동 센서가 붙어 있었으니까. 아까 잠깐 감지 센서에 이상 진동이 왔었지? 위험할 정도가 아니라서 그냥 넘어갔겠지만 말이야."

안유인이 한손에 버튼이 달린 폭파 장지를 까닥거리면서 말하자 바빌리온이 혼란을 느꼈는지 대답 대신 징징거리는 기계음을 냈다. 그 사이에 안유인이 옆으로 돌아서서 앞을 지나쳤다. 그러자 안드레아가 고개를 절레절레 저었다.

"안드로이드를 속이는 솜씨는 여전하네요."

"아무리 세팅해봤자 내 머리는 못 따라오지. 다음에 좋은 조건일 때 보자고."

안유인이 문을 향해 걸어가자 안드레아가 외쳤다.

"지금 나가면 중앙도시 조사국의 권한으로 당신 크레딧을 모두 말소시킬 거예요."

"뭐라고?"

돌아선 안유인이 상기된 얼굴로 묻자 안드레아가 잔혹한 얼굴로 바라봤다.

"조사국과의 계약 위반과 조사국 소유의 전투용 안드로이드를 파손시키려고 시도한 혐의면 2급 조사관의 권한으로 충분히 말소 가능하죠."

"우리 치사하게 굴지 말자."

"어쨌든 난."

안드레아는 안유인과 참석자들을 한 명씩 바라보고는 입을 열었다.

"여기 있는 사람들을 데리고 IM-27 갱도로 들어갈 겁니다. 그 안에서 생체 반응을 일으키는 것이 무엇인지 밝혀내기 위해서 말입니다."

"젠장."

조사국 2급 요원의 고집을 이겨낼 만한 수단이 없다는 걸 알고 있던 안유인이 한숨을 쉬면서 고개를 절레절레 저었다.

3

진시황의 바다

안드로이드가 조종하는 월면 트랙커에 탄 일행은 아무 말도 하지 않았다. 도시 밖으로 나와서 달의 표면을 지나간다는 것에 대한 공포감은 물론이고, 목적지인 버려진 갱도에 대한 두려움 때문인 것 같았다. 안유인 역시 침묵을 지킨 채 관측창 바깥을 바라봤다.

"여기가 진시황의 바다로군요."

옆 자리에 앉은 마쉰이 신기하다는 표정으로 입을 열었다. 질문인지 감탄인지 알 수 없는 얘기에 안유인이 아무 대꾸도 하지 않자 마쉰이 슬쩍 눈치를 보면서 덧붙였다.

"바다는 정말 물이 가득 찬 땅인가요?"

"바다를 본 적 있어?"

안유인의 물음에 마쉰은 고개를 저었다.

"당연히 없죠. 그건 신화 속에나 있는 것 아닌가요?"

"바다라는 게 실제 있었는지 없었는지는 아무도 몰라."

"아버지에게 그렇게 들었는걸요. 그 속에 물고기라는 짐승이 살고 있었다는 말씀도 하셨어요."

이번에도 별다른 반응을 보이지 않자 마쉰이 속삭였다.

"그나저나 소문 들으셨어요?"

"어떤 소문?"

"중앙도시에서 비밀을 감추고 있다는 소문이요."

"선주민과 접촉하고 있다는 소문?"

"네. 자원을 만드는 방법을 전수 받아놓고 독점하고 있다는 얘기도 있어요."

"진짜라고 믿어?"

안유인의 물음에 마쉰은 복잡한 표정을 지었다. 그는 후방 출입구 앞에 앉아있는 바빌리온을 가리켰다.

"저 안드로이드는 주변의 소리를 모두 녹음할 수 있는 기능이 있어. 그리고 저걸 뇌파로 조종하는 건 바로 저쪽이고 말이야. 그러니까 네가 방금 한 얘기는 저쪽에서 다 들을 수 있어."

마쉰은 안유인이 운전 중인 안드로이드의 옆 자리에 앉은 안드레아를 가리키자 얼굴이 파랗게 질려버렸다. 때마침 안드레아가 통신기를 통해 외치는 목소리가 들렸다.

"5분 후에 갱도 출입구에 도착합니다. 다들 헬멧을 쓰고 산소 탱크를 연결하세요."

다들 일사불란하게 헬멧을 쓰고, 잠금 장치를 채운 다음 등에 매고 있던 산소 발생기에서 뽑아낸 신축형 호스를 헬멧의 오른쪽 뺨 부분에 있는 결속 장치에 끼웠다. 그리고 산소 발생기를 가동시키자 헬멧 안으로 산소가 흘러들어왔다. 잠시 후, 덜커덩거리며 월면 트랙커가 멈췄다. 그리고 지붕의 붉은 램프가 번쩍거리는 가운데 천천히 후방 출입구가 열렸다. 제일 먼저 내린 것은 산소 따위는 필요 없는 안드로이드 바빌리온이었다. 사뿐하게 월면에 내려앉은 바빌리온이 등 뒤의 감지 센서를 펼쳐서 주변을 살피는 걸 본 안유인이 안드레아에게 물었다.

"왜 저러는 거야?"

"뭐가요?"

"여긴 감지 센서를 펼 필요가 없는 곳이잖아."

"인간은 판단을 하지만 안드로이드는 매뉴얼대로 해요."

"그럼 이곳이 위험지역이라는 얘기로군."

안유인의 물음에 안드레아는 허리에 찬 에너지 블라스터 권총을 만지작거리면서 대꾸했다.

"달에서는 모든 것이 위험해요. 사람도 도시도."

안드레아가 바빌리온과 함께 앞장서 걷자 나머지 일행은 천천히 뒤를 따랐다. 그 뒤로는 필요한 물품들을 실은 4족 보행 로봇들이 뒤를 따랐다. 야트막한 언덕을 넘자 갱도로 들어갈 출입구가 보였다. 수직으로 굴착한 통로 주변에 굴착용 기계 외에 바빌리온 같은 전투용 안드로이드들을 본 안유인은 잠깐 걸음을 멈췄다. 하지만 다른 일행들은 별다른 반응 없이 굴착용 통로 입구까지 걸어갔다. 그곳에는 IM-27 갱도로 내려갈 수 있는 사다리가 보였다. 바빌리온이 먼저 내려간 후, 신호를 기다리는 안드레아에게 안유인이 통신기를 이용해서 말을 건넸다.

"왜 입구부터 안 들어가고 번거롭게 굴착까지 하면서 여기로 들어가는 거지?"

"입구는 이중 삼중으로 폐쇄된 상태라서 치우기가 힘들어서요. 그리고 이 지역까지는 감지 센서들이 생체 반응을 감지하지 못했어요."

"대체 뭘 찾은 거지?"

"이제부터 그걸 알아 볼 거예요. 우리들이 말이죠. 준비되었으면 따라오세요."

출발하겠다는 손짓을 한 안드레아가 사다리로 내려갔다. 그러자 다른 일행들도 한 명씩 사다리를 타고 갱도 안으로 들어갔다. 다들 안유인처럼 불안해했지만 중앙 도시 조사국 소속 조사관의 심기를 거스르는 것은 더 위험한 일이었기 때문에 잠자코 따라갔다. 전투용 안드로이드들이 4족 보행 로봇들을 내려 보낼 준비를 하는 사이, 안유인은 마지막으로 갱도 안으로 들어갔다.

4

IM-27 갱도

헬멧에 달린 조명이 켜지면서 갱도 안의 어둠이 물러났다. 바닥에는 굴착용 기계들의 캐터필터 자국이, 벽면과 천장에는 기계의 블레이드들이 파낸 자국들이 고스란히 남아 있었다. 중간 중간 발파된 흔적들이 보였지만 어디에도 사람이나 기계는 보이지 않았다. 짐을 실은 4족 보행 로봇들까지 내려오자 천천히 굴착용 통로의 지붕이 닫혔다. 고개를 들어서 위를 바라본 콘라드가 안드레아에게 물었다.

"통로를 왜 폐쇄하는 겁니까?"

"안전상의 이유 때문입니다. 우리가 돌아와서 신호를 보내면 열릴 겁니다."

"그게 어떤 신호인지 전달받지 못했는데요?"

신경질적인 콘라드의 물음에 안드레아가 대꾸했다.

"제가 압니다."

그녀의 대답을 들은 안유인은 한숨을 쉬었다. 출입구가 폐쇄되고 그걸 열 수 있는 신호를 조사관만 알고 있다는 이유는 명확했다. 무슨 일이 있어도 조사관은 살아서 나가야 하고, 원인을 찾을 때까지는 아무도 나갈 수 없다는 것이다. 바빌리온이 어깨와 몸통에 붙은 라이트를 켠 채 선두에 섰고 안드레아가 뒤를 따랐다. 웅성대던 일행이 한 명씩 발걸음을 뗐다. 안유인은 제일 마지막에 마쉰과 함께 걸었다.

갱도 안에 소리가 울려 퍼진 건 일행이 걷기 시작한 지 얼마 안 된 때였다. 차갑고 메마른 금속성의 굉음이 메아리처럼 들려오자 다들 걸음을 멈추고 안쪽을 바라봤다. 바빌리온이 앞장서서 소리가 들려오는 갱도 안쪽으로 걸어가 감지 센서를 펼쳤다. 잠시 후, 보고를 받은 안드레아가 말했다.

"이상 물체는 감지되지 않았으니까 그대로 이동합니다."

"그럼 소리의 원인은 뭡니까?"

콘라드의 물음에 안드레아가 딱딱한 목소리로 대답했다.

"우리가 가서 알아볼 겁니다. 직접."

강압적인 대답을 남긴 안드레아는 앞장선 바빌리온을 따라 걸었다. 미묘한 긴장감이 흐르는 가운데 소리가 들린 벽면을 인공 안구로 응시하던 아이즈라가 그에게 말했다.

"신호야."

"이 소리가 말입니까?"

고개를 끄덕거린 아이즈라가 대답했다.

"모스부호라는 거야. 갱도에서는 전파가 엉켜서 종종 통신이 중단되거나 붕괴로 인해 도달하지 못하는 경우가 있어. 그럴 때를 대비해서 모스부호를 배워놓지. 요즘은 기술이 좋아지고 중간 중간에 전파 중계기가 있어서 그럴 필요가 없지만 말이야."

"방금 전 들린 소리가 모스부호라면 어떤 뜻이었나요?"

"중간 중간 틀리기는 했지만 대략 같은 뜻이었어. 나는 여기에 있다."

"살려달라거나 구해달라는 말이 아니라요?"

안유인의 반문에 아이즈라가 인공 안구의 렌즈를 껌뻑거리면서 대답했다.

"나는 여기에 있다는 문구가 틀림없어. 그리고."

주저하던 그녀가 덧붙였다.

"위험하다는 모스부호도 들렸어."

"나는 여기에 있다와 위험하다는 건 서로 안 맞는 단어 아닙니까?"

"아니, 내가 여기에 있으니까 위험하다는 뜻으로는 읽힐 수 있어."

단호하게 얘기한 아이즈라가 조수인 오르코의 부축을 받으며 갱도 안으로 걸어갔다.

이동은 단조롭고 느렸다. 무거운 짐은 4족 보행 로봇들이 짊어지고 갔지만 우주복에 헬멧을 장착하고 약한 중력을 잡아줄 자석 구두를 신은 상태라서 빨리 걸을 수가 없었다. 거기다 갱도는 거미줄처럼 이곳저곳으로 나눠졌고, 그 때마다 한 군데씩 들어가서 살펴봐야만 했다. 갱도 중간에는 조사국에서 투입한 감지 센서들이 있었고, 그 때마다 안드레아가 상태를 체크하고 기존의 정보를 살펴보느라 시간이 지체되었다. 도착하자마자 들렸던 이상한 소리는 더 이상 들리지 않았지만 사람들은 긴장의 끈을 늦추지 않았다. 15번째 갱도에 있는 감지 센서를 확인한 안드레아가 뒤따라오는 일행들에게 말했다.

"이곳에 캠프를 설치하고 8시간 동안 휴식을 취하겠습니다."

다들 여기저기서 안도의 한숨을 내쉬었다. 짐을 내려

놓은 4족 보행 로봇들이 양쪽으로 지지대를 내리고 위쪽으로 공기를 부풀려서 작은 천막 형태의 거주공간인 에어캠프를 만들었다. 가운데에는 공동식사와 브리핑을 위한 커다란 에어캠프가 만들어졌고, 조금 떨어진 곳에는 배변을 위한 작은 에어캠프가 하나 더 만들어졌다. 수경 재배된 채소들을 급속 건조시킨 것을 데우고, 정수 필터로 걸러진 물이 나왔다. 광산도시 선경에서는 상류층이나 즐길 수 있는 식사라서 다들 흡족해했다. 그렇게 식사를 하는 사이 바빌리온이 에어캠프를 점검하고, 4족 보행 로봇들의 배터리를 교체했다. 말없이 식사를 마치고, 각자 지정된 에어캠프로 들어갔다. 외피가 이중으로 되어 있고, 내부는 공기가 충전되어 있기 때문에 우주복을 벗고 쉬어도 되었지만 에어캠프가 파손될 수 있어 보통은 우주복을 착용하고 헬멧을 벗거나 안면 바이저만 열어두는 상태로 잠을 잤다. 안유인은 마친코와 같은 에어캠프를 썼다. 들어가자마자 헬멧을 벗어서 머리맡에 내려놓은 마친코가 그대로 잠을 잤다. 안유인 역시 헬멧을 벗고 팔베개를 한 채 눈을 붙였다. 불이 모두 꺼지고 어둠이 내려앉은 가운데 경계모드로 설정된 바빌리온이 적외선 램프를 켜고 주변을 돌아다니는 소리가 들렸다.

8시간 후-
비상을 알리는 벨소리와 함께 일행이 잠에서 깨어났

다. 재빨리 헬멧을 쓴 안유인은 에너지 블라스터 권총을 챙기고 에어캠프 밖으로 나왔다. 중앙에 있는 대형 에어캠프 곁에는 역시 헬멧을 쓴 채 에너지 블라스터 권총을 손에 든 안드레아가 보였다. 재빨리 주변을 살핀 안유인이 물었다.

"무슨 일이야?"

"사라졌어."

안드레아의 말에 그는 에어캠프에서 나온 일행을 살폈다. 오르코의 부축을 받으며 에어캠프에서 나오는 아이즈라와 어리둥절한 표정으로 헬멧의 산소 연결 장치를 만지작거리는 콘라드와 마쉰, 그리고 자신이 머물던 에어캠프에서 나오는 마친코가 보였다.

"토니가 안 보이는군."

안유인의 말에 안드레아의 눈이 커졌다.

"그러고 보니 아까부터 보이지 않았어."

"흩어져서 찾아봐야 할까?"

안유인의 말에 안드레아가 고개를 저었다.

"임무가 우선이야."

"미안한데 나 여기 있어요."

토니의 조심스러운 목소리가 들린 것은 배변을 위해 설치한 작은 에어캠프였다. 급하게 썼는지 산소 공급 장치가 제대로 연결되지 않은 헬멧이 불쑥 튀어나왔다. 엉금엉금 기어 나온 그가 황급히 산소 공급 호스를 끼웠다.

"어제 먹은 게 탈이 났나 봐."

종교도시 출신답게 딱딱하고 권위적인 모습을 보였던 토니가 처음으로 인간적인 모습을 보이자 다들 웃느라 통신기가 시끄러워졌다. 웃음이 그친 후에 안유인이 안드레아에게 물었다.

"뭐가 사라졌다는 거야?"

"바빌리온."

그녀의 말에 안유인은 비로소 경계를 하고 있어야 할 바빌리온이 종적을 감췄다는 걸 깨달았다. 예상치 못한 상황에 놀란 안유인이 바닥을 살피자 안드레아가 말했다.

"갱도 안쪽으로 발자국이 이어졌어요."

"먼저 탐사하라고 명령을 내린 거야?"

"무슨 일이 있어도 탐사대 주변을 떠나지 말라는 명령을 내렸어요."

"해킹 당한 건가?"

안유인의 물음에 그녀가 고개를 저었다.

"내가 가지고 있는 뇌파와 연결되어 있어요. 외부 통신 장치가 있긴 하지만 명령어 프로토콜과는 관련이 없는 것들이고요. 그리고 바빌리온은 특정 주파수가 아닌 전파는 자동으로 차단하는 사이클론 바이퍼 최신형 모델이 장착되어 있어요."

"그럼 대체 왜 사라진 거야?"

지난번에 들었던 이상한 소리가 들린 것은 바로 그 때

였다. 보다 분명하고 커다랗게 들린 소리를 듣던 안유인은 멈칫했다.

"잠깐만."

"왜요?"

"소리 말이야. 진공 상태에서는 들리지 않아야 하잖아."

안유인의 얘기에 안드레아는 말이 막혔는지 입만 벌렸다. 안유인이 모여선 탐사대원들에게 말했다.

"당장 통신기를 꺼요."

다들 통신기를 끄고 불안한 표정으로 주변을 돌아봤다. 마쉰이 아무 소리도 안 들린다는 듯 통신기 패널을 손가락으로 톡톡 쳤다. 안유인은 안드레아에게 다가가서 헬멧 뒤에 달린 통신선을 뽑아서 통신기 패널에 갔다 댔다.

"지난번부터 들린 이상한 소리는 통신기로 들린 거였어."

"말도 안 돼요. 통신기는 우리만 얘기를 나눌 수 있게 세팅되어 있다고요."

"사라진 바빌리온도 연결되어 있지 않아?"

"물론이죠. 하지만 바빌리온이 그런 이상한 소리를 낼리 없잖아요."

"일단 의심부터 하라고, 그래야 살아남으니까."

안유인의 말에 안드레아가 차갑게 대꾸했다.

"내 일은 내가 알아서 할게요."

"지금이라도 늦지 않았으니까 돌아가는 게 어때? 여길

조사하려면 탐사대원 몇 명이 아니라 전투용 안드로이드 한 부대를 들여보내는 게 나을 것 같아."

"난 주어진 임무를 수행할 겁니다."

"죽으면 임무 수행을 할 수 없어."

"그래도 도망치지는 않을 겁니다."

그 다음에 무슨 말이 나올지 뻔히 알고 있던 안유인은 차마 더 막지 못했다. 통신선을 뽑아낸 안드레아가 통신기를 켜라는 손짓을 한 다음에 차갑고 냉정하게 말했다.

"우린 계속 안으로 진입해서 생체 신호의 원인을 찾아낼 겁니다. 5분 후에 출발합니다."

옆에 있던 마친코가 위협적인 분위기를 연출하자 다들 꿀 먹은 벙어리처럼 얌전히 발걸음을 옮겼다. 갱도 안에 있는 미지의 존재는 알 수 없는 위험이었지만 눈앞의 조사국 조사관들은 실질적이고 눈에 보이는 위험이었기 때문이다. 낙담한 안유인은 그들의 뒤를 따랐다.

21번째 생체 감지기를 점검하던 안드레아가 갑자기 손을 멈추고 갱도 안쪽을 들여다봤다. 에너지 블라스터 권총을 뽑아들고 옆을 지키고 있던 안유인이 물었다.

"왜 그래?"

"안쪽……."

그녀가 헬멧의 통신기 부분을 손으로 잡은 채 몸을 숙였다. 그리고 거의 동시에 어둠 속에서 번쩍거리는 빛과 함께 블라스터가 날아들었다. 바로 뒤에 서 있던 마친코는 가슴이 관통 당했고, 그 옆에 있던 오르코 역시 헬멧의 바이저가 깨져나갔다. 남은 사람들이 바닥에 납작 엎드린 가운데 머리 위를 스쳐지나간 블라스터가 4족 보행 로봇들을 부쉈다. 뽑아든 에너지 블라스터 권총으로 어둠 속을 겨누던 안유인은 어림짐작으로 몇 발 쐈지만 오히려 더 많은 블라스터가 날아들었다. 통신기의 안테나가 부서지며 내는 날카로운 굉음에 놀란 안유인은 옆으로 몸을 굴려서 벽에 바짝 붙었다. 그리고 허리에 있던 소형 드론을 띄웠다. 천으로 만든 작은 날개를 가진 동전 모양의 드론은 블라스터가 날아오는 방향으로 조용히 날아갔다. 안유인은 손목에 찬 소형 모니터로 드론이 보내주는 화면을 보면서 에너지 블라스터 권총을 조준했다. 어둠을 뚫고 날아간 드론이 보내주던 화면이 어느 순간 꺼져버렸다.

"젠장!"

나지막하게 욕설을 퍼부은 안유인이 마지막 정지 화면을 보고 위치를 어림짐작한 다음 방아쇠를 당겼다. 번쩍거리며 날아간 블라스터가 뭔가와 부딪치면서 사방으로 빛이 튀었다. 명중은 시켰지만 고출력으로 개조한 에너지 블라스터로도 타격을 줄 수 없다는 사실에 안유인은 덜컥 겁이 났다. 다행히 그들을 공격한 존재는 어둠 속으로 사라졌다. 안유인은 다른 드론을 띄워서 그 위치에 아무것도 없는 걸 확인하고는 몸을 일으켰다. 교전이 벌어지는 내내 머리를 감싸 쥔 채 엎드려 있던 안드레아가 통신기를 통해 떨리는 목소리로 물었다.

"뭐였어요?"

"지금부터 살펴보러 갈 거야."

몸을 일으킨 안유인이 우주복의 상태를 살핀 다음에 발걸음을 옮겼다. 통신기에서 안드레아의 같이 가자는 소리를 듣고 돌아선 그가 말했다.

"위험해."

"알고 있어요."

에너지 블라스터 권총을 뽑아든 그녀의 대꾸에 안유인은 혀를 찼다. 블라스터가 발사된 위치에 도착한 안유인은 더 안쪽으로 사라진 발자국의 흔적을 보고는 그대로 굳어졌다. 그리고 뒤따라 온 안드레아에게 말했다.

"봤어?"

"바빌리온의 발자국이네요."

안유인이 발자국 옆의 파편으로 시선을 돌렸다.

"저기 내가 쏜 블라스터에 맞아서 다리 부품이 떨어져 나갔어."

블라스터에 맞아 그을린 흔적이 있긴 했지만 바빌리온의 발목에 붙은 균형 유지용 실린더가 분명했다.

"믿을 수가 없어요."

안드레아가 텅 빈 목소리로 중얼거리자 안유인은 바빌

리온이 사라진 갱도 안쪽을 바라봤다.

"무슨 이유인지는 모르겠지만 바빌리온이 우릴 노린다면 한 명도 살아남지 못해. 빨리 철수하는 게 좋겠어."

"난 물러나지 않을 거예요. 이건 내 일이라고요."

"이러다 다 죽고 말거야! 빠져나갈 곳이 없는 곳에서 미친 안드로이드들이 우릴 공격하면 무슨 수로 막을 건데!"

"이걸로요."

안드레아가 손목 안쪽의 패널을 보여주며 덧붙였다.

"비상용 자폭 장치가 있어요."

"그럼 아깐 왜 안 쓴 건데?"

"바빌리온인지 몰랐으니까요."

신경질적으로 대꾸한 안드레아가 탐사대원이 있는 곳으로 돌아갔다. 살아남은 콘라드와 마쉰, 아이즈라가 가슴과 얼굴에 블라스터를 맞고 숨진 마친코와 오르코를 나란히 눕혀놓고 내려다보는 중이었다. 종교학자인 토니가 두 사람의 머리맡에 서서 눈을 감은 채 기도를 하고 있었다. 조수인 오르코를 내려다보던 아이즈라의 인공 안구에서 계속 삑삑거리는 소리가 났다. 기도가 끝나자 무릎을 꿇은 아이즈라가 중얼거렸다.

"그들이 살아있었어. 그들이."

그 얘기를 들은 콘라드가 눈살을 찌푸렸다.

"말도 안 됩니다. 그들은 살아있을 수가 없단 말입니다."

"그럼 우리에게 블라스터를 쏜 게 대체 누구란 말이야.

그들 밖에 없다고!"

두 사람의 얘기를 듣던 안유인이 나섰다.

"그들이 누굽니까?"

콘라드는 못 마땅한 얼굴로 돌아섰고, 아이즈라가 무릎을 펴면서 말했다.

"서복의 후예들."

"뭐라고요?"

놀란 안유인이 옆에 서 있던 안드레아를 바라봤다.

"서복의 후예들이면 20년 전 선경에서 반란을 일으켰던 자들이잖아."

"맞아요. 스스로를 불로초를 찾는 서복의 후예들이라고 믿었던 자들이죠."

"하지만 그건 언제부터 전해져오는지 모르는 신화에 불과해."

"그 때 상황이면 아무리 헛된 믿음이라고 해도 믿을 만한 상황이었을 거예요. 그들에게는요."

안유인이 차마 말을 잇지 못한 가운데 아이즈라의 인공 안구가 붉은색으로 변했다.

"20년 전이었지. 아무리 채굴을 하고 광물을 캐내도 희망이 보이지 않을 때였어. 사고로 동료들이 죽는 걸 보는 것도 지겨웠고, 가족들이 공기 부족으로 인해 고통을 받고, 기형아들이 태어나는 걸 보는 것도 끔찍했어. 그래서 그들은 꿈꿨어. 더 많은 공기와 물, 그리고 자유를 말이야."

아이즈라의 으스스한 말이 이어졌다.

"하나 둘씩 뜻이 맞는 자들이 모여서 서복의 후예들이라는 단체를 만들었지. 신화 속의 서복처럼 불로초를 찾아서 가족과 동료들을 해방시키고 싶은 염원을 가지고 말이야. 그리고 20년 전, 마침내 봉기를 했지. 정말 대단한 기세였어. 순식간에 채굴 센터를 점거하고 도시로 나아가서 중앙 센터와 산소 공장을 장악했지. 수많은 산소 탱크들의 배출구를 열어서 깨끗한 공기를 마셨을 때 너나 할 것 없이 모두 울었어. 그 이후 좋은 날이 이어질 것이라고 믿어 의심치 않았어. 하지만 쫓겨난 지배자들이 중앙도시의 지원을 얻어서 돌아왔지. 전투용 안드로이드들은 아무리 부숴도 끝이 보이지 않았고, 하늘을 메운 드론에서는 폭탄과 레이저가 빗발쳤어. 저항하던 사람들은 모두 몰살을 당했고, 살아남은 소수의 생존자들은 항복을 거부하고 갱도로 숨었어. 바로 여기, IM-27 갱도로 말이야. 그리고."

아이즈라의 붉은 눈이 안드레아를 향했다. 위기감을 느낀 안유인이 중간을 가로막는데 안드레아의 대답이 들려왔다.

"여러 차례 항복을 권유했지만 거절했어요. 그래서 선경시의 안전을 위해 불가피하게 갱도를 봉쇄하고 산소 발생기를 파괴해서 공기를 차단했죠."

"글자 그대로 숨이 막혀 죽게 만들었군."

안유인의 냉소적인 대꾸에 안드레아가 어깨를 으쓱거렸다.

"당신도 저항에는 관용을 베풀지 않는다는 중앙도시의 규칙을 알고 있잖아요."

"그건 그렇다 치고 이 갱도에 얽힌 얘기는 왜 안 해준 거야?"

"굳이 알 필요가 없었으니까요. 20년 전이고 그들은 다 죽었어요."

"그럼 왜 생체 신호가 잡힌 건데? 그리고 바빌리온이 왜 갑자기 위치를 이탈한 것도 모자라서 우리를 공격했고 말이야?"

안드레아가 머뭇거리는 사이 아이즈라가 끼어들었다.

"그들이야."

"아까는 안드로이드들의 영혼 어쩌고 하셨잖아요."

안유인의 반문에 아이즈라가 한숨을 쉬었다.

"서복의 후예들에 대해서 얘기하는 건 금기 중의 금기였으니까, 안드로이드 얘기를 해서 말리고 싶었어. 여긴 그들의 안식처니까."

"여긴 산소도 없고 식량과 물도 없어요. 무슨 수로 살아남는단 말입니까?"

"불로초를 찾은 게 분명해."

"뭐라고요?"

"그들이 여기로 들어온 것도 바로 불로초를 찾기 위해

서였지. 그것만 있으면 물과 공기 없이도 영생을 누릴 수 있으니까 말이야."

카랑카랑한 아이즈라의 목소리가 통신기를 통해 울려 퍼지는 가운데 듣고 있던 콘라드가 반박했다.

"말도 안 되는 소리하지 마세요. 그런 헛소문 때문에 얼마나 많은 사람들이 죽은 줄 압니까?"

주먹을 불끈 쥔 콘라드가 마쉰을 가리켰다.

"이 아이의 부모도, 내 동생도 그렇게 희생되었다고요. 있지도 않은 불로초와 저항할 수 있다는 헛된 희망 때문에 말입니다."

사람들의 반박에 아이즈라가 말없이 그들을 응시했다. 심상치 않은 분위기를 느낀 안유인이 블라스터 권총을 뽑을 준비를 하면서 한 발자국 물러났다. 아이즈라는 차갑고 떨리는 목소리로 말했다.

"우리가 그들을 배신했어. 산 사람은 살아야 한다면서 항복하든지, 떠나라고 강요했지. 그들이 떠나면서 했던 말을 기억해. 반드시 돌아온다고, 돌아와서 복수하겠다고 말이야. 내가 이곳에 오게 된 것도 그것 때문이었어. 그들이 나에게 복수를 할 거야. 복수를."

그 말을 끝으로 아이즈라는 헬멧을 벗고 자신의 인공 안구를 잡아 뽑았다. 지직거리는 소리가 통신기를 통해 들려오면서 마쉰의 비명 소리를 삼켰다. 인공 안구 안쪽의 인공 혈관까지 잡아 뽑은 아이즈라는 갱도 안쪽을 향해 비틀거리며 걸어가다가 푹 쓰러지고 말았다. 한쪽 손에는 스스로 잡아 뽑은 인공 안구를 꼭 움켜쥐고 있었다. 마쉰이 두 손으로 헬멧의 바이저를 가린 채 울었고, 안유인은 짧게 중얼거렸다.

"맙소사."

오래전부터 가지고 있던 죄책감과 갱도 안에서 느낀 공포감이 더해지면서 스스로 목숨을 끊은 것이다. 아이즈라의 갑작스러운 죽음을 보고 놀란 마쉰이 울면서 외쳤다.

"싫어요. 더 이상 못 들어간다고요."

"마쉰 양, 당신은 선택할 권리가 없어요. 선택은 조사관인 내가 합니다."

"사라진 안드로이드가 다시 나타나서 블라스터를 난사하면 우린 다 죽고 말 거예요."

"그 안드로이드는 내가 처리할 겁니다. 만약 동행하지 않겠다면 부득이하게 추방령을 내릴 수밖에 없겠군요."

추방이라는 말에 분위기는 더욱 무거워졌다. 살던 도시에서 추방 당하면 살아남을 길은 두 가지뿐이었다. 안유인처럼 조사관이 되어서 남들이 안 하는 거칠고 위험한 일을 하거나 혹은 몸을 파는 것뿐이었다. 탐사대의 침묵은 토니의 비명 소리가 더해지면서 한없이 무거워졌다.

"신이 부르고 있어. 신이 우리를 부른다고."

광기에 찬 그의 목소리가 통신기를 울리자 안드레아는

글자 그대로 굳어버렸다. 안유인은 토니에게 다가가서 양손으로 헬멧을 잡고 흔들어댔다.

"신을 만나고 싶다면 헬멧을 벗겨주지. 그럼 곧바로 만날 수 있을 것 같은데 어때?"

안유인의 말에 토니는 축 늘어진 목소리로 말했다.

"신이 내 귓가에 속삭이고 있다고."

"그럼 신에게 좀 닥치라고 해. 안 그래도 미칠 것 같으니까."

세 사람의 시신과 부서진 4족 보행 로봇들을 남겨놓은 채 탐사대는 계속 갱도 안쪽으로 들어갔다. 출입구의 암호를 알고 있는 안드레아가 고집을 부리는 이상 방법이 없었기 때문이다. 앞장선 안드레아에게 안유인이 다가갔다.

"이번 탐사의 진짜 목적이 뭐야?"

"생체 반응의 원인을 알아보는 거라고 얘기했잖아요."

"그 반응이 이 갱도에 갇힌 서복의 후예들이 남긴 것이라고 예측한 건 아니고?"

"그게 불가능해서 원인을 알아보러 들어온 거였어요. 그리고 반란군이 남아있다고 판단했으면 바빌리온 같은 전투용 안드로이드들과 드론들을 들여보내지 민간인들로 탐사대를 구성했겠어요?"

"아니지, 그냥 민간인이 아니라 서복의 후예들과 관련

이 있는 사람들이잖아."

안유인의 말에 안드레아가 움찔했다. 안유인은 뒤를 슬쩍 바라본 다음에 말을 이어갔다.

"죽은 아이즈라는 물론이고 콘라드와 마쉰 모두 서복의 후예들과 가까웠던 모양인데?"

"선경에서는 반란군과 관련이 없는 사람을 찾는 건 불가능해요. 사실상 도시 인구 전체가 반란에 가담했으니까요."

"그렇다면 인질인 셈인가? 어쨌든 타협과 협상은 조사국의 스타일이 아닌데."

"자꾸 그렇게 신경을 건드리면 당신도 버려두고 갈 거예요."

"여기서는 누가 누구를 버릴 수 있는 상황이 아니야. 내가 전파 감지기를 하나 가지고 있거든."

뒤쪽을 슬쩍 살핀 안유인이 허리의 벨트 안쪽에 있는 은색으로 된 작은 감지기를 꺼냈다. 사각형으로 된 감지기의 뚜껑을 열자 화면에 굵고 가느다란, 그리고 점선으로 이어진 선들이 어지럽게 지나가는 게 보였다.

"이게 뭐죠?"

"갱도 안에 존재하는 전파들이야. 원래대로면 우리가 쓰는 전파 하나만 있어야 하는데 많아도 너무 많아."

"4족 보행 로봇이나 바빌리온이 발생시킨 전파일 수도 있어요."

"기계들이 내는 전파가 이렇게 지저분한 거 봤어? 진공 상태인데 이상한 소리가 들린 것도 이 전파와 관련이 있는 게 분명해."

"그럼 찾아야겠네요. 조사국은 모든 위험을 원천적으로 제거하도록 되어 있으니까요."

"알고 있는 거 전부 다 얘기해줘. 안 그러면 나는 여기서 한 발자국도 안 나갈 거야."

"내가 없으면 아무도 못 나가요."

"정확하게는 바빌리온 아니었어? 너한테 선택권이 있는 것 같지는 않았는데 말이야."

안유인의 얘기에 안드레아가 지긋지긋하다는 표정을 지었다.

"당신은 늘 그런 식이었죠. 다 알고 있는 척하면서 잘난 척을 하고 정작 필요한 순간에는……."

안드레아의 말이 이어지는 가운데 통신기에서 비명 소리가 들렸다.

"누구야?"

에너지 블라스터 권총을 뽑아든 안유인의 외침에 안드레아가 손가락을 들었다.

"저쪽!"

그녀가 가리킨 곳은 갱도가 갈라지는 곳이었다. 그 앞에는 콘라드가 누워있었고, 옆에서는 마쉰이 어쩔 줄 몰라하고 있었다.

"어떻게 된 거야?"

한 걸음에 달려간 안유인의 물음에 마쉰이 겁에 질린 표정으로 고개를 들었다.

"토니가 돌로 콘라드 아저씨의 헬멧 바이저를 부쉈어요."

누워있는 콘라드의 안면은 깨진 유리조각 때문인지 피범벅이었다. 하지만 산소를 빼앗기면서 일그러진 얼굴은 똑똑히 보였다. 통신기를 통해 토니의 광기 어린 웃음소리가 들려왔다.

"파멸의 신이 우리를 부르고 있어. 손짓하고 있다고."

"미친 놈!"

에너지 블라스터 권총을 뽑아든 안유인이 토니를 쫓았다. 그가 숨은 갱도는 주 갱도가 아니라 갱도 사이를 잇는 좁은 통로인 듯 매우 좁았다. 움직일 때마다 작은 돌 부스러기들이 사방으로 튀어서 우주복과 헬멧을 긁어댔다. 에너지 블라스터 권총을 뽑아 들고 겨눴지만 돌 부스러기들 때문에 제대로 보이지가 않았다. 통신기로는 계속 토니의 광기 어린 웃음소리가 들렸다. 속도를 늦춘 안유인은 앞쪽으로 겨눈 에너지 블라스터 권총의 방아쇠를 당겼다. 블라스터가 번쩍거리며 날아갔지만 뭔가를 맞춘 것 같지는 않았다. 짜증이 난 안유인이 허공에 떠도는 돌 부스러기들을 손으로 걷어낸 채 앞으로 나갔다. 중간에 통로가 넓어져서 한숨 돌릴 수 있었지만 토니의 모습은 보이지 않았다. 보이지 않을 정도까지 갈 여유가 없는 상황이었다. 발걸음을 멈춘 안유인이 중얼거렸다.

"대체 어디로 사라진 거야?"

사방을 두리번거리던 그는 통신기에서 헉헉거리는 숨소리가 들려오자 곧바로 앞으로 몸을 날렸다. 아슬아슬하게 천장에 매달려 있던 토니가 던진 돌이 안유인이 서 있던 땅바닥에 박혔다. 만약 몸을 피하지 않았다면 헬멧에 큰 충격을 받고 균형을 잃거나 바이저가 깨졌을지 몰랐다. 욕설을 퍼부으며 몸을 일으킨 안유인은 곧장 에너지 블라스터 권총을 겨누고 방아쇠를 당겼다. 두 번째 블라스터가 덤벼들던 토니의 헬멧 바이저를 부쉈다. 바이저의 파편이 사방으로 튀는 가운데 토니의 절규가 통신기에 울렸다.

"신이시여!"

안유인은 기다리고 있던 안드레아와 마쉰에게 돌아왔다. 그를 본 안드레아가 물었다.

"토니는요?"

그는 대답 대신 피범벅이 된 바이저 조각을 보여줬다.

"신의 곁으로 갔어."

"아까 계속 이상한 소리를 중얼거렸어요."

침울해진 마쉰의 말에 안유인은 다독거렸다.

"산 사람은 살아야지."

그 얘기가 끝나자마자 뒤쪽에서 날아온 블라스터가 마

쉰의 가슴을 관통했다. 비명도 지르지 못한 마쉰이 천천히 앞으로 밀려났다. 안유인은 재빨리 마쉰을 방패삼아 블라스터가 날아오는 방향으로 돌렸다. 두 번째 날아온 블라스터가 마쉰의 헬멧을 박살냈다. 안유인이 그녀의 겨드랑이로 내민 에너지 블라스터 권총으로 응사를 하면서 천천히 뒤로 물러났다. 통신기로 뭔가 질질 끄는 것 같은 소리가 들렸다.

"안드레아! 그 놈이야!"

"바빌리온이요?"

"그래, 어서 자폭 장치 눌러!"

안드레아가 자폭 장치를 꺼내서 누르려는 순간 블라스터가 스쳐지나갔다. 놀란 그녀가 자폭 장치를 놓치고 말았다. 안유인은 방패로 삼은 죽은 마쉰의 몸을 버리고 자폭 장치를 향해 몸을 날렸다. 거의 잡으려는 찰나, 갑자기 바빌리온이 눈앞에 나타났다. 온몸에 블라스터를 맞은 흔적이 역력했고, 머리에 눈처럼 달린 두 개의 렌즈 중 하나는 파손된 형태였다. 오히려 그래서 더 괴기스러워 보였다. 바빌리온이 내미는 에너지 블라스터 권총의 총구를 팔로 쳐낸 안유인은 발로 자폭 장치를 걷어찼다. 바빌리온이 그걸 잡기 위해 떨어지자 안유인은 자신이 가지고 있던 자폭 장치를 꺼냈다. 바빌리온이 혼란스러워하자 안유인이 싱긋 웃었다.

"잘 가라. 깡통 로봇."

그가 자폭 장치의 버튼을 누르자 처음 만났을 때 붙여 놓은 소형 폭탄이 폭발했다. 폭발력은 크지 않았지만 강력한 자기력을 발산시켜서 바빌리온의 내부 기계 장치들을 망가뜨렸다. 바닥에 쓰러진 채 허우적거리는 바빌리온을 보고 한숨을 돌린 안유인은 안드레아가 있는 곳으로 향했다. 바빌리온이 쏜 에너지 블라스터를 맞고 너덜너덜해진 마쉰의 몸 주변은 핏방울들로 가득했다.

"해치웠어요?"

"깡통 조각으로 만들어버렸어."

"다행이네요."

안도의 한숨을 쉬는 안드레아에게 안유인이 에너지 블라스터 권총을 겨눴다.

"이제 다른 일행이랑 깡통 로봇이 모두 없어졌으니까 사실대로 말해 봐."

"감당할 자신 있어요?"

"충격에 강한 편이야. 난."

"하지만 조사국은 견디지 못했잖아요. 조사관 중에 자기발로 나간 건 당신이 유일할 거예요."

"누구나 피치 못할 사정이라는 게 있는 법이지. 어차피 다 죽었고, 너까지 죽이고 나 혼자 돌아가도 전혀 이상한 상황이 아니야."

안유인을 쏘아보던 안드레아는 진심이라는 것을 깨닫고는 작게 한숨을 쉬었다.

"조사국에서 최근 재조사를 해서 결론을 내린 게 있어요."

"그게 뭔데?"

"불로초가 실제로 존재할 가능성이 높다는 것을요."

안드레아의 얘기를 들은 안유인이 피식 웃었다.

"말도 안 돼."

"아뇨. 슈퍼 양자 컴퓨터가 그럴 가능성을 15 퍼센트로 잡았어요."

"왜 그렇게 잡은 거지?"

"생체 신호 때문이었어요. 사람이 분명한데 물도 공기도 없는 곳에서 20년 동안 버티는 건 불가능해요. 딱 한 가지만 빼고는 말이죠."

"이들이 불로초를 찾았다고 믿었군."

대답 대신 고개를 끄덕거린 안드레아가 말을 이어갔다.

"저는 사면을 조건으로 반란군인 서복의 후예들에게 불로초를 넘겨받기로 교섭할 임무를 받았어요."

"그래서 무장한 군대 대신 반란군과 연관이 있는 사람들로 탐사대를 채워 넣었군."

"혹시나 해서 전투용 안드로이드인 바빌리온과 프리랜서 조사관인 당신을 투입한 거예요."

"내가 제일 싫은 게 장기판의 말이거든!"

"그건 나도 마찬가지예요."

심드렁하게 대꾸한 안드레아가 갑자기 허리 뒤쪽에 숨긴 소형 에너지 블라스터 권총을 뽑아들었다.

"당신이 무책임하게 떠나고 힘들어했던 시절에 그런 감정을 느꼈거든요."

"사정이 있었어."

"내가 친 사고를 본인이 쳤다고 하고 나간 걸 나중에 알았어요. 내가 얼마나 당신을 좋아했는지 한번이라도 생각했다면 그렇게 무책임하게 떠나면 안 되는 거였어요."

흥분한 그녀의 말에 안유인은 어지러움을 느꼈다. 그가 들고 있던 에너지 블라스터 권총의 총구가 흔들리자 안드레아가 재빨리 손으로 밀쳐 올렸다. 그리고 자신이 가지고 있던 소형 에너지 블라스터 권총의 총구를 안유인의 머리에 겨눴다. 재빨리 몸을 숙인 안유인은 그대로 그녀에게 몸통박치기를 했다. 약해빠진 중력 덕분에 안쪽으로 한참을 밀려가다가 떨어져서 바닥을 뒹굴다가 수직 갱도로 떨어졌다. 그곳에서도 뒤엉킨 두 사람은 서로의 머리를 향해 에너지 블라스터 권총의 총구를 갖다 대려고 안간힘을 썼다. 그러는 와중에 갑자기 주변에서 갱도용 조명들이 하나씩 켜졌다. 갑자기 쏟아진 강렬한 빛에 두 사람 모두 어쩔 줄 몰라했다. 무엇보다 20년 동안 폐쇄되었던 갱도에서 갑자기 조명이 켜진 것에 어리둥절해 한 것이다. 안드레아의 손목을 잡고 있던 안유인이 주변을 돌아보면서 말했다.

"우리가 괴상한 곳에 떨어졌군."

그러면서 몸을 일으킨 다음 안드레아에게 손을 내밀었

다. 손을 잡고 일어난 안드레아가 주변을 돌아보고는 믿겨지지 않는다는 말투로 얘기했다.

"여기가 서복의 후예들이 머물던 곳이군요."

"맞아. 아주 깊숙한 곳까지 들어왔네."

진공 상태였기 때문에 우주복을 입은 시신은 비교적 멀쩡했다. 한쪽 벽에는 사용하던 무기들과 통신기들이 가지런히 진열되어 있었고, 가운데는 공기가 빠진 에어캠프들이 먼지를 잔뜩 뒤집어 쓴 채 숨이 죽어 있었다. 시신들을 살피던 안드레아에게 안유인이 말했다.

"조사국이 거창하게 삽질을 했군. 애꿎은 인원들만 죽었잖아."

"우리는 3급 조사관을 잃은 정도예요. 나머지는 해당 도시들이 알아서 하겠죠."

"그나저나 죽은 지 20년은 족히 되어 보이는데."

"이곳으로 들어온 직후에 공기 부족으로 사망한 것 같아요."

"그럼 최근 감지 센서에 잡힌 생체 신호들은 뭐지?"

"그러게요. 이들이 아니라면 진짜 유령의 짓일까요?"

안유인과 얘기를 주고받던 안유인은 등 뒤에서 빛이 다가오는 게 느껴졌다. 몸을 낮춘 안유인은 에너지 블라스터 권총을 뽑아서 빛이 나오는 곳을 겨눴다. 조명 아래 드러난 것은 원통형의 금속형 몸통을 한 보행형 로봇이었다. 머리의 안테나는 곱슬머리처럼 뒤엉켜 있었고, 팔과 다리도 각기 다른 부품들을 이용해서 그런지 색깔과 길이가 안 맞았다. 빛이 나오는 조명 장치도 어설프게 갖다 붙인 흔적이 역력했다. 로봇은 두 사람의 앞을 아장거리며 걸어가서는 여러 개가 뚫려있는 갱도 중 하나로 들어갔다. 뒤늦게 정신을 차린 안유인이 안드레아의 어깨를 쳤다.

"따라와!"

"안 그래도 갈 거였어요."

두 사람은 금속형 몸통을 한 보행형 로봇의 뒤를 따라서 갱도 안으로 들어갔다. 에너지 블라스터 권총을 뽑고 앞장선 안유인의 뒤를 따른 안드레아가 헬멧의 조명을 켜서 앞쪽을 비춰줬다. 로봇이 향한 곳은 달의 선주민들이 만들었다고 전해지는 거신상이었다. 길쭉한 얼굴과 작은 눈, 쫙 펴진 어깨에는 두 개씩의 팔이 붙어있었다. 그리고 그 옆으로는 상상하지 못했던 것들이 보였다.

5
무덤

뒤늦게 안유인이 목격한 것을 본 안드레아가 물었다.

"이게 대체 뭐죠?"

"무덤이야."

헬멧의 조명을 켜서 위쪽을 올려다보던 안유인이 덧붙

였다.

"아주 커다란."

거신상 옆의 천장 위쪽까지 쌓인 것은 틀림없이 파손된 안드로이드들이었다. 팔과 다리가 하나씩 없거나 아예 없는 안드로이드들은 물론, 머리와 몸통만 남은 것들도 보였다.

"여기 갱도 안에서 사용하던 채굴용 안드로이드들 같아요."

"그랬겠지."

"그런데 왜 이렇게 무덤처럼 쌓아놓은 거죠?"

"그건 쟤한테 물어봐야겠군."

두 사람이 얘기를 주고받는 동안에도 작은 보행형 로봇은 부지런히 무덤 주변을 오가면서 떨어져 나온 부품들을 위쪽으로 다시 쌓거나 정돈을 했다.

"저건 누가 만든 거죠?"

"서복의 후예들이나 안드로이드들이 만들었을 거야. 재활용할 부품들이야 얼마든지 있었으니까, 아마 자기 무덤을 지키는 역할을 맡겼겠지."

"20년 동안 충실하게도 실행했네요."

낙담한 안드레아의 말에 안유인이 피식 웃었다.

"아마 저 로봇이 갱도를 다니면서 센서에 관측된 것 같아."

안유인의 말에 안드레아가 씁쓸한 표정을 지었다.

"미등록 로봇이었으니까 당연히 로봇이나 안드로이드로 감지하지 않고, 생체 신호 대상으로 분류했던 거네요."

"그리고 저렇게 쌓인 로봇들 중 전자 장비가 고장 나지 않은 것에서 전파가 발생했던 모양이야. 그게 좁은 갱도에서 이리 튀고 저리 튀고 하면서 이상한 소리로 변했고 바빌리온을 망가뜨렸겠지."

"젠장."

허탈해하는 그녀에게 안유인이 말했다.

"잠깐만."

우주복의 허리에 부착된 섬광 조명탄을 켠 안유인이 파손된 안드로이드들 위로 던졌다.

"이건 안드로이드들을 위한 것이고."

하나를 더 켜서 던진 그가 덧붙였다.

"이건 돌아가지 못하는 동료들의 넋을 기리기 위한 거야."

고개를 숙인 안유인이 천천히 입을 열었다.

"아이즈라, 오르코, 콘라드, 마쉰, 토니, 마치코. 그리고 20년 전에 이곳에서 죽은 서복의 후예들."

섬광 조명탄이 천천히 빛을 발하는 가운데 보행형 로봇이 다가와서 안유인을 툭툭 쳤다. 무슨 뜻인지 알아차린 안유인이 남은 섬광 조명탄을 켜서 건네줬다. 보행형 로봇이 섬광 조명탄을 든 손을 높이 들어서 안드로이드들의 무덤들을 비췄다. 섬광 조명탄이 꺼져갈 즈음 보행형 로봇이 힘껏 어둠 속으로 던졌다.

"인공지능이 탑재되어 있나 보군."

안유인의 얘기를 들은 보행형 로봇이 삐삐거리는 소리를 냈다.

"이제 돌아가자."

고개를 끄덕거린 그녀가 안유인과 함께 발걸음을 뗐다. 보행형 로봇이 그 뒤를 따랐다.

처음 출발한 굴착용 통로로 도착한 그녀가 손목에 찬 발신기로 암호를 전송했다. 잠시 후, 폐쇄되었던 입구가 천천히 열렸다. 안유인은 그녀에게 먼저 올라가라고 한 후, 여기까지 함께 온 보행형 로봇을 한손으로 끌어안고 사다리에 올라갔다. 월면 트랙커의 통신 장치를 이용해서 조사국에 암호로 보고를 마친 안드레아가 안유인에게 다가왔다.

"어쨌든 원인을 밝혀낸 건 당신 덕분이네요."

"그럼 약속한 크레딧 외에 추가로 위험수당과 장비 사용수당을 신청해줘."

"조사국으로 돌아오는 건 어때요?"

그녀의 물음에 안유인이 씩 웃으며 옆에 있는 보행형 로봇을 내려다봤다.

"먼저 받은 의뢰가 있어서 말이야."

"언제까지 도망 다닐 건데요?"

애잔함이 묻은 안드레아의 물음에 그는 차분하게 대답

했다.

"시간이 지나고 감정이 누그러지면 내가 왜 떠났는지 알게 될 거야."

"다시 돌아올 건가요?"

"아마도."

복잡한 의미가 담긴 미소를 건넨 안유인이 빈 월면 트랙커에 올라탔다. 보행형 로봇이 뒤따라 오르자 안유인은 안드레아를 바라보며 손을 흔들었다. 그녀가 따라서 손을 흔들자 안유인은 월면 트랙커의 시동을 걸고 진시황의 바다 너머로 사라졌다.

제13호

김선민

작가 및 스토리 디자이너. 한국콘텐츠진흥원 주최 원작소설창작과정 공모에 선정 후 장편소설 『파수꾼들』을 출간했다. 브릿G 제1회 어반판타지 소설 공모전에서 『장갑들』이 우수작으로 선정됐고, 앤솔러지 『괴이, 서울』, 『괴이, 도시』, 『모두가 사라질 때』, 『명신학교에 오신 걸 환영합니다』 등에 참여했다. 괴담·호러 레이블 괴이학회와 스토리디자인 스튜디오 코어스토리를 운영하고 있다.

× '일광욕의 날'로부터 20년 1개월 후 ×

치익!

"B234번 지역. 전면부 이상 없음. 진입 가능. 오버."

판유는 무전을 통해 할리에게 진입로 앞쪽의 상황을 전달했다. 돔으로 안전하게 지켜진 도시와 달리 외부 지역은 숨을 쉴 수 있는 공기도, 외부 유해 광선을 막아줄 돔도, 잘 정비된 길도 존재하지 않았다. 외부 지역은 그야 말로 죽음의 땅이나 마찬가지였다. 때문에 판유와 같이 선택된 이들만 이곳에 나올 수 있었다.

치익!

통신상태가 좋지 않은지 한참 뒤에야 할리의 대답이 돌아왔다.

[알겠지 말임다. 진입하겠슴다. 오버.]

판유는 할리를 기다리며 자신의 눈앞에 펼쳐진 풍경을 보았다. 회색 황무지 곳곳에 새겨진 움푹 팬 거대한 구덩이들. 조사관 선배 중 독실한 신자인 이는 외부 지역의 구덩이들을 신화 속의 거인들이 죄를 지은 선주민을 응징하기 위해 신에게 빌린 망치로 땅을 내리쳐 생겨난 것이라고 표현했다. 판유는 거대한 구덩이들을 보며 어느 정도 그 말이 맞을 수도 있겠다는 생각을 했다.

'저걸 크레이터라고 부른다고 했던가.'

판유가 상념에 잠겨 있던 사이 외부 조사용 차량의 불빛이 언덕 너머에서 보였다. 회색 황무지를 가로질러 사륜구동 차량이 가파른 언덕을 내려왔다. 판유는 차량을 향해 들고 있던 조명등의 불빛을 켜고 머리 위로 흔들었다. 조사차가 판유 앞에서 멈추었다. 조사 차량의 측면부의 문이 열리고 판유와 마찬가지로 전신을 감싸는 외부 조사복을 입은 조사원이 내렸다. 상당히 덩치가 큰 사내였다.

"휴우, 겁나게 먼 데까지 왔구먼요."

엔지니어인 할리가 차량에서 내리자마자 볼멘소리를 했다. 2미터가 넘는 사이보그 바디에 수염을 덥수룩하게 기른 할리는 겉모습과 달리 항상 말이 많았다. 판유는 이런 할리의 푸념을 듣고도 아무런 반응을 보이지 않았다. 묵묵히 차량 뒤쪽으로 가서 조사 장비들을 챙길 뿐이었다. 할리 역시 그런 판유의 반응에 별 말 없이 차량 전면부로 가 통신용 안테나를 설치했다.

판유는 차량 뒤에 실어둔 묵직한 조사용 캐리어를 꺼내 바닥에 내려놓았다. 고개를 들어 이상 징후가 나타난 크레이터를 보았다. 캐리어를 직접 들고 저 안까지 들어가기에는 무리일 듯싶었다. 판유는 차량 측면에 붙어 있는 수송용 로봇을 꺼내기 위해 하단부의 레버를 잡아당겼다. 차량 측면부의 뚜껑이 위아래로 열렸다. 그 안에 수송용 로봇 세 개가 나란히 줄지어 있었다. 판유는 첫 번째 로봇 쪽으로 손을 움직였다.

"가운데 거 가져가십쇼. 딴 것들은 저번에 보니까 센서

상태가 안 좋지 말임다."

어느새 안테나를 설치하고 뒤쪽으로 온 할리가 고민하는 판유를 보며 말했다. 판유는 할리의 말에 고개를 끄덕이고 가운데 놓인 수송용 로봇의 전원을 눌렀다. 로봇이 부팅되면서 머리 부분에 불빛이 들어왔다. 마치 네 발 달린 짐승이 몸을 일으키듯 로봇은 다리를 쭉 펴고 가벼운 몸놀림으로 차량에서 내려와 땅바닥에 섰다.

판유가 캐리어를 가리키자 로봇은 익숙하게 캐리어 옆으로 다가가 전자석을 작동시켰다. 캐리어가 수송 로봇 옆구리 쪽으로 붙었다가 허리 전체가 옆으로 돌아가며 등 위로 옮겨졌다.

"하나로 괜찮겠슴까?"

할리의 말에 판유는 말없이 고개를 끄덕였다. 할리는 익숙한 듯 별 말없이 차량 안으로 들어가 자신의 전뇌(電腦)[2]를 시스템과 연결시켰다.

"오케이, 연결 완료."

할리는 조사용 드론을 챙겨서 차량 밖으로 나왔다.

"준비는 다 됐지 말입니다."

"출발한다."

판유는 외부 조사복의 공기압을 체크하고 천천히 크레이터 쪽으로 걸음을 옮겼다. 사이보그인 할리는 통신망

---

2 전뇌(電腦): 사이보그용 전자두뇌를 지칭한다. 신체의 일부 또는 전체를 기계로 대체할 때 이를 제어하기 위해 뇌에 제어 장치를 이식하는 수술도 동시에 진행된다. 사이보그 신체의 크기와 기능, 제어 범위에 따라 전뇌의 크기와 용량이 다르다. 뇌 전체를 전자두뇌로 대체하는 방법도 있지만 대부분의 사용자는 뇌에 전자식 제어장치를 결합하는 형태를 선호한다.

시스템을 체크하며 판유의 뒤를 따랐다. 수송 로봇이 캐리어를 짊어지고 네 다리를 세워 두 사람의 뒤를 따랐다. 판유는 중앙도시 안에서는 보기 드문 거대한 크레이터를 보며 긴장했다. 조사복 안쪽에 땀이 차자 시야가 뿌옇게 흐려졌다.

"후우……."

크레이터는 분화구처럼 높게 솟아 있었다. 판유는 조사복의 습도를 조정하며 크레이터의 경사진 측면을 올랐다. 회색 황무지의 마른 흙 때문인지 발이 미끄러져 오르기가 쉽지 않았다.

"조심하십쇼! 조사관님이 다치면 내가 위에서 질책당합니다!"

할리의 말을 무시한 채 판유는 이상 징후가 나타난 크레이터 아래쪽을 살펴보았다. 워낙 구덩이가 커서 안쪽이 잘 보이지 않았다. 그때 판유가 무엇인가를 발견했다.

'저건……?'

깊게 팬 크레이터 안쪽에 뭔가가 보였다. 판유는 시야각을 조정해 이상 물체가 무엇인지를 파악하려 했지만 거리가 멀어 정확하게 판단하기가 어려웠다.

"할리, 아래쪽에 드론을 보낼 수 있겠나."

"잠시만 기다려보십쇼."

할리가 들고 온 가방을 열어 그 안에 담겨 있는 네 개의 드론을 활성화시켰다. 드론이 크레이터 위로 날아올랐다. 판유를 스쳐 지나 그 안쪽으로 향했다.

"보이는 게 있나?"

"외부 전자파가 세서 그런지 제대로 영상 수신이 안 되는데 말입니다."

판유가 고민하다가 몸을 일으켰다.

"조사 지점으로 내려간다."

"네? 저희가 직접 말입니까? 굳이 그럴 필요까지는……."

판유는 할리의 말에 대답하지 않고 크레이터 밑으로 내려갔다. 할리는 어쩔 수 없다는 듯이 판유를 따라갔다. 판유는 경사가 높은 크레이터를 통통 튀면서 밑으로 내려가 금세 크레이터 바닥에 닿을 수 있었다. 그는 크레이터 중앙에 놓인 이상 물체를 보았다. 황무지 밑에 묻혀 있어서인지 가까이 가지 않으면 여전히 판별이 어려울 듯싶었다. 판유는 천천히 중심으로 나아갔다. 그때 판유의 발에 걸리는 것이 있었다.

판유가 고개를 숙여 발밑을 살폈다. 무릎을 꿇고 회색 모래를 쓸어 발에 걸린 것이 무엇인지를 확인했다. 판유의 눈이 커졌다.

'바닥에 깔린 레일의 흔적? 게다가 초기 형태의 레일이다. 설마…….'

판유가 고개를 들고 황무지에 파묻힌 이상 물체를 보았다. 이곳에 존재할리 없는 문트레인의 흔적이 나타난 것이었다.

×

 정장을 입은 배 나온 장년인이 목을 뻣뻣하게 든 채 휘적휘적 복도를 걸어갔다. 그는 가려진 휘장을 젖히고 안으로 들어갔다.

 촤라락!

 복도 양쪽에 깔끔한 유니폼을 입은 아름다운 외모의 수인들이 공손한 자세로 그에게 인사를 올렸다.

 "어서 오세요 주인님."

 살롱의 마스터이자 표범 수인인 타냐가 미소를 지으며 인사를 올렸다.

 "서장님, 어서 오세요. 왜 이렇게 오랜만에 오세요."

 타냐가 서장의 팔을 잡고 팔짱을 끼었다. 서장은 그녀의 날씬하면서 탄력적인 허리를 휘감으며 말했다.

 "일이 워낙 많아서 말이지. 어때, 요즘 사업은 잘 되나?"

 "요즘 살롱 사업 잘 되는 데가 있나요. 비순수인권법이다 뭐다 해서 손님들이 눈치만 보고 오지를 않아요. 이런 불황에 다들 어떻게 비즈니스 하나 모르겠어요."

 "요즘 뭣도 모르고 까부는 것들이 참 많아. 다들 제대로 안 당해봐서 그래. 단속반 애들이 귀찮게 하진 않지?"

 "서장님이 이래저래 신경 써주시니까 덕분에 그쪽 문제는 없어요."

"그래, 마텔은 잘 있나. 요즘 통 못 보겠던데 말이야."

"네즈미 님께서 뭔가를 준비하시는 모양이에요. 안 그래도 좋은 자리 만들어서 서장님께 인사드린다고 했어요."

"흐음, 조만간 마텔에게 따로 연락하라고 전해. 그보다, 어르신은 오셨나?"

"방에서 애들에게 먼저 한 잔 올리라고 했어요."

타냐 말을 들은 서장이 뒤를 돌아보며 판유에게 말했다.

"따라와. 가서 어르신께 인사드리자고."

정복을 입은 채 서장 뒤에서 굳은 표정으로 말없이 서 있던 판유는 그제야 움직였다.

서장을 따라 좁은 복도를 걷던 판유는 옆으로 나있는 방들에서 일어나는 일에 시선을 빼앗겼다. 휘장 너머로 다양한 종의 수인들과 벗은 몸으로 이리저리 엉켜서 뒹굴고 있는 이들의 모습이 보였다. 서장은 복도 끝에 있는 가장 안쪽 방으로 갔다. 방문 앞에 서서 서장은 판유를 보며 말했다.

"야, 내가 아까 말한 거 명심해. 너 때문에 나까지 미끄러지면 씨발……. 아주 광산 쪽으로 보내버릴 테니까 잘해라."

판유는 군기가 바짝 든 자세로 고개를 끄덕였다.

"알겠습니다."

서장이 안경 너머로 판유를 한번 노려보고 문 쪽으로 몸을 돌렸다.

똑똑.

서장은 노크를 하고 안으로 들어갔다. 넓은 방 전체에 푹신한 쿠션들이 깔려있었다. 방 가운데 열 명이 먹고도 충분히 남을 만한 상에 구하기 힘든 귀한 천연식들이 가득 놓여 있었다. 상 앞에 이대팔 가르마를 한 완고한 인상의 장년인이 앉아 있었다. 그의 옆에는 두 명의 수인이 시중을 들고 있었다. 한 명은 음식을 잘라서 접시에 담아주었고, 다른 한 명은 중년인에게 직접 음식을 먹여주고 있었다. 두 명 모두 센트럴 방송에 출연 중인 수인 출신 연예인이었다.

"아이고, 국장님. 늦어서 죄송합니다."

서장은 들어가자마자 허리를 굽히고 머리를 조아렸다. 음식을 받아먹던 중년인이 손을 들어 시중을 잠시 물렀다.

"어서 오게나."

서장이 국장 앞으로 다가가서 고개 숙여 인사를 하고 악수를 청했다. 국장이 서장과 악수를 하고 자리를 권했다.

"앉지."

서장이 자리에 앉자 국장이 비운 잔을 넘기고 넘치도록 술을 따랐다. 서장은 바로 고개를 돌려 술을 들이켠 뒤 국장에게 잔을 돌려주고 다시 술을 따랐다.

"자네가 올드타운에 얼마나 있었지."

"이제 십년 돼갑니다."

국장이 고개를 끄덕였다.

"그래, 자네도 슬슬 센트럴로 올 때가 됐군."

그 말에 서장이 자세를 바꿔 무릎을 꿇고 머리를 조아렸다.

"국장님, 앞으로도 제가 온 힘을 바쳐 모시겠습니다."

그러자 국장이 술잔을 기울이며 말했다.

"원, 사람도 참. 됐네. 우리 사이에 무슨."

국장이 눈을 돌려 뒤에 부동자세로 서 있는 판유를 보았다.

"자네가 말한 친구가 저 친구인가."

서장이 고개를 들고 말했다.

"맞습니다. 국장님. 자네, 이쪽으로 와서 국장님께 인사 올리게."

판유가 절도 있는 걸음으로 다가와 경례를 했다.

"충성! 올드타운 서부지구대 소속 순찰팀장 경위 판유! 국장님께 인사 올립니다!"

"쉬어."

오웬 국장의 말에 판유는 열중 쉬어 자세를 취했다. 그런 판유를 보더니 오웬이 고개를 저었다.

"판유 경위. 듣던 대로구만. 올려다보기 불편하니 저쪽에 앉지."

서장이 고개 짓 하자 판유는 서장 옆자리로 가서 무릎을 꿇고 정좌했다. 오웬 국장은 옆에 놓아두었던 판유에 대한 보고서를 꺼내 읽었다.

"성적이 꽤 좋군. 사관학교에서도 수석을 놓친 적이 없고, 임관 후 순찰대 활동도 성실하게 임했고. 현장 평가도 뛰어나."

판유가 경직된 목소리로 말했다.

"센트럴에 몸과 마음을 다 바쳐 임무를 수행할 준비가 되어 있습니다."

오웬 국장이 서류를 훑어보며 말했다.

"결혼한 지는 얼마 안됐군. 배우자도 자네와 마찬가지로 순수인이고……. 아이가 하나 있군? 아들인가 딸인가?"

"아들입니다. 태어난 지 이제 백일이 됐습니다."

"좋군. 그 아이도 장차 센트럴에 큰 일꾼이 되겠어."

그러던 중 오웬의 시선이 한군데에 머물렀다.

"부친이 열차국 출신이었군. 헌데……."

오웬 국장의 표정이 살짝 굳어졌다.

"특수조사 임무 수행 중 무단 탈영 후 행방불명이라."

판유가 정자세로 바꾸며 목소리를 높여 말했다.

"무단 탈영은 센트럴 법으로 엄격히 다스릴 만한 중죄입니다. 특히 특수조사관이라는 중책을 맡은 장교의 경우에는 그 죄를 더욱 무겁게 적용해야 합니다. 만약 범죄인의 행방을 알게 되면 그 즉시 중앙 부서 측에……."

오웬 국장이 손을 내저으며 말했다.

"부연 설명은 필요 없네. 부친의 죄를 자네와 연결시켜 판단할 만큼 내가 어리석은 사람처럼 보이나."

서장이 날카로운 눈빛으로 판유를 노려보았다. 판유가 곧장 무릎을 꿇고 머리를 조아렸다.

"죄송합니다. 실언을 용서해주십시오."

오웬 국장이 술잔을 매만지며 말했다.

"열차국 소속 특수조사관은 센트럴 위원회 직속이지. 누구나 선망하는 자리지만 아무나 올 수 없어. 자네를 특수조사관으로 올린다는 건 내 명예를 건다는 말이야."

판유가 고개를 들고 오웬 국장을 보며 단호한 목소리로 말했다.

"국장님의 명예를 위해 이 한 몸 다 바쳐 충성하겠습니다."

오웬 국장이 판유의 눈동자를 뚫어지게 바라보았다. 그가 들고 있던 잔을 판유에게 건넸다. 서장이 판유의 등을 떠밀자 판유는 손을 떨며 술잔을 받았다. 국장에게서 술을 받아 마신 판유는 다시 술잔을 건네고 국장에게 두 손으로 술을 따라주었다. 판유가 따른 술을 마신 국장이 술잔을 탁 소리가 나게 내려놓았다.

"특수조사관 판유라, 꽤 잘 어울리는군. 기대해보겠네."

국장의 허락이 떨어지자 서장은 겨우 긴장을 풀었다. 그리고는 손뼉을 쳐서 신호를 보냈다.

"준비한 걸 들여와라!"

서장의 말이 끝나자마자 뒷문이 열리더니 덩치가 큰 호랑이 수인 두 명이 뭔가를 밀고 들어왔다. 수레 위에 무엇인가가 천으로 가려져 있었다. 서장은 자리에서 일어나 수레 앞으로 가서 천을 휙 젖혔다. 오웬 국장의 미간이 좁아졌다.

"흐음……."

수레 위에 있는 것은 다름 아닌 증기식 엔진이었다. 황동으로 표면이 마감된 앤티크 풍으로 지금은 구하기도 힘든 골동품이나 다름이 없었다. 골동품 수집에 열성적인 취미가 있는 오웬 국장이 가장 좋아하는 품목이 바로 황동과 톱니바퀴로 이루어진 초기 증기식 엔진이었다.

"괜찮군."

칭찬에 인색한 오웬 국장의 입에서 이 정도 표현이 나왔다는 건 대접이 무척이나 마음에 들었다는 소리였다. 서장은 미리 준비한 고급주를 국장의 잔에 따랐다. 국장은 만족스러운 듯 술잔을 기울였다. 서장과 국장이 술을 마시는 동안 판유는 흐트러짐 없이 정좌했다. 흔들림 없는 겉모습과 달리 그의 마음속은 심하게 요동을 치고 있었다.

'드디어 첫발을 내딛었다.'

×

"후우……."

판유는 눈앞에 있는 이상 물체를 보고 혼란에 빠졌다.

황무지 바닥에 묻혀 있는 것은 초기 형태의 문트레인 차량임이 틀림없었다. 판유는 바닥에 반절쯤 파묻힌 차량을 살폈다. 그리고 차량 측면에서 이상한 흔적을 발견했다.

[뉴아시아타운-북부행]

'뉴아시아? 북부라고?'

이상 지점은 센트럴에서 북쪽에 위치해 있었다. 문제는 중앙도시 북쪽에는 도시가 존재하지 않는다는 점이었다. 센트럴 북쪽에 위치한 도시가 없으니 당연히 도시와 도시 사이를 연결하는 문트레인 역시 존재하지 않았다. 총 열두 개의 노선으로 이루어진 문트레인은 열두 개의 주요도시와 각 도시의 중심에 위치한 센트럴을 연결했다. 어느 도시에서 출발하던 문트레인은 반드시 센트럴을 거쳐야 했다. 하지만 그 중 어느 것도 '뉴아시아타운'이라는 곳으로 향하는 건 없었다.

열차국의 공식적으로 등록된 트레인은 열두 개 뿐이었다. 특수 목적을 위해 만들어진 비공식 열차인 제로 트레인도 존재하기는 했지만 애초에 문트레인과 형태 자체가 달랐다. 판유의 눈앞에 있는 의문의 열차는 그런 비공식 열차가 아닌 초기 문트레인의 형태를 띠고 있었다.

'처음 들어보는 도시로 향하는, 존재할 리 없는 열세 번째 공식 트레인이라.'

그때 할리가 판유 옆으로 다가왔다.

"조사관님. 이, 이게 뭡니까?"

"할리, 지금 녹화 전송되고 있나."

할리가 자신의 전자 안구를 툭툭 건드렸다.

"직접 녹화는 진행 중임다. 근데……. 아까부터 통신이 불안불안합니다. 이상 전파 때문인지……."

판유가 자리에서 일어나며 말했다.

"열차 안쪽으로 진입한다."

할리의 다급한 목소리가 들렸다.

"네? 지금 바로 들어간다고요?"

판유는 수송 로봇에게 다가가 캐리어를 내렸다. 그는 캐리어의 레버를 잡아당겨 락을 풀었다. 캐리어가 양쪽으로 갈라지면서 바닥에 펼쳐졌다. 안쪽에 진열된 장비들 중에서 레이저 절단기를 집었다. 할리가 당황하며 판유를 말리려 했다.

"조, 조사관님 잠시만요."

판유는 레이저 절단기를 들고 차량 앞에 섰다. 레이저 절단기에서 파란 광선이 일었다. 광선이 차량의 한쪽 귀퉁이를 잘라냈다. 할리의 만류에도 아랑곳 하지 않고 판유는 라이트를 켜 잘라낸 차체 안쪽을 비춰보았다. 안쪽은 승객석이 있는 평범한 트레인의 모습 그대로였다.

"통신망은 어떤가."

"깜박깜박합니다. 잠시만요. 얘는 또 왜 이래."

뒤를 돌아보니 통신망뿐 아니라 수송 로봇 역시 문제가 생겼는지 전원이 나가버렸다. 판유는 통신 복구를 기다릴지 고민하다가 먼저 조사를 진행하기로 했다. 판유는 천천히 차체 안쪽으로 들어가며 말했다.

"진입해서 조사를 재개한다."

할리는 전원이 완전히 나가버린 수송 로봇과 드론을 살피다가 열차 안쪽으로 진입하는 판유를 보고 당황했다.

"제, 젠장. 어제 꿈자리가 안 좋더라니!"

할리는 어쩔 수 없이 판유 뒤를 따라 붙었다.

"안쪽으로 진입한다. 자체 영상 녹화로 전환."

판유의 조사복에 내장된 영상 장치의 전원이 들어오면서 녹화가 시작됐다. 판유는 수직으로 묻혀 있는 차량 때문에 승객석을 잡고 아래로 내려갔다. 밑을 내려다보니 다음 차량으로 넘어갈 수 있는 문이 보였다. 그런데 문 안쪽에서 이상한 진동이 느껴졌다.

'아직 전력이 살아 있는 건가.'

판유가 위에서 내려오는 할리에게 물었다.

"할리, 문 안쪽 스캔 되나."

그러자 할리가 승객석을 붙잡고 내려오며 말했다.

"다 먹통임다."

할리의 말을 들은 판유는 의자를 붙잡은 손을 놓고 차량 문 쪽으로 뛰어내렸다. 판유가 문 위로 착지하자 열차 전체가 흔들렸다. 그는 동작을 멈추고 주변을 살폈다. 문 안쪽에서는 여전히 불길한 진동이 느껴졌다. 판유가 몸을 숙이고 천천히 문의 레버를 당겼다. 문이 옆으로 열리면서 다음 차량의 승객석 모습이 드러났다. 판유는 다른 트레인의 선체가 약 50개 정도로 구성되어 있던 것을 떠올렸다. 초기 차량들은 선체 수가 이보다는 적었지만 존재할 리가 없는 열세 번째 차량이다 보니 그 구성과 구조를 짐작하기가 어려웠다. 판유는 기록을 위해 조사 상황을 음성으로 남겼다.

"등록 불명의 차량 조사 중. 내부 구조는 초기 문트레인과 유사. 특이 이상점은 없음."

이번 특수조사임무는 외부 지역인 B234번 구역에서 발생한 이상 징후에 대한 조사였다. 도시의 시민들은 출입이 금지되어 있는 외부 구역의 조사이니만큼 보안 유지가 필요한 기밀임무였다. 판유는 오웬 국장이 특히나 보안에 대해 신신당부했던 것을 떠올렸다. 특수조사부는 이런 기밀 임무를 전담하는 곳이었기에 언제나 위험이 따랐다.

'정체를 알 수 없는 열세 번째 열차. 오웬 국장은 왜 나를 여기로 보낸 거지.'

판유는 열차국 사람이 아닌 자신을 특수조사관으로 임명하면서까지 이곳에 보낸 오웬 국장의 의도가 무엇인지 알 수 없었다.

'제대로 조사하기 위해서는 차량의 가장 앞쪽 조종실로 가봐야겠군.'

판유는 차례로 차량과 차량 사이를 내려가며 조종실

쪽까지 나아갔다. 할리는 투덜거리며 판유를 따랐다. 그때였다. 위의 차량과는 전혀 다른 모양의 문이 나타났다. 은행 금고에나 쓰일법한 두꺼운 철문이었다.

'트레인 안에 왜 보안용 문이 달려있는 거지?'

판유는 두터운 문을 보고 할리에게 말했다.

"할리, 열 수 있겠나."

판유의 말에 할리가 보안문 쪽으로 다가갔다. 그가 이곳저곳을 살피더니 고개를 끄덕였다.

"쓴 지가 꽤 된 것 같은데……. 수동으로 전환되어 있어서 돌리면 열리긴 할 겁니다."

판유가 문을 열라는 듯 고개 짓을 했다. 할리는 고민하다가 이내 문에 달려 있는 원형 손잡이를 잡고 옆으로 돌렸다. 손잡이는 오랫동안 쓰지 않아서인지 빡빡해 잘 돌아가지 않았다.

"후우……."

할리가 다시 힘껏 손잡이를 돌렸다. 그의 인공 근육이 터질 듯이 팽창했다. 그러자 겨우 손잡이가 조금씩 돌아갔다. 빡빡한 손잡이를 모두 돌리자 수동 레버가 올라왔다. 판유는 올라온 레버를 잡아당겼다. 그러자 보안 문이 천천히 위로 열렸다. 판유가 조심스럽게 문 안쪽을 라이트로 비춰보았다.

"안쪽에 바닥이 보인다."

수직으로 파묻혀 있던 차량이 보안문 아래부터는 옆으

로 꺾였는지 평면으로 바뀌어 있었다. 판유는 할리가 말릴 새도 없이 보안문 아래로 뛰어들었다. 판유는 몸을 일으켜 주변을 살폈다. 지금껏 지나온 차량과는 확연히 다른 모습이었다. 바닥을 통해 규칙적으로 울리는 진동이 느껴졌다. 그때였다. 그가 내려가자마자 보안문이 닫힌 것이었다. 판유는 당황하며 무전을 쳤다.

"할리, 할리. 내 말 들리나."

아예 통신도 끊겼는지 무전은 지지직거리는 소리만 들렸다. 판유는 어쩔 수 없이 선체를 살폈다. 수동 개폐 장치로 문을 열고 나가야할 듯싶었다. 하지만 벽 어디에도 개폐장치는 없었다.

'아무래도 조종석으로 가서 문을 열어야겠군……'

판유는 라이트를 들고 다음 차량으로 갈 수 있는 문 앞에 섰다. 다른 차량과 달리 전자식 개폐 장치가 달려 있었다. 그는 자신의 조사복에 내장된 단말기와 개폐 장치를 연결했다. 지이잉 소리를 내며 단말기가 장치를 인식했다. 판유는 차량에 기록된 정보를 검색해보았다.

'정보가 하나도 없다? 문트레인의 특성상 영구 블랙박스가 존재하기 때문에 그럴 수가 없는데.'

의도적으로 영구 블랙박스를 제거하고 분산되어 있는 메모리를 하나하나 찾아서 정보를 지우지 않는 한 문트레인의 기록을 제거하는 것은 불가능하다. 하지만 이 열차는 제작부터 운행 기록까지 남아 있는 것이 하나도 없었다. 말 그대로 유령 같았다.

판유는 최종적으로 남아있던 데이터 저장소로 접속했다. 곳곳에 데이터들이 손상된 채로 흩어져 있었다. 그는 조각나 있던 데이터를 복구했다.

"최종 기록. 센트럴력 122년. 이건……."

판유의 얼굴이 순간 일그러졌다.

"분명 이 날짜는 일광욕의 날일 텐데."

이십년 전 일어난 일광욕의 날은 하늘에서 쏟아진 미확인 이상광선의 노출로 많은 시민들이 피해를 본 유례없던 재난이었다. 이로 인해 많은 사상자가 발생했고, 이상광선에 포함된 방사선 노출로 태어난 돌연변이들은 버림받아 도시의 뒷골목이나 지하수도, 폐기구역 쪽으로 흘러들어갔다. 센트럴에 조사국과 특수조사관이 생겨나게 된 직접적인 배경이기도 했다.

판유는 마른 침을 삼키고 복원된 데이터를 재생했다. 지지직거리며 영상이 재생됐다. 처음은 평범한 문트레인의 전경이었다. 그러던 중 트레인 바깥에서 이상한 빛이 번쩍거렸다. 트레인 안의 승객들이 당황하며 소리를 질렀다. 그러더니 땅이 푹 꺼지고 트레인이 곤두박질치며 밑으로 추락하기 시작했다. 화면이 다시 지지직거리며 꺼졌다.

"맙소사……."

일광욕의 날에 대한 기록은 거의 남아 있지 않았다. 워낙 사상자도 많고, 월면도시 전체가 입은 피해가 컸기 때문이었다. 판유는 어쩌면 이 영상이 일광욕의 날을 기록한 유일한 영상 기록물일지도 모른다는 생각을 했다. 그때 판유는 영상에서 이상한 점을 찾아냈다. 그는 영상을 다시 돌려보았다.

'일광욕의 날에 노출된 이상광선은 하늘 위에서 쏟아진 것이라 들었는데……. 영상에서는 오히려 바닥에서 솟구쳐 올랐다.'

위가 아니라 땅 아래에서부터 위험한 이상광선이 방출됐다는 뜻이었다. 어쩌면 센트럴에서 지금까지 일광욕의 날이라는 재난의 진실을 감춘 것일지도 몰랐다.

'지하에서부터 노출이 시작된 것이라면……. 여전히 도시는 위험에 노출 되어 있다. 오웬 국장이 숨기려던 게 이건가.'

판유는 알려지지 않았던 열세 번째 열차가 센트럴 열차국의 비밀과 밀접하게 연결되어 있다는 걸 느꼈다.

'내가 찾던 것도 어쩌면 이곳에 있을지도…….'

이 정보를 이용하면 열차국 위에 있는 센트럴 위원회와 직접적으로 거래가 가능할 수도 있었다. 판유는 우선 할리와의 통신을 재개할 필요를 느꼈다. 그는 기록 영상을 다시 켰다.

"이상 상황 조사를 재개하기 위해 통신망 복구 목적으로 트레인 안쪽으로 진입한다."

그는 단말장치를 이용해 문을 열었다. 판유가 안쪽으로 들어가자 문이 다시 닫혔다. 안으로 들어가자마자 판유는 이상한 점을 느꼈다.

'산소가 있다.'

이 차량이 언제부터 묻혀 있는지는 모르겠지만 여전히 산소 유지 장치가 돌아가고 있다는 뜻이었다. 판유는 공기의 성분검사 후 독성이 없음을 확인했다. 그리고 천천히 외부 조사복을 해제했다.

"후우……."

무거운 헬멧을 벗은 판유는 땀을 닦았다. 습도조절장치를 쓴다 해도 땀이 차는 건 어쩔 수가 없었다. 판유는 외부 조사복을 한 쪽에 두고 특수조사원 활동복 차림으로 가지고온 장비를 체크했다.

치이익.

여전히 통신은 두절상태였다. 판유는 단말기를 팔목에 차고 글라스와 연결했다. 외부 정보들이 글라스의 화면에 표기됐다. 판유는 천천히 차량 안쪽으로 들어갔다.

'여긴 뭐하는 곳이지.'

이쪽 차량은 승객석이 있던 앞쪽 차량과 확연히 다른 모습을 보였다. 판유는 라이트로 바닥을 비춰보았다. 그는 바닥에 승객석이 붙어 있던 나사의 흔적을 찾았다. 이곳 역시도 일반 승객석이었지만 어떤 이유에서인지 승객석을 제거하고 구조를 바꿔둔 것이었다. 판유는 천천히 다음 차량 쪽으로 움직였다.

"응?"

그런데 아무리 가도 차량과 차량을 나누는 문이 보이지 않았다. 문을 제거하고 모든 차량을 쭉 이은 듯싶었다. 판유는 이곳이 의도적으로 개조된 것 같다는 생각을 지울 수가 없었다.

'센트럴에도 알려지지 않은 차량을 누가 개조했다는 거지.'

생각할수록 의문점이 쌓여만 갔다. 안쪽으로 더 들어가자 복도처럼 옆으로 꺾인 지점이 나타났다. 판유는 그곳에서 이상한 것을 발견했다.

"계단?"

밑의 차량으로 이동할 수 있는 계단이 있었다. 그는 초기 트레인 모델 중에 이층으로 만들어져 있던 차량이 있었던 것을 떠올렸다. 판유는 호흡을 가다듬고 계단 밑을 비췄다.

우우우우우웅!

진동 소리가 한 층 더 가까이 들렸다. 판유는 진동 소리에 섞인 다른 소리를 들었다.

'이게 무슨 소리지?'

뭔가를 속삭이는 것 같기도 하고, 아무 의미 없는 바람 소리 같기도 했다. 판유는 호흡을 가다듬으며 불을 더 비춰보았다.

'조종석은 아마 저 밑에 있을 가능성이 높다.'

할리의 백업이 없는 상황에서 이상 징후가 있는 곳으로 들어가는 것은 사실 조사 매뉴얼에 어긋나는 일이었다. 판유의 등 뒤에서 식은땀이 흘렀다.

'일단 이 열차에서 무슨 일이 일어난 건지를 파악해야 한다.'

상황을 빠르게 파악하기 위해서는 조종석 쪽으로 가서 메인 시스템에 접속하는 게 우선이었다. 판유는 천천히 계단 밑으로 내려갔다. 일층은 과거에 식당차량이었는지 선반장이나 테이블 같은 집기들이 널려 있었다. 판유는 부서진 집기 사이를 지나가며 벽에 라이트를 비췄다. 그때 판유가 갑자기 걸음을 멈추었다.

"이게 뭐지……?"

판유는 벽면을 라이트로 비췄다. 벽이 온통 검붉은 뭔가로 점철되어 있었다. 그냥 마구 칠해놓은 것 같기도 하고, 기하학적인 무늬를 그려놓은 것 같기도 했다. 판유는 벽 쪽으로 다가가 글라스 센서를 작동했다. 센서가 벽을 스캔해 칠해진 것의 패턴을 분석했다.

[종말은 이미 도래했다.]

'종말?'

종말이라는 단어를 보자 왠지 오싹한 기분이 들었다. 판유는 시선을 돌려 벽면 가운데에 그려진 기호를 보자 이상한 느낌이 들었다. 삼각형과 역삼각형이 서로 겹쳐진 모양이었는데 이전에는 한 번도 본 적이 없는 표식이었다.

'내가 생각했던 것과는 다르다. 뭔가 이상해. 도대체 여기서 무슨 일이……'

투둑!

판유의 뒤에서 이상한 소리가 들렸다. 그는 재빨리 뒤를 돌아 라이트를 비췄다. 하지만 아무것도 보이지 않았다. 판유는 식은땀을 흘리며 자세를 낮추고 조심스럽게 접근했다. 그는 라이트를 비추며 전자총을 꺼냈다. 사관학교에서 군사훈련까지 수석으로 통과했던 판유였다.

'누가 있는 건가?'

판유가 임관했을 때 현장 임무를 하며 선배들에게 들었던 기억을 떠올렸다. 있을 수 없는 일이지만 센트럴이 관리하는 도시들 외의 외부 지역에서 자신들끼리 살아가는 반란종자들이 있다는 말이었다. 센트럴의 축복이 존재하지 않는 외부 지역에서는 순수인이고, 비순수인이고 살 수 없었기 때문에 도시 전설 정도로 치부했었지만 그 말이 사실이라고 믿는 선배들도 꽤 있었다.

'도시 외부의 생존자?'

판유는 긴장감을 억누른 채 전자총을 들고 소리가 나는 쪽을 겨누며 외쳤다.

"당장 무기를 버리고 투항하라! 저항 시 발포하겠다!"

판유가 라이트를 비추며 보이지 않는 적에게 소리쳤

다. 판유의 경고에도 어둠 속에서는 아무런 반응이 오지 않았다. 판유는 다시 한 번 목소리를 높였다.

"경고한다! 투항하지 않으면 즉각 처분을……."

그때 판유의 뒤쪽으로 인기척이 나타났다. 그는 재빨리 몸을 돌리고 자세를 낮췄다. 라이트를 비추자 검은 그림자가 곧장 사라졌다. 판유는 그림자를 향해 총을 쐈다.

푸슉!

전자총은 애꿎은 차체에 구멍만 뚫었다. 판유는 몸을 일으키고 재빨리 검은 그림자가 도망친 곳을 쫓았다. 시야가 제대로 확보되지 않아 추적이 쉽지 않았다. 그때 갑자기 차량 전체에 경고등이 들어왔다. 징징징 하는 경고음과 함께 빨간 불이 깜박였다. 판유는 당황해서 사방을 겨누었지만 검은 그림자는 보이지 않았다.

"나는 열차국 특수조사관 판유다! 당장 모습을 드러내라!"

판유는 위협을 위해 전자총의 소음기를 끄고 총을 쏘았다. 탕! 탕! 소리가 차체를 울렸다. 하지만 그림자는 판유의 주변을 맴돌 뿐 모습을 드러내지는 않았다. 그때 판유의 귓가에 이상한 소리가 들렸다.

'이게 뭐지?'

쉬익쉬익 하는 바람 소리 같기도 하고, 모르는 언어로 속삭이는 읊조림 같기도 했다. 판유는 총을 들고 사방을 이리저리 돌아봤다. 하지만 어디에도 적의 모습은 보이지 않았다.

"당장 나와!"

순간 검은 그림자가 판유를 덮쳤다. 그는 재빨리 몸을 돌리고 누운 자세에서 총을 쐈다. 퍽! 소리와 함께 검은 그림자가 총에 맞았다. 그림자가 바닥에 뒹굴었다. 판유는 천천히 몸을 일으키고 바닥에 쓰러진 그림자 쪽으로 걸어갔다. 판유가 라이트로 바닥을 비췄다. 그런데 분명 쓰러져 있던 그림자가 온데간데없었다.

'어디로……?'

퍽! 하는 소리와 함께 판유는 그대로 정신을 잃었다.

×

끼이익!

판유는 오웬 국장을 만나고 온 뒤 집으로 돌아왔다. 도시 외곽에 위치한 낡은 이층집에서 그는 쭉 살아왔었다. 집은 불이 꺼져 있어 캄캄했다. 안쪽 방 문틈에서 희미한 불빛이 보였다. 그 안에서 중얼거리는 소리가 들렸다. 판유의 어머니가 계시록을 읽는 소리였다.

"종말이 다가온다. 무서운 종말이."

어머니의 방 쪽으로 가려다가 다시 몸을 돌려 불도 켜지 않은 채 계단을 올랐다.

끼이익, 끼이익!

워낙 낡은 집이라 판유가 발을 딛을 때마다 비명을 질렀다. 이층에 올라간 판유는 가장 끝 쪽 방으로 다가갔다. 손잡이를 잡고 문을 열었다. 문을 열자마자 냉기가 훅 판유의 얼굴을 덮쳤다. 판유는 방문 옆에 있는 작은 전등을 켰다. 약한 불빛이 방안을 겨우 비추었다.

방은 오랫동안 쓰지 않아 온기가 남아 있지 않았다. 판유는 천천히 방 가운데 있는 책상으로 다가갔다. 사라진 그의 아버지가 쓰던 책상이었다. 판유는 책상에 앉았다. 그리고 책상 위에 꽂혀 있던 책들의 제목을 쭉 훑어보았다. 처음부터 끝까지 열차에 관한 기술서적들뿐이었다. 판유의 아버지는 자신이 열차국 소속이라는 것과 특수조사관의 임무를 맡았다는 사실을 무척이나 자랑스러워했다. 판유는 꽂혀 있던 책 중 하나를 꺼내서 펼쳤다.

촤라라락!

책장이 펼쳐지자 페이지 사이에 뭔가가 꽂혀 있었다. 판유는 꽂혀 있던 메모를 들었다.

[센트럴은 뭔가를 감추고 있다.]

급하게 휘갈겨 쓰기는 했지만 판유는 아버지의 글씨임을 알아볼 수 있었다. 그는 메모 안에 적힌 글자를 속으로 되뇌었다.

'뭔가를 감추고 있다.'

끼이이이익!

그때 방문이 열리는 소리가 났다. 판유가 뒤를 돌아보

앉다. 문 뒤에는 아무도 없었다.

'어머니인가?'

아버지가 사라지고, 판유의 어머니는 충격으로 쓰러졌다. 그리고 일어난 뒤로는 혼이 나간 사람처럼 살았다. 교회에 나가서 기도를 드리고, 매일 계시록을 읽는 것밖에 하지 않았다. 판유의 어머니는 종종 판유를 향해 핏발 선 눈으로 외쳤다.

"악마다! 네 놈에게 악마가 깃들었어! 네 아버지가 몰고 온 악마가!"

그는 스스로 살아남기 위해 무엇이든 했다. 장학생이 됐고, 사관학교에 들어가 수석으로 졸업해 경찰이 됐다. 그리고 이제는 센트럴의 권력 집단이라 할 수 있는 특수 조사관이 되었다.

판유는 전등을 들고 천천히 방문 쪽으로 다가갔다. 복도에는 아무도 없었다. 판유는 일층으로 내려갔다. 마룻바닥에서 끼익끼익 소리가 났다. 어둠속에 잠겨 있는 가구들이 꼭 사람 모습처럼 일렁였다. 어머니의 방에는 불이 켜져 있었고 중얼거리는 소리도 그대로였다. 그때 판유의 뒤쪽으로 뭔가가 휙 지나가는 게 느껴졌다.

"누구냐!"

판유가 뒤로 휙 돌아섰다. 순간 벽에 붙어 있는 거울이 판유의 얼굴을 비추었다. 판유는 거울 속 자신을 들여다보았다. 자신의 얼굴이 분명한데도 이상하게 낯설어 보였다. 그때 거울 속 판유의 얼굴이 일렁였다. 판유가 깜짝 놀라서 뒤로 물러났다.

일렁이던 판유의 얼굴이 다시 원래대로 돌아왔다. 그런데 뭔가가 달랐다. 판유의 입 안에서 스멀스멀 촉수가 기어 나왔다. 판유는 몸을 움직일 수가 없었다. 거울 속 판유의 머리가 여러 갈래로 갈라지기 시작했다. 그 안에서 날카로운 이빨들이 돋아났다. 순간 거울 속 판유의 얼굴이 점차 앞으로 다가왔다.

"으으으……."

판유가 움직이려 했지만 몸이 굳어 움직일 수가 없었다. 거울 속 판유의 입안에서 흘러나오는 촉수들이 일렁이더니 거울을 뚫고 나오려 했다. 판유의 몸이 싸늘하게 식었다.

<u>드드드드드!</u>

촉수가 거울을 뚫고 판유에게로 날아들었다. 날카로운 이빨이 돋은 촉수 다발이 판유의 얼굴을 휘감았다.

×

"으아아악!"

판유가 비명을 지르며 깨어났다. 몸을 일으키려 했지만 움직일 수가 없었다. 외부 조사복이 벗겨진 채로 팔다리가 케이블로 꽁꽁 묶여 있었다.

'어, 어떻게 된 거지.'

겨우 정신을 차린 판유는 몸을 뒤집어 주변 환경을 살폈다. 주변에서 악취가 코를 찔렀다. 몸을 비틀자 부동액처럼 찐득한 유기물이 판유의 몸에 들러붙었다. 토악질이 나올 만큼 냄새가 지독했다. 판유는 숨을 참으며 바닥에서 몸을 일으켰다.

우우우우웅!

몸을 일으켜 주변을 살펴보니 아까부터 열차 내에서 계속 울려 퍼지던 진동음이 요란하게 돌아가고 있었다. 제어실의 기계가 쉼 없이 작동하며 내는 소리였다. 열차는 멈추었지만 어째서인지 제어실의 기계는 계속 돌아가고 있었다.

'기계들이 있다면……. 여기가 제어실일 가능성이 높겠군.'

제어실은 조종실과 거의 붙어 있었다. 조종실로 가서 통신망만 확보하면 할리에게 얘기해 중앙군을 불러올 수 있었다. 판유는 자신을 공격한 정체불명의 그림자를 떠올렸다.

'계속 이 열차 안에서 살았던 걸까. 도대체 누가…….'

한번에 이해할 수 없는 상황이 연속적으로 닥쳐왔다. 판유는 묶인 케이블을 풀기 위해 손목의 관절을 풀었다. 단단히 묶어 놨는지 케이블이 잘 풀리지 않았다. 최악의 상황에서는 손가락 관절을 빼거나 엄지손가락을 잘라야

할 수도 있었다. 판유는 어금니를 꽉 깨물었다. 판유는 이를 꽉 물고 왼쪽 엄지손가락의 관절을 뺐다. 뼈가 부서지는 소리가 나며 곧 통증이 몰려왔다. 그는 조심스럽게 케이블에서 손을 뺐다.

"으윽……."

왼쪽 엄지손가락 부위가 부러져 통통 부어오르기는 했지만 겨우 자유롭게 손을 움직일 수 있었다. 판유는 몸을 일으켜 발에 묶인 케이블을 풀었다. 그리고는 조용히 주변을 살폈다.

'센트럴이 숨기고 있는 게 뭔지. 여기에 그 증거가 남아 있을 거다.'

총을 빼앗긴 상황이었기 때문에 또 정체불명의 그림자가 나타나면 다시 제압당할 가능성이 높았다. 그는 찐득한 유기물질이 온통 퍼져 있는 제어실 주변을 살폈다. 바닥에 널브러져 있는 파이프 하나를 집어 들었다. 파이프를 집어 들자 손바닥에 쩍쩍 달라붙었다. 숨을 죽이고 천천히 제어판 기계들 뒤에 몸을 숨기며 이동했다.

'통신을 하려면 우선 조종실로 가야 한다.'

우우우우웅!

앞으로 갈수록 기계의 진동음이 더욱 커졌다. 판유는 파이프를 꼭 쥐고 기계들 사이를 지나 앞으로 나아갔다. 그때 앞 쪽에서 이상한 낌새가 느껴졌다.

'뭐지?'

판유가 제어기 뒤에 몸을 숨기고 앞쪽을 살폈다. 조종실 문 앞은 기계가 없이 동그랗게 공간이 비워져 있었다. 그런데 그 가운데 아까 판유를 공격했던 그림자가 몸을 수그린 채 앉아 있었다. 그림자 주변에도 역시 찐득한 유기물이 퍼져 있었다. 그림자는 바닥 위에 단상 같은 것을 세워두고 뭔가를 하고 있었다. 판유는 숨어서 그림자가 하는 행동을 자세히 보았다. 너덜너덜한 거적때기를 몸에 걸친 채 단상 위에 뭔가를 치덕치덕 바르고 있었다.

'뭘 하는 거지?'

단상 위에는 온갖 잡동사니들이 어지럽게 놓여 있었다. 정체를 알 수 없는 뼈는 물론 고물이 된 기계 부품, 알록달록한 전선 뭉치, 찌그러진 깡통, 깨진 유리잔 등이었다. 그림자는 잡동사니들 가운데서 바닥에 무엇인가를 열심히 그리고 있었다. 동시에 끊임없이 뭔가를 읊조렸다.

"סיקיזאה תא ונל רובשנש ומזה עיגה, החטבהה ומז עיגה."

한 번도 들어본 적 없는 언어였다. 애초에 언어인지조차 의심되는 기괴한 소리였다. 판유는 마음 속 깊숙한 곳에서 스멀스멀 기어오는 낯선 감각에 머리카락이 쭈뼛쭈뼛 섰다.

'오웬 국장은 저게 뭔지 정체를 알고 있는 걸까.'

판유는 손에 쥔 파이프를 꽉 잡고 천천히 몸을 움직였다. 그런데 판유의 발에 뭔가가 밟혔다. 콰직 소리가 났다. 판유는 반사적으로 발밑을 보았다. 다름 아닌 사람의 두개골이었다. 판유는 깜짝 놀라 무의식적으로 뒤로 물러났다.

'왜 여기 사람 뼈가?'

뒤로 물러나던 판유가 실수로 다른 뼈를 밟고 말았다. 순간 주문을 외우고 있던 그림자가 판유가 있는 쪽으로 몸을 휙 틀었다.

"카아악!"

사람이 아닌 짐승의 소리가 났다. 판유는 당황하며 파이프를 들었다. 그림자가 네발로 뛰며 판유를 향해 달려들었다.

"으윽!"

그림자가 판유의 몸에 올라타 입을 쩍 벌렸다. 판유가 파이프를 들어 달려드는 그림자의 입을 막았다.

"크아아악!"

판유의 눈에 너덜너덜한 천 뒤에 숨겨진 그림자의 모습이 들어왔다. 흰 눈자위에 소름끼치는 칙칙한 붉은 눈동자가 판유를 노려보았다. 판유는 파이프에 힘을 주며 그림자를 밀어내려했다.

"저리 비켜!"

판유가 파이프를 휘둘러 그림자를 후려쳤다. 파이프에 맞은 그림자가 뒤로 굴렀다. 판유가 몸을 일으켜 뒤쪽에 있는 조종실 쪽으로 빠르게 내달렸다.

"헉……. 헉……."

판유는 레버를 잡아 당겨 조종실 문을 열었다. 뒤에서 그림자가 울부짖으며 달려왔다. 판유는 급하게 조종실로 들어가 재빨리 문을 닫았다.

키에에에엑!

문틈으로 그림자가 손을 뻗어 들어왔다. 판유가 안간힘을 써서 문을 밀어붙였다. 겨우 그림자의 손이 문에서 떨어지고 조종실 문을 닫은 뒤 잠글 수 있었다.

"후우……. 후우……."

판유가 겨우 숨을 고르고 조종실 앞에 앉았다. 다행히 메인 시스템에 켜져 있는 상태였다. 판유는 시스템에 접속해서 보안 장치를 해제했다.

'됐어. 이제 보안문이 열렸으니 빠져나갈 수 있을 거다.'

그는 통신망을 열어 할리와의 통신을 재개했다.

"할리, 내 말이 들리나."

지지지직 소리가 들렸다. 판유가 다시 통신을 했다.

"할리, 지금 보안문을 열었다. 정체를 알 수 없는 적대적인 신원미상자가 열차 안에 있으니 지원 병력을 요청하라."

지지지직 소리가 들리다가 갑자기 통신이 연결됐다.

[조사관님! 무사하셨군요! 갑자기 문이 닫혀서 열 방법을 찾던 중이었습니다.]

"보안문은 이쪽에서 열었으니 지원 병력을 빨리 불러

라. 나는 이곳에서 대기하고 있겠다."

[알겠습니다. 잠시만 버티십쇼.]

할리와의 통신이 끊겼다. 판유는 한숨을 돌리고 의자에 몸을 뉘였다. 그때 판유의 눈에 들어오는 게 있었다.

'블랙박스?'

서버의 데이터 저장소에는 남아 있는 자료가 거의 없었다. 판유는 고민하다가 블랙박스 데이터를 열어보았다.

"이건……?"

메인 시스템에는 당시의 기록 자료들이 남아있었다. 판유는 기록들 중 일광욕의 날을 찾아 실행을 시켜보았다. 모니터 화면에 영상 기록이 띄워졌다.

[아아아아악!]

사고가 일어나는 장면은 아까 봤던 것과 비슷했다. 문제는 그 다음이었다.

"저게 뭐지?"

땅속에서 빛이 솟구쳐 올라오는 것과 동시에 다른 무엇인가가 열차를 덮쳤다. 거대한 넝쿨처럼 보이는 촉수가 열차를 휘감아 땅속으로 끌어내렸다. 열차는 순식간에 땅속으로 빨려 들어갔다.

"맙소사……."

일광욕의 날은 단순한 이상광선 노출에 의한 피해가 아니었다. 정체를 알 수 없는 무엇인가가 도시의 땅 밑에 숨어 있었다. 센트럴은 그 사실을 감추고 심지어 동쪽의 도시와 트레인의 존재 사실 자체를 지워버렸다. 판유는 혼란에 빠졌다.

"그럼⋯⋯. 오웬 국장은 왜 나를 이쪽에 보낸 거지⋯⋯?"

그가 다른 기록들을 보려할 때 문에서 이상한 소리가 들렸다.

드드드드드득!

손톱으로 문을 긁는 소리가 들렸다. 동시에 문을 뚫고 기괴한 속삭임 소리가 끊임없이 이어졌다. 판유는 귀를 막아도 머릿속에 직접 전달되는 듯한 그 기괴한 소리를 피할 수가 없었다.

"으으윽!"

드드드드드드득!

손톱이 문을 마구 긁고 동시에 기괴한 소리가 머릿속을 파고들었다. 웅웅거리는 기계의 진동음이 판유를 더욱 미치게 만들었다.

"그만! 그만해!"

순간적으로 소리가 뚝 끊겼다. 귀를 막고 있던 판유는 고개를 들고 문을 보았다. 웅웅웅거리는 진동 소리만 들렸다.

철컥!

갑자기 조종실 문의 레버가 열리는 소리가 났다. 판유의 이마에서 식은땀이 흘렀다. 그는 조종실 옆에 있는 소화기를 급하게 집어 들었다. 천천히 조종실 문이 열렸다.

끼이이이익!

판유는 문이 열리자마자 소화기를 마구 뿌렸다.

치이이이익!

동시에 소화기를 내던진 뒤 곧장 조종실 바깥으로 뛰어나갔다.

'밖으로 나가야 한다.'

판유는 웅웅 소리를 내는 기계들을 지나 뛰어갔다. 보안 장치를 해제해서 열차의 문은 모두 열려 있었다. 판유는 문들을 빠르게 지나갔다.

키에에에에엑!

뒤에서 그림자가 괴성을 지르며 쫓아왔다. 열차의 경고등이 계속 깜박였다. 판유는 식은땀을 흘리며 앞만 보고 달렸다. 그때 앞 쪽에 뭔가가 보였다.

"할리!"

전자총을 든 할리가 문 앞에 서 있었다. 판유는 자신을 쫓아오는 그림자를 가리키며 외쳤다.

"빨리 쏴라!"

할리가 총을 들고 정면을 겨누었다. 판유가 비켜서려 할 때였다. 할리의 총에 불빛이 들어왔다.

'어?'

쾅! 소리가 나며 할리의 총에서 충격파가 방출됐다. 판유는 충격파에 맞고 뒤로 날아갔다. 머리가 흔들려 아무 생각도 할 수 없었다. 충격파로 근육이 마비되어 움직일 수가 없었다.

'도대체 왜…….'

쓰러진 판유는 할리를 올려다보았다. 할리는 자신의 전뇌를 열차 시스템과 연결해 보안 장치의 명령을 다시 바꾸었다. 전자음 소리와 함께 보안문이 다시 닫히기 시작했다. 할리가 외부 조사복의 헬멧을 쓰며 쓰러진 판유를 내려다보았다. 그가 혀를 찼다.

"하청 직원이 별 수 있나. 까라면 까야지."

문 뒤로 할리의 모습이 사라졌다. 판유는 어떻게든 몸을 일으키려 했다. 하지만 몸이 움직이지를 않았다.

"으으……. 오웬……. 할리……."

이를 갈며 증오 섞인 목소리를 내는 판유 앞에 그림자가 서서히 다가왔다. 그림자는 쓰러진 판유를 보며 입맛을 다셨다. 판유는 피할 수 없는 그림자의 손길에 온몸을 떨었다. 그림자가 판유 앞에 슥 섰다.

그때였다. 순간적으로 그림자의 입이 쩍 갈라지더니 그 안에서 긴 촉수가 휙 하고 튀어나왔다. 촉수가 판유의 목을 휘감았다.

"커헉!"

그림자는 몸을 일으키더니 촉수로 판유의 목을 휘감은 채 그를 끌고 갔다. 판유는 어떻게든 벗어나기 위해 발버둥 쳤다.

"커허어억!"

그림자는 판유를 끌고 아까 자신이 있던 자리로 데려왔다. 판유는 눈동자를 돌려 바닥을 보았다. 식당 칸 벽에서 보았던 기묘한 기호와 기괴한 문양들이 바닥에 잔뜩 적혀 있었다. 판유는 점차 힘이 빠지고 축 늘어지는 걸 느꼈다.

'여기서……. 벗어나야……. 센트럴을…….'

그림자가 판유의 머리맡에서 몸을 숙였다. 그는 판유의 머리 위에서 이상힌 읊조림을 이어갔다. 필을 흔들기도 하고 판유에게 뭔가를 뿌리기도 했다. 판유는 점차 의식이 사라져 갔다.

'아, 안 돼. 여기서 죽을 수는 없…….'

그때 판유의 눈에 그림자의 가슴께가 들어왔다. 익숙한 문장이 붙어 있었다. 다름 아닌 특수조사관을 상징하는 문장이었다. 그리고 문장 옆에는 명찰이 붙어 있었다. 그 역시 판유에게 익숙한 이름이었다.

'아, 아버지……?'

판유의 눈이 경악으로 물들었다. 임무 중 사라진 아버지가 이 열차에서 괴인으로 살아가고 있었다. 아버지의 죽음과 연관된 센트럴의 비밀을 파헤치기 위해 서장에게 접근해 특수조사관까지 된 판유였다.

'도대체 아버지가 왜 여기에……?'

판유는 아까 블랙박스 영상에서 봤던 정체불명의 덩굴을 떠올렸다. 일광욕의 날에 일어난 일에 대해 조작된 진실. 판유는 두려움 속에서 자신이 왜 특수조사관이라는 이름으로 이곳에 오게 됐는지를 깨달았다. 열차국 연구원 신분으로 센트럴의 음모를 파헤치다가 갑자기 특수조사원이 된 후 실종된 그의 아버지, 판유는 사라진 아버지의 뒤를 쫓으며 진실이 무엇인지를 찾으려 안간힘을 썼다. 그리고 센트럴이 그토록 감추려던 진실과 마주했다.

일광욕의 날 이후 센트럴은 각 도시들 간의 교류를 철저히 통제했다. 열차국 소속 특수조사관의 존재가 생겨난 것도 그 이후였다. 열두 도시는 정해진 노선을 통해 공식 문트레인으로만 다녀야했고, 위성도시들은 외부 도시와 연결되는 역이 모두 폐쇄되면서 극소수의 간부들만이 센트럴의 허가 하에 오고갈 수 있었다.

'열차를 지배하는 자가 도시를 지배할 것이다.' 오웬이 자주 하던 말이었다. 판유는 비로소 그 말뜻을 이해할 수 있었다. 열차국과 오웬이 감추고 있던 금기. 열세 번째 열차에 갇힌 인간의 육체를 뒤집어 쓴 미지의 존재와 지하에 숨어 있는 정체를 알 수 없는 넝쿨들. 센트럴은 저들을 숨기기 위해 판유와 그의 아버지를 유인해 희생시켰다. 인신공양으로 신의 분노를 달래고자 했던 옛 선주민들처럼. 판유는 나오지 않는 목소리로 아버지의 이름을 계속 불렀다.

"으어……."

"הפוך את רוע המנחה חדשה וזחר אחר חצוצרת הסוף"

읊조림은 계속 됐다. 기괴한 주문이 계속되자 바닥에 그려진 문양과 문자들이 마치 살아 있는 것처럼 흔들리기 시작했다.

우우우우우우우웅!

다시 열차 전체에 붉은 경고등이 들어오더니 깜박거렸다. 주문이 막바지에 이르렀다. 그러자 그림자의 입에서 뭔가가 튀어나왔다. 검은 연기가 누워 있는 판유의 몸속으로 깃들었다.

"어어억!"

괴인의 입에서 나온 검은 연기가 판유의 입과 코, 귀, 눈으로 스며들었다. 모든 연기가 판유의 몸속으로 들어갔다. 그러자 괴인은 실이 끊어진 인형처럼 그대로 슥 옆으로 쓰러졌다.

우우우우웅!

기계들이 불길한 소리를 내며 진동을 울렸다. 붉은 경고등이 천천히 깜박였다. 누워있던 판유의 몸이 천천히 흔들렸다. 순간 판유의 눈이 번쩍 뜨였다. 그의 몸이 공중에 떴다. 판유, 아니 판유의 몸을 입은 '무엇'인가는 천천히 몸을 일으켰다. 다시 눈을 뜬 판유의 눈동자는 아까 그 그림자의 것처럼 칙칙한 붉은 색이었다. 판유가 고개를 돌려 옆을 보았다. 순간 그의 입이 쩍 벌어졌다. 판유는 그대로 괴인의 몸에 달려들었다.

×

우드드득. 쩝쩝.

열차 내부에 장치 해둔 카메라가 적나라하게 계승 의식을 찍어 할리가 있는 차량으로 영상을 전송했다. 할리는 완전히 괴물이 된 판유의 식사 장면을 보고 속이 울렁거렸다. 이미 내장도 전부 기계로 바꿨는데도 신물이 올라올 것 같았다. 그는 몸서리를 치며 영상을 껐다. 할리가 고개를 저으며 혀를 찼다.

"백프로 순수인 혈통을 찾아내라고 그 난리를 치더니……. 짠돌이 오웬이 웬일로 돈 많이 주나했다. 별 찜찜한 임무 다보겠네."

할리는 통신망을 열고 국장 직통으로 연결했다.

"나요. 할리."

[어떻게 됐나.]

"뭐, 국장님 말씀하신 대로 잘 마무리 했습니다. 비용은 저번 계좌로 보내주십쇼."

오웬 국장은 대답하지 않고 통신을 툭 끊었다. 할리는 고개를 내저었다.

"쳇, 재수 없는 꼰대새끼. 나야 뭐 크레딧만 받으면 됐지."

할리는 수송 로봇을 이용해 레이저 커팅기로 잘린 문

의 수리를 마무리하고 귀환 명령을 내렸다. 그리고는 기지개를 쭉 폈다.

"웃차, 이번에 좀 두둑하게 챙겼으니까 헬리오로 가서 뽀지게 놀아볼까."

쿵!

그때 차량 측면부에서 이상한 울림이 났다. 할리는 짜증을 내며 외부 조사복을 입었다.

"젠장, 꼭 저건 들어갈 때 말썽이야."

수송 로봇이 안으로 들어갈 때 중간에 걸린 모양이었다. 할리는 차량 문을 열고 밖으로 나갔다. 측면부에 가 보니 수송 로봇은 안쪽에 잘 들어가 있었다.

"응? 뭐야. 뭐가 분명 부딪힌 것 같은……."

퍽!

순간 뭔가가 할리의 왼쪽 팔을 빠르게 낚아챘다. 할리는 비명을 질렀다.

"으아아악!"

그의 기계 팔이 잡아 뜯겨 있었다. 레이저 커팅기로도 자를 수 없는 강화 재질이었는데 마치 종잇장처럼 구겨져 있었다.

"뭐, 뭐야."

할리는 심상치 않은 상황을 느끼고 재빨리 차량 안으로 들어갔다. 다급하게 차량 문을 닫고 도시로 귀환 명령을 내렸다.

"젠장! 젠장! 빨리 출발해!"

할리는 뭔가 일이 잘못된 걸 느꼈다. 이빨이 딱딱 부딪혔다. 그는 거칠게 헬멧을 벗어 차량 뒤로 던졌다. 그런데 헬멧이 떨어지는 소리가 나지 않았다.

"어……. 어?"

그가 천천히 고개를 돌렸다. 놀랍게도 판유가 서 있었다. 입에 검은 뭔가를 잔뜩 묻힌 채 붉은 눈동자를 번뜩였다. 할리는 판유를 뒤로 주춤주춤 물러났다. 그가 총을 겨누었다.

"오, 오지 마!"

하지만 판유는 다가오는 걸 멈추지 않았다. 할리가 판유를 향해 총을 쏘려했다. 하지만 그 전에 판유의 입이 쩍 벌어졌다. 입에서 여러 갈래의 촉수가 튀어나와 할리의 몸을 휘감았다.

"으아악! 아악!"

할리의 몸이 축 늘어지면서 그의 의식이 끊겼다. 판유가 선명한 핏빛 눈동자를 번뜩이며 서서히 할리에게로 다가왔다. 그의 입이 더 크게 벌어졌다. 차량 안은 우드드득 소리가 끊이지 않았다.

기괴한 소리와 함께 차량은 귀환 명령에 따라 스스로 원래의 보금자리로 돌아가고 있었다. 차량의 유리창에 화려한 빛으로 치장된 도시의 전경이 보였다.

"꺼억."

판유는 고개를 들고 자리에서 일어나 화려한 도시를 보았다. 그가 옷소매로 입을 슥 닦았다. 아까보다 그의 눈동자가 더 선명한 붉은 빛을 내고 있었다. 판유의 입에서 낮은 목소리가 흘러나왔다.

[הסוף מגיע. הסוף המפחיד. (종말이 다가온다. 무서운 종말이.)]

하드보일드와 블루베리타르트

홍지운

본명 홍석인. 『무안만용 가르바니온』으로 제2회 SF어워드 장편 부문 대상을 수상했다. 장편소설 『호랑공주의 우아하고 파괴적인 성인식』 등, 단편집 『구미베어 살인사건』, 『월간 주폭 초인전』, 『악의와 공포의 용은 익히 아는 자여라』 등을 출간했고, 앤솔러지 『근방에 히어로가 너무 많사오니』, 『냉면』, 『괴이, 도시』 등에 참여했다. 2020년 현재, 청강문화산업대학교에서 웹소설창작전공 교수로 재직 중이다.

× '일광욕의 날'로부터 20년 4개월 후 ×

1

"모든 음식을 통째로 삼키지는 말아요. 맛을 즐기는 법도 알아야지요."

나는 눈앞의 인공란을 바라보며 흰이 해준 한미디를 떠올렸다. 늙은이다운 조언이다. 뱀 수인에게 있어 달걀한 알이 식도를 타고 넘어갈 때의 그 감각이 얼마나 도착적인 즐거움을 주는지 상상하지 못한다는 점에서는 토끼 수인다운 나이브함도 느껴진다.

기분 좋은 순간에 대한 상상도 온몸의 통증을 지우지는 못한다. 어금니가 바스라질 듯이 이를 악물어도 고통은 희석되지 않는다. 결국 그 노친네의 조언을 따르기로 했다. 우선 밥부터 먹자는 것이다.

나는 정신을 놓지 않도록 이를 갈며 냉장고에 흰이 넣어둔 인공란을 꺼냈다. 흰은 마지막 순간에 내게 두 가지를 당부했다. 하나는 연락처나 주소가 적히지 않은 이상한 명함을 사용하라는 것. 다른 하나는 이 인공란을 통째로가 아니라 제대로 조리해서 먹으라는 것.

명함의 주인을 찾는 것은 나중으로 미루고 일단 주린 배부터 채우기로 했다. 뭐라도 영양분을 배안에 넣지 않고서는 어디로든 움직일 기력이 나지 않았기 때문이다. 인간은 좀 더 공장의 기계처럼 취급될 필요가 있다. 공장의 기계라면 최소한 연료는 들어가고 열이 나면 식힐 시간이라도 주니까.

탁. 탁. 데구르르.

나는 내 세로로 된 동공을 가느다랗게 수축해 테이블 위를 노려보았다. 계란 껍데기 안에서 나온 것은 그 물건이었기 때문이다.

망할. 흰, 이 뱀보다도 음험한 토끼 같으니. 계란 껍데기 안에서 이런 것이 나오리라곤 상상도 못했는데.

2

"트레버, 이 두꺼비야. 형사가 되어갖고서는 떼어먹을 게 없어서 사립탐정 일감을 떼어먹어?"

"뱀 선배. 진정해요. 경찰 조직에 무슨 힘이 있다고 내가 선배 뒤통수를 치겠어요?"

그날은 초장부터 일진이 사나웠다. 트레버, 그 자식이 내가 일전에 물어다 준 사자파의 총기 거래 건에 대해서 약속한 보너스는 고사하고 의뢰비마저 꿀꺽한 뒤 오리발만 내밀었지 않았던가?

게다가 그 지저분한 두꺼비는 뻔뻔한 낯짝으로 공적을 가로챈 이유라며 윗선을 들먹이기까지 했다. 망할, 경찰 조직이 마피아의 눈치를 본다는 게 어디 자랑이란 말인가?

나는 취조실에서 소리가 새어나가지 않도록 주의하면서 트레버를 다그쳤다. 이 뱀 잡아먹는 두꺼비 같으니.

"네즈미 조직이야?"

"맞아요. 그러니까 누나도 입조심. 알죠?"

"모르겠냐. 내가 왜 잘렸고 왜 이 짓거리를 하고 사는데."

그때는 시민들이 한창 경찰들이 마피아와, 정확히 말하자면 네즈미 조직과 결탁을 했다는 이유로 인해 규탄 시위로 들고 일어난 때였다. 경찰들은, 정확히 말하자면 트레버와 같이 마피아들과의 친분을 과시하던 경찰들은 이를 무마하기 위해 자신들의 실적을 과시하고 사안에서 눈을 돌릴 스캔들을 일으켜야만 했다.

이 연쇄는 곧 사자파의 불법 무기 거래에 대한 단속으로 이어졌다. 사자파는 네즈미 조직에 비교하면 동네 슈퍼 수준의 피라미들이었지만 어쨌든 이슈 돌리기용 버림패로 쓸 만큼의 영향력은 있었다.

나는 부패 형사 중의 부패 형사, 트레버의 그 능글맞고 천연덕스러운 미소를 보며 속에서 타오르는 열불을 식혀야만 했다. 어쨌든 나는 더 이상 형사가 아니었고 트레버의 장난질은 나로부터 배운 기술들이었으며 그 기술의 수위를 볼 때 선을 넘어간 수준은 아니었으니까.

여기서 가장 속이 탈 사람은 사자파 놈들일 게다. 사자파가 트레버나 다른 형사들에게 바친 상납금은 결코 적지 않았다. 다만 비정한 자본주의의 논리를 따라, 국가기관(경찰)은 중소기업(약소 조직)보다는 대기업(거대 마피아)을 우선했을 뿐이다.

"다음번에는 꼭 내 몫의 크레딧도 챙겨라. 안 그러면 내가 널 위해서 몸소 삼켜놓은 것들도 토해버릴 테니까."

"알아요, 알아. 누나도 참. 우리 사이에 그게 뭡니까?"

"우리 사이가 뭐, 네가 나 등쳐먹은 사이 아니냐?"

트레버는 기름기가 잘잘 흐르는 얼굴을 하고서는 딴청을 피웠다. 결국 나는 다 죽어가는 꼰대가 되어서 꼰대 같은 훈수를 되풀이했다.

"트레버야. 잊으면 안 된다. 혼자 먹다 체하면 약도 없어."

"알아요. 알았으니까, 나갈 때 아시죠?"

나는 화가 나서 대꾸도 하지 않았다. 그저 테이블 위로 올라간 뒤 환풍구로 내 유연한 몸을 욱여넣고는 이 진절머리 나는 곳에서부터 한시라도 빨리 나가려고 했을 뿐이다. 경찰서의 그 누구도 트레버와 작당하는 내 모습을 목격하지 못하도록. 뱀답게 숨어서.

3

올드타운은 달에서도 낡고 낡은 지역이다. 한때는 번영했다는 전설 같은 이야기를 들은 바 있지만 이 곰팡내로 가득한 골목을 걷다보면 도대체 몇 세기 전의 일인지 짐작조차 가지 않는다. 우주에서 쏟아지는 방사선을 막기 위해 마련된 두터운 천장은 조명조차 달려있지 않다. 이곳은 그저 언제나 어두컴컴한 달의 지하일 뿐이다. 그리고 어느 지역이든 마찬가지로 가장 낙후된 곳은 수인들에게 할당된다.

그리고 이 거리의 지배자는 그 누구도 아닌 네즈미 조직이다. 트레버가 꼼짝도 못하고 내 뒤통수를 친 것도, 내가 이를 잠자코 넘어가는 것도 다 네즈미 조직이 얽혔기 때문이다. 악어 수인으로 네즈미 조직에 적대하던 세력들을 그 턱으로 다 씹어버린 행동 대장이자 NO. 3인 체샤와 사자 수인에 기업가 출신으로 네즈미 조직이 올드타운을 지배할 수 있도록 온갖 사업 확장에 일조한 NO. 2 마텔 그리고 배후에서 저 둘을 지휘하는 네즈미까지. 건드리면 그저 내 인생만 조질 인물들을 가까이 할 이유야 없다.

나는 올드타운 19구역에 위치한 낡은 3층 건물로 들어갔다. 이 지역에서 보기 드문, 벽돌로 지어진 해괴하기 짝이 없는 건물이다. 컨테이너가 아닌 벽돌이라니, 제정신일까? 나는 문을 열고서 우편함에 빼곡히 박힌 각종 우편물들을 꺼내 주머니에 쑤셔 넣었다. 홧김에 뽑느라 그만 관리실의 우편물까지 뽑아버렸지만 이를 일일이 구분해서 다시 되돌리기도 귀찮았다.

"지치는구먼."

나는 사무실에 도착하자마자 우편물을 문서가 한가득 쌓인 택배 상자에 내동댕이쳤다. 관리실의 우편물은 다음에라도 건네주면 될 것이라 생각했고 말이다. 그러고는 냉장고에서 인공란 다섯 알과 합성주 한 병을 꺼내들고 낡아빠진 소파에 몸을 던졌다. 이 소파는 경찰 조직에서 쫓겨난 지 5년째, 사립탐정을 빙자한 심부름센터를 운영하면서 내 유일한 위안이 된 파트너다.

나는 소파에 누워 인공란을 한 알, 한 알씩 집어삼켰다. 기다랗고 탄력이 있는 뱀의 식도는 인공란을 위장까지 스무스하게 배달했다.

"뱀 탐정님. 전에 갖다드린 블루베리타르트는 냉장고에 묵히시고 인공란만 드시나요?"

"우엑, 켁. 흰? 무슨 일입니까? 어떻게 들어오셨어요?"

나는 그때 깜짝 놀라서 식도로 넘긴 계란들을 한 알, 한 알 다시 토해낼 뻔했다. 하지만 흰은 내가 놀라든 말든 언제나와 마찬가지로 태평한 미소를 짓고서 나를 바라보았다.

어떻게 들어왔느냐는 내 질문은 멍청하기 짝이 없는 소리였다. 흰은 내가 거주하는 사무실이 입주한 빌딩의 건물주이자 관리자다. 그러니 당연히 흰은 내 사무실의 열쇠를 여벌로 갖고 있었다. 나는 할머니를 보고 놀란 스스로가 민망해서 고개를 돌렸다.

내가 뱀인 반면에 흰은 토끼다. 우리 같은 수인들 중에서도 토끼의 유전자와 배합된 수인은 정말이지 드문 경우다. 이들은 쥐 수인처럼 전형적인 약자이기 때문이다. 토끼의 신체가 갖는 장점도 있기는 하다. 빼어난 청력과 강한 각력. 제법 괜찮아 보이기는 해도 이 능력들은 월면에서의 노동으로 한정하면 큰 도움이 되지 않는다.

나아가 흰처럼 늙은 토끼 수인이라면 더더욱 살아남기 힘들다. 이 우주의 정글에서 늙은 수인부터가 보기 힘든데 어디 써주거나 부르는 곳 없는 토끼가 어떻게 지금까지 살아남았을까? 늙은 토끼 수인인 흰에게는 분명 남다른 역사가 있었으리라 그때도 이미 짐작은 하고 있었다.

"흰. 미안하지만 집세는 부디 나중에……."

"몇 푼 크레딧이나 받을 의도로 온 것은 아니에요. 뱀 탐정님의 도움이 필요해서 왔어요."

"그러시다면……."

"맞아요. 오늘도 일을 부탁드리려고 왔어요."

4

"아로 학생이 사라졌어요."

"아로? 그 피자 가게 둘째 아들 말씀이십니까? 늑대 수인인?"

"맞아요."

흰은 최고의 집주인이자 최악의 집주인이었다. 그가 최고의 집주인인 이유는 내가 아무리 월세를 밀리더라도 웃으면서 기다려준다는 점이다. 그리고 그가 최악의 집주인인 이유는 그 이자의 대가로 이런저런 잡무를 내게 떠넘긴다는 점이다.

설거지, 장보기, 책장 만들기, 세입자의 이삿짐 나르기 등 나는 흰으로부터 온갖 잡무를 부탁받고는 했다. 하지만 사람 찾기라니? 정말로 이게 내가 할 수 있는 일인가?

"흰. 아로는 현영네 패거리이지 않습니까. 현영네는 이 구역의 미성년자들한테 마약을 파는 양아치 중 가장 세가 커요. 이 동네에서 아로를 건드릴 사람은 없습니다. 현영조차도 아로 같이 이 동네 토박이에다 탁월한 인맥을 가진 소매상을 버리려고 하지도 않을 거고요."

"아니에요. 아로 학생은 지금 위험한 상황에 처했음이 분명해요."

"불량학생이지 않습니까. 아마 학교 땡땡이 치고 어디 놀러갔거나 술 먹고 난동 부리는 게 걸려 구치소에 하루 정도 갇히는 게 고작일 거예요. 걱정하지 마시고 기다리십쇼. 아로는 늑대 수인이니 신체도 강인하고 영역과 귀소에 대한 본능도 강할 거잖습니까."

나는 트레버에게 뒤통수를 맞은 것만으로 약이 올라 미칠 지경이었기에, 어떻게든 흰을 달래 집으로 돌려보내려고 했다. 그리고 그때 아로가 무사하리라 진심으로 짐작하기도 했고 말이다. 10대들은 다 그렇잖은가?

하지만 흰은 고집을 꺾지 않고서 계속해서 내가 자신이 아로를 찾는 일을 도와야만 한다고 재촉했다. 그 붉은 빛 토끼 눈을 동그랗게 뜨고서는.

"다른 때라면 저도 그렇게 생각했을 거예요. 하지만 아로는 어제 제 심부름을 해주기로 약속했었어요. 저는 그 대신 제가 만든 블루베리타르트를 주기로 했고요."

"애들이 약속도 좀 잊을 수 있지 않습니까?"

흰은 고개를 저었다. 단호하고도 고상하게.

"내 블루베리타르트를 잊을 수 있는 사람은 없어요."

그러고는 살포시 미소를 지으면서 한 마디 덧붙였다.

"뱀 탐정님이야 항상 제가 선물한 블루베리타르트에는 손도 대지 않으시니까 모르고 계시겠지만요."

5

그렇게 나는 흰, 그 노망난 토끼의 부탁을 들어주게 되었던 것이다. 젠장. 하필이면 그 약점을 물고 늘어지다니. 집주인의 호의를 무시했다는 무안에 미안하고 민망하고 빚을 진 기분에 도망칠 구석이라고는 전혀 없었던 것이다.

그렇다. 나는 단 한 번도 흰이 선물한 블루베리타르트를 먹어본 적이 없었다. 나는 가끔 먹는 인공란과 에너지 바면 충분하다. 굳이 블루베리타르트처럼 달달한 디저트를 내 딱딱한 달걀 뒤에 먹어봤자 입맛만 버리지 않겠는가? 하지만 휜, 이름과는 반대로 그 속 검은 토끼는 이런저런 일을 부탁할 때면 꼭 내게 블루베리타르트를 선물하고는 했다. 내가 그런 걸 먹지 않는다는 것을 알면서도 그랬다는 것은, 그제야 알았지만 말이다.

나는 휜을 데리고 올드타운 23구역의 노숙자 보호소로 갔다. 그곳에는 내 밥이 있었기 때문이다. 내가 트레버의 밥인 것처럼 그 녀석, 스탠은 내 밥이었다.

"스탠. 요즘 어때?"

"뱀! 너 뭘 저지른 거야? 왜 사자파가 트레버한테 작살이 난 건데?"

"그야 불법으로 총기 밀매를 했으니까."

"네가 트레버한테 꼰지른 거지? 내가 아직은 말하면 안 된다고 그렇게 신신당부를 했는데! 이미 사자파에선 날 내부고발자로 의심하고 있다고!"

"걱정하지 마. 그날 내가 너랑 만났다는 건 누구도 몰라. 오늘은 정문으로 왔지만 전에는 너 찾을 때 여기 환풍구로 숨어들어왔잖아. 아무도 우리가 만났다는 걸 몰라. 그러니 사자파도 증거도 없이 널 잡진 않을 거라고."

"뱀, 이 썩을 것! 또 그 미끌미끌한 몸으로 저만 빠져나가려고?"

나는 스탠의 어깨에 손을 올려놓고는 진정시켰다. 혹

은, 위협했다. 스탠은 올드타운에서 보기 드문 비수인이다. 다른 지역에 비해서도 수인과 비수인 사이의 차별 정책이 굳건한 올드타운에서 순혈인 비수인이 노숙자 보호소에서 일을 한다는 것은, 이 녀석이 엄청나게 멍청하다는 증명이다. 다른 수인들에 비해 교육이나 사회적 지원을 압도적으로 받는 상황에서 이런 끔찍한 직장으로 밀려났으니 말이다. 아니, 과언이 아니다. 이 올드타운은 비수인이면 덧셈뺄셈을 할 수 있을 수준의 사고력만 가졌어도 관리자가 될 곳이다.

"네즈미 조직이야. 요즘 네즈미 조직의 넘버 2인 마텔이 세를 불리고 있다는 이야기는 스탠, 너도 들었을 거 아니냐."

"그렇지, 뭐. 마텔은 사자 수인이잖아. 지배욕으로 넘쳐나겠지. 반면 넘버 3인 체샤, 그 여자는 권력보다는 폭력에 관심이 많은 악어 수인이고. 그러니 네즈미 외에 마텔을 막을 사람은 아무도 없는 셈이니…… 동네 친척인 사자파만 난리가 나게 된 거군."

내 밥인 스탠에게 들려줄 만한 정보는 다 들려주었으니 본론으로 돌아가기로 했다. 나는 손가락을 딱, 딱, 딱 튕겨서 스탠으로부터 주의를 끌었다.

"스탠. 나 지금 바쁘니까 그 이야기는 나중에 하고. 요즘에 뭐 재미난 일 없어?"

"제길, 그 나중이 내 장례식장 추도사가 아니길 빌어야

할 상황이라고. 얼마 전에 웬 구형 보행형 로봇을 데리고 다니는 조사관이 올드타운을 들쑤신다는 이야기는 들었지만 너랑 엮일 건수는 아닐 거야."

"그러면 현영네, 그 양아치들 패거리는? 뭐 이상한 일 없었어?"

"현영네는 별 소식 없어. 언제나 똑같지. 마약이나 팔고 절도도 하고 삥도 뜯고. 가끔 폭주족 짓을 하다 사고나 내던 것도 요즘엔 잠잠해."

"현영네에 새로 들어온 놈은 없고? 좀 수상한 놈으로?"

"전혀. 현영네는 끈 보이기 싫어하고 약도 점으로 팔잖아. 현영네는 왜? 요즘에는 애보기도 해?"

나는 한숨부터 쉬었다. 스탠이 내 밥이라고는 해도 이 구역의 소식통으로는 이 자식만한 놈이 없었기 때문이다. 사자파 같이 약소한 곳에서야 스탠을 우습게 보겠지만 내 알기로 그 녀석은 사실 네즈미 조직에도 정보통이 있는 고급 유통망이었다. 다만 그 고급 유통망을 유지시킬 무력이 없을 뿐이라 봤기에 내가 밥으로 삼았던 것이었고 말이다.

"뱀 탐정님. 다른 곳으로 가볼까요? 이분은 우리 아로 학생이 어디 있는지 모르시는 것 같네요."

"흰. 조금만 더 기다려주세요. 아로에 대해서는 몰라도 현영 패거리에 대해서는 좀 들어놓을 게 있을 겁니다."

"하지만……."

"푸하하, 뭐야, 뱀. 애보기가 아니라 노인 봉사야? 이 할망구는 어디의 누군데?"

"흰! 저한테 맡기라니까요. 스탠. 현영네 빨대 하나만 불어."

그때는 정말이지 얼굴이 붉어질 만큼 부끄러웠다. 태생적으로 혈압이 낮은 뱀 수인이 얼굴이 붉어질 정도였다면 얼마나 부끄러웠는지 알 만한 노릇일 게다. 할머니를, 그것도 토끼 수인인 할머니를 데리고서 불량 청소년을 찾아 올드타운에서도 가장 범죄 발생률이 높은 곳을 돌아다니는 내 꼬락서니라니. 내 밥인 스탠조차 날 비웃는 것도 어쩔 수 없는 노릇이었다.

스탠은 한참이나 나를 비웃고는 곧 현영 패거리에서 나와도 말이 통할 법한 피라미 한 놈의 명함을 건네주었다. 나는 때리듯이 손을 휘둘러서 그 명함을 가져다가 노숙자 보호소를 나섰다.

6

"흰. 제발 그러지 좀 마십쇼. 덤불 속 길은 토끼보단 뱀이 더 잘 알지 않겠습니까?"

"참견한 건 미안해요. 하지만 그 스탠이란 분은 믿을 만한 분인가요?"

흰은 늙은 수인들이 흔히 그러하듯 비수인들을 믿지

못하는 눈치였다. 지금도 크게 다르지 않긴 하지만 오래전 비수인들은 수인들을 노예나 다름없게 부려먹었으니 이런 선입관이 있어도 의아할 일은 아니었다.

하지만 비수인도 비수인 나름이라고 나는 그렇게 믿었다. 특히나 스탠에 대해서는 말이다. 어쨌든 할머니를 모시고 지역관광을 하게 된 셈이었으니, 하루 정도 대충 골목 뺑뺑이를 돌면 흰도 지쳐서 나가떨어질 테고 내 성의도 다 보이는 일이라고도 생각했고.

나와 흰은 곧 스탠이 일러준 드러그스토어 앞에 도착했다. 올드타운은 너무나도 낙후된 나머지 제대로 된 유통업체도 없었다. 이렇게 낡고 군데군데 허물어진 이민자들의 드러그스토어가 고작이었다. 그 드러그스토어의 간판에는 스탠이 보낸 이미지대로 '박씨네'라 적혀 있었다.

"어서 오세요."

"어서 오기는, 이 자식아!"

나는 드러그스토어에 들어간 즉시 계산대로 뛰어올라 점원의 얼굴을 발로 후려갈겼다. 그러고는 멱살을 붙잡아 바닥에 쓰러뜨리고는 면상에 주먹을 다섯 번 정도 박아 넣었다. 점원은 갑작스러운 고통에 제정신이 아니게 되었다. 어쨌든 내게는 가장 편리하고 빠른 심문 방법이라 쓴 방법이었다.

"아로! 아로라는 늑대 수인을 알지? 그 새끼 어디 있어?"

"몰라요, 아로 형…… 몰라요!"

"형이라고 하면서 뭘 모른다고 거짓말을 쳐? 며칠 전에는 봤을 거 아냐! 다 알고 왔다. 이상하게 헛소리를 섞을래?"

나는 손바닥으로 점원의 뺨을 두세 차례 세게 후려갈겼다. 점원은 코피가 터진 채 눈물마저 그렁그렁해서 나를 올려다보며 답했다.

"어제 같이 놀았던 게 다예요! 밤에 클럽에서 죽치다가 헤어진 게 끝이에요!"

"이게 끝이긴 뭐가 끝이야? 내가 다 알고 왔다고 했지?"

나는 점원의 몸 위에서 일어나 배를 걷어차기 시작했다. 점원은 정신을 못 차리고 바닥을 기어서라도 도망치려 했다. 당연히 나는 그놈의 다리를 붙잡고서는 질질 끌어다가 계산대 밖으로 끌고 나왔다.

"세상에나, 뱀! 지금 뭐하는 거예요? 왜 이 젊은이를 아무 이유도 없이 괴롭히는 거죠? 그만 물러나세요."

"어르신. 어르신께선 물러나십쇼. 제게 사람을 찾으라고 하지 않으셨습니까? 저는 이렇게 찾습니다. 그 정도는 알고 계셨던 것 아닙니까?"

그렇게 말하면서도 나는 거칠게 숨을 몰아쉬면서 뒤로 물러났다. 사실 진즉부터 이렇게 되길 노리고 시작한 일이기도 했으니까. 흰은 주머니에서 손수건을 꺼내서 피범벅이 된 점원의 얼굴을 닦아주었다.

점원은 한껏 겁에 질려서 나와 흰 두 사람을 번갈아가며 쳐다보았다. 그러고는 숨을 헐떡이면서 울먹였다. 흰은 안쓰럽다는 듯 조심스레 점원의 어깨를 다독였다. 이제와 고백하자면, 정말이지 흰에게 박수라도 쳐주고 싶은 심정이었다. 누군가를 겁주어서 제대로 생각을 하지 못하게 만든 뒤, 약간의 친절을 베풀어서 신뢰를 얻어내는 것은 심문에 앞서, 기초 중의 기초. 이 기초적인 수법에는 타이밍이 중요한데, 흰이 나와 점원 사이에 끼어든 그 타이밍은 기가 막힐 정도로 완벽했다.

"미안해요. 제 동행이 무례하게 굴었네요. 저희는 정말로 아로라는 학생의 행방을 찾고 있을 뿐이에요. 저 사람이 또 폭력을 휘두르지 못하게 제가 말릴게요. 그러니 아무 걱정 마시고, 저희는 이만 자리를 뜨겠어요."

"아로…… 아로, 그 형 완전 미친 막장이에요. 그래서 현영 보스도 아로라면 어떤 말도 안 되는 명령도 다 따르니까 데리고 다니고요. 며칠 전에도 클럽 발렌타인 앞에서 퍽치기를 하는데 아로 형이, 눈깔이 완전히 뒤집혀서는 돈 많아 보이는 도련님을 뼈가 부러지게 두들겼다고요. 그래서 놀라서 말렸다가 저도 두들겨 맞고, 그 뒤에 해산하고 헤어진 게 다예요. 그 외에 전 아무 것도 몰라요."

"알았어요. 말씀해주셔서 감사해요. 그리고 여기 명함을 받으세요. 제가 아는 분께서 운영하시는 병원인데, 제 소개로 왔다고 하면 잘 봐주실 거예요."

나는 속으로는 얻어낼 것은 다 얻어낸 이 상황에 갈채를 보내면서도 겉으로는 분노를 거두지 못한 척을 계속

했다. 흰은 몇 번이고 고개를 숙이면서 점원에게 사죄를 하고 또 보상을 약속했다. 점원은 가게 밖으로 나서는 나와 흰을 퀭한 눈으로 바라보기만 했다.

밖으로 나온 뒤, 흰은 매서운 눈매로 나를 노려보며 크게 질책했다. 내가 넉 달 연속으로 집세가 밀렸을 때도 짓지 않았던 강한 표정이었다.

"뱀 탐정님. 방금은 어쩜 그렇게 폭력적으로 그분을 대하셨지요? 너무 심하셨어요."

"덤불 안은 저에게 맡기라고 말씀드리지 않았습니까? 피비린내 나는 모습을 보여드린 건 죄송하게 되었습니다. 하지만 제가 두들겨 팬 것은 심문 기법 중 가장 기초적인 정석에 불과합니다. 몸을 흔들어서 정신마저 흔들고 그 사이 답을 캐내는 거죠. 흰이 도중에 잘 캐주셨습니다. 채찍 다음에 당근이 가야 하는 법인데 역시 토끼 수인이 당근은 잘 다루시는군요."

"뱀 탐정님. 제가 몰라서 이런 이야기를 하는 것은 아니에요. 단지 필요가 없는 일에 선을 넘지 말아달라는 겁니다."

흰은 한숨을 쉰 뒤 내 얼굴을 올려보았다. 흰은 토끼 수인 치고도 작은 편이기에 나랑 다니느라 목이 오랫동안 뻐근했을 것이다. 흰은 피로와 분노 속에서 다시 한 번 나를 질책하려 했다. 나는 질려서 말을 회피하려 했지만 말이다.

"흰. 제 수사 방식이 마음에 들지 않으시면 저로선 어쩔 수 없습니다. 제가 수사를 맡지 않는 수밖에요."

"아니요. 제가 말씀드리려는 것에는 뱀 탐정님의 수사 방식이 윤리적이지 않다는 이야기만이 아니라 기능적이지가 않다는 이야기예요. 유용하지도 못하고요."

내가 그 점원에게서 피까지 본 이유는 이렇게 하면 흰이 질려서 수색을 관둘지도 모른다 계산한 탓도 있었다. 하지만 그때 흰은 놀라서 도망치긴커녕 내 심문의 수준이 낮다고 타박부터 했으니, 그저 어이가 없을 뿐이었다.

"뱀 수인 분들은 몸이 유연하시지요. 그래서 남들이 가지 못하는 좁은 통로도 제 집 마당처럼 쓰실 수 있고요."

"제가 남들보다도 더 잘 알 이야기를 왜 굳이 하십니까?"

"그러면 토끼는 어떨까요? 귀가 좋지요. 거짓말을 하는 사람의 심장 소리마저 구분할 수 있을 정도로요."

그렇다. 나는 그제야 막연하게 눈치를 챘다. 이 흰이라는 토끼가 노인이 될 때까지 살아남은 데에는 그에 걸맞은 이유가 있어서라는 사실을, 흰에게 직접 면박을 들은 뒤에야 깨달았던 것이다.

"그 점원분이 들려주신 이야기는 사실이 맞습니다. 하지만 거짓으로 말씀하셨어도 저는 충분히 구분해서 사실을 더 추궁할 수 있었을 거예요."

"흰. 모르시나 본데 정보를 뜯어내는 일은 그렇게 간단하게 흐르지 않습니다. 흰이 정말로 상대방이 하는 이야기의 진실과 거짓을 구분할 수 있더라도요."

흰은 그때 답답하다는 듯 나를 노려보았다.

"네. 숙련된 사람만이 알 수 있는 사실도 있지요. 예를 들면 뱀 탐정님이 처음으로 심문하러 가셨던 스탠이란 분이 내내 무언가를 숨기고 있었다던가 하는 사실처럼요."

"……예?"

"그 스탠이라는 분. 그분이 아로 학생이 소속된 그룹에서 일어난 일을 모른다고 답하신 것은 거짓이었습니다 제가 아로 학생의 이름을 일부러 흘린 때에도 핵심을 찔린 사람처럼 심장 박동이 달라졌고요. 아로 학생에 대해 구체적으로 알았기에 박동이 바뀌었던 거예요."

그때 나는 내가 누구한테 무슨 이야기를 들은 것인지 잠시 반응하지 못했다. 평범한 동네 할머니라 생각했던 흰이 걸어 다니는 거짓말 탐지기처럼 상황을 이미 나보다 더 잘 파악하고 있었다는 것이었으니까. 그것도 내가 내 밥이라 생각했던 스탠이 나를 밥으로 여겼다는 충격적인 내용이기까지 했으니.

흰은 뒤이어 내가 현영네 패거리 소속이었던 점원을 다뤘던 방식에 대해서도 따져들기 시작했다. 정중한 어휘를 쓰면서도 신랄한 표정을 담아.

"뱀 탐정님이 점원분을 구타하시고 정신을 쏙 빼놓아서 엉겁결에 정보를 들으려고 하셨다는 것을 제가 과연 몰랐을까요? 그리고 저조차 아는 사실을 그 점원분이 몰랐을까요? 그런 방법론을 쓰실 때는 온갖 종류의 함정용 질문을 흘려놓으면서 진짜로 중요한 질문이 무엇인지는 감춰야만 합니다. 하지만 뱀 탐정님이 하신 것처럼 노골적으로 아로 학생에 대한 질문을 반복한다면, 만약 그분이 미리 입막음을 당한 상황이었다면 오히려 척수 반사적으로 준비한 답변을 토해내기 좋은 순간이었겠지요. 아시겠나요?"

"어……"

"다행히 제 귀로 그분이 하신 답변이 진실인지 거짓인지는 구분할 수 있었어요. 하지만 뱀 탐정님이 놀래 주신 바람에 그분의 심장박동이 계속 쿵쾅거려, 간신히 구분했던 것이지요. 이 역시 제가 그분과 같은 분들을 자주 만나 뵈었기 때문에 할 수 있던 재주이지, 그렇지 않았다면 상황은 무척 곤란해졌을 거예요."

나는 무색해져서, 또 당황해서 흰에게 어떤 답변도 하지 못했다. 무엇보다 이 사람 좋아 보이기만 하던 할머니의 정체에 대해서 의문이 떠오르는 바람에 사고가 정지해버렸기도 하다.

흰은 고개를 휙 돌리고는 그때까지 왔던 길을 돌아가기 시작했다. 나는 그제야 밀린 월세가 떠오르고 흰이 화가 났다고 생각해서 흰이 있는 쪽으로 달려가 그 앞을 막았다.

"흰. 제가 미안하게 됐습니다. 좀 더 도와드릴 테니 같이 가시지요."

"네. 당연히 그러셔야지요. 그러니 어서 스탠이라는 분이 계신 곳으로 돌아갑시다."

나는 흰이 태연하게 다음 행선지를 결정한 것을 보고 또 의아해진 나머지, 젠장. 지금 와 생각해 보면 멍청하기 짝이 없는 질문을 던지고 말았다.

"왜 스탠한테 돌아갑니까? 현영네 그룹을 더 찾아가 봐야……"

"스탠 씨가 현영네 그룹을 돌게 유도를 했고 방금 그 사달을 내셨으니 스탠 씨에게도 소식이 가겠지요. 그렇다면 스탠 씨는 윗선에게 연락을 할 테고요. 그러면 뱀 탐정님이 노숙자 쉼터에 숨어들어 가셔서 스탠 씨의 윗선이 누구인지 알아보실 차례가 아닐까요?"

흰은 그렇게 쏘아붙이고는 내 쪽은 돌아보지도 않은 채 새침하게 총총 앞을 향했다.

"답변하지 않으셔도 괜찮아요. 당신은 이미 심장으로 대답했으니까."

뱀은 덤불을 알지만 토끼는 깊은 굴속마저 알던 것이었다.

7

잠시 뒤, 나는 흰이 강요한대로 노숙자 보호소의 환풍

구에 억지로 들어가서 스탠의 동정을 살피기로 했다. 월면도시 수색의 장점이라고나 할까? 어쨌든 생물에게 있어 산소만큼 중요한 것은 없고, 거주구역의 천장에 훼손이 생길 만약의 경우를 대비해 대부분의 건물들은 이렇게 뱀 수인이 들어갈 만한 크기의 환풍구를 설치해 놓았기 마련이다. 심지어 노숙자 보호소처럼 열악한 시설에도 말이다.

나는 천천히 기어가며 스탠의 사무실까지 이동했다. 그러고는 환풍구 너머에서 스탠이 책상에 앉아 노닥거리는 모습을 지켜보았다. 무슨 일이 일어날지도 모르기도 하거니와, 최소한 자리를 비운 사이 그놈이 숨긴 자료를 뒤질 타이밍이라도 찾기 위해서였다.

사실은 당시 난 흰이 스탠의 심장 고동을 읽었다는 이야기에 반신반의한 상황이었다. 그럴싸하기는 하나, 증거는 없었으니까. 하지만 최소한 흰이 하란대로 하면 길거리를 돌아다니며 현영 패거리의 양아치들을 찾지 않고 환풍기 안에서 푹 쉴 수 있었으니 그가 한 요청을 따르기로 결정했었다.

그리고 두어 시간인가 지났을 때였던가. 스탠의 사무실로 누군가가 찾아왔다. 아닌 게 아니라 흰의 예상대로 그보다 윗선이라 할 수 있는 누군가를 모시고 있었던 것이다. 놀라운 것은 그 윗선의 정체였다. 스탠은 내가 상정한 그 이상의 상대방과 대화를 하고 있었던 것이다.

"마텔 님. 어찌 여기까지······."

"그야 도청의 위험 때문이지. 몰라서 물어?"

맞다. 스탠이 내통하고 있던 자는, 스탠의 뒷배를 봐주고 있던 자는 다른 누구도 아닌 네즈미 조직의 2인자, 마텔이었다. 나는 상상했던 것 이상의 거물을 마주쳤다는 사실에 놀라 입을 다물지 못했다. 스탠. 마텔과 끈이 있으면서 내 앞에서는 시치미를 뗐단 말이지?

마텔은 사자 수인이다. 풍성한 황금빛 갈기에다 두터운 발톱 그리고 날카로운 엄니까지. 암흑가의 인물다운 위압감이 있었다. 그보다 바로 밑의 권력자이자 악어 수인인 체샤에게서는 느껴지지 않는 품위가 있었다. 관상용으로도 잘 팔릴 저 종자는 도대체 뭐가 아쉬워서 이 후미진 곳을 찾았을까? 흰의 말마따나 아로와 같은, 별거 없는 약팔이 양아치와 엮인 문제로? 의문이 꼬리에 꼬리를 무니 그저 숨죽인 채 두 사람의 대화를 지켜볼 수밖에 없었다.

마텔은 이 더러운 곳에 한시라도 더 있기 싫었던지 스탠이 빼놓은 의자에는 앉지도 않고 그 자리에 선 채로 상황을 확인했다. 당연하다면 당연한 이야기지만 스탠은 나를 대할 때와는 완전히 다른, 공손하기 그지없는 태도로 네즈미 조직의 2인자, 마텔에게 굽실거렸다.

"그 꼬마는?"

"건물에 잘 데려놓았습니다. 경찰이나 패거리 모두 잠

잠합니다. 방금 꼬마와 같은 동네 할망구 정도나 꼬마를 찾으려고 다니기는 했는데 그냥 할망구입니다. 건드려 봤자 일만 커질 것 같아 사고나 치고 돌아다니게 미끼나 던졌습니다. 다른 이야기가 퍼지지 않은 게 분명합니다."

"반지는?"

"아직…… 아직 못 찾았습니다."

마텔은 그 자리에서 바로 스탠에게 다가가 그를 매질하기 시작했다. 패고, 패고, 또 패고. 내가 방금 점원을 두들겨 팼던 것은 아이들 장난으로 보일 수준으로, 뼈가 튀어나올 정도로 강하게.

스탠이 너무 두들겨 맞은 나머지 실신을 해버리자 마텔은 스탠을 한 번 더 발로 걷어차고 밖으로 나갔다. 나역시 이 이상 무언가를 얻어내리라는 기대는 할 수 없었기에 환풍구를 통해 흰에게로 돌아갔다.

8

흰은 요리를 시작했다. 올드타운에서 요리가 취미라니. 에너지바에 가끔 배양육이나 인공란이라도 먹으면 그만일 동네에서 사는 사람치고는 제법 호화롭고 사치스러운 취미였다.

흰은 환풍구에서 내가 목격한 상황에 대한 이야기를 듣고는 나와 함께 사무실로 돌아왔다. 그리고 건물에 도착하기 전까지 흰은 아무런 말도 하지 않고서 침묵으로 일관했다. 나 역시 입을 다물고서 묵묵히 흰의 뒤를 따라갔다. 그러고서는 나의 사무실로 돌아온 뒤 인공란뿐인 내 냉장고 안을 보고는 잔소리를 몇 마디 꺼낸 뒤 윗층의 관리실에서 이런저런 식재료를 갖고 와 요리를 시작했다.

나는 말없이 흰이 요리하는 모습을 바라보았다. 아로가 지극히 위태로운 상황에 처했음은 분명했다. 다른 누구도 아닌 네즈미 조직의 2인자, 사자 수인 마텔이 그 녀석을 감금하고 있으니 말이다. 나나 흰 같은 하류층 수인들이 맞서기엔 너무나 큰 상대였다. 그때 나는 무력감에 절어서 아예 의자에만 앉아있고 싶었다.

흰은 곧 내 앞에 접시를 하나 내려놓았다. 실처럼 가느다란 녹말 덩어리에 몇 가지 야채와 인공란을 새콤하게 버무린, 제법 오래 씹어야만 하는 식사였다. 토끼 수인은 넘기는 맛보다는 씹는 맛을 즐기는 것일까? 나는 마뜩찮은 표정으로 흰이 건넨 요리를 바라보았다.

"뱀 탐정님. 모든 음식을 통째로 삼키지는 말아요. 맛을 즐기는 법도 알아야지요."

"흰. 어차피 배 안에 들어가면 다 똑같은 거 아닙니까? 저는 그렇게 여유롭게 살 수 있는 사람이 아닙니다."

"아니, 전후가 바뀌었어요. 무엇을 어떻게 먹느냐가 당신이 누구인지를 정하지요. 당신이 누구인지에 따라 무엇을 어떻게 먹느냐를 정해서는 안 되어요."

163

당시에 나는 괜한 반항심이 들었다. 아니, 괜하지도 않았다. 나더러는 그렇게 찾아내자고 따지던 동네 불량아가 올드타운에서 가장 폭력적인 조직에 사로잡힌 와중에 무어 좋다고 그리 여유를 부린다는 말인가?

내 반항심은 곧 짜증으로 이어졌다. 나는 휜을 힐난해서라도 그 자리에서 벗어나고 싶었기 때문이다.

"휜. 보십쇼. 저는 월세가 얼마나 밀렸더라도 제 목숨값이 더 귀합니다. 현영네와 같은 동네 양아치 그룹도 아니고 네즈미 조직 정도 되면 올드타운에서 상대하겠다고 나설 사람이 누가 있습니까? 그런데 휜은 고의는 아니었어도 이렇게 위태로운 일에 저를 끌어들이시고는 어쩜 그렇게 태평하십니까?"

하지만 휜은 내 힐난을 듣는다고 태평하지 않게 된 것도 아니었다. 도리어 담담하기 짝이 없는 태도로 내 영혼을 뒤집어 놓을 한마디를 꺼냈을 뿐.

"예상보다 일이 커진 것에는 사과드릴게요. 하지만 고의가 아니진 않았어요."

"……네?"

"아로 학생은 경찰에서 네즈미 조직을 감시하기 위해 꽂아놓은 잠입수사관이에요. 현영네에 있는 것은 네즈미 조직의 물건들을 안정적으로 소매상에게 전달하기 위한 중간책으로 있던 것이고요."

"……뭐라고 하셨습니까?"

어떻게 된 토끼 수인이 뱀 수인보다도 속이 음험하단 말인가? 나는 벙찐 눈으로 흰을 노려보았다.

"하지만 경찰로부터 토사구팽을 당할 상황이기도 했어요. 경찰이 원한 것은 네즈미 조직의 붕괴가 아닌 넘버 2인 마텔의 세가 커지도록 돕는 것이었거든요. 네즈미가 아닌 마텔과의 유착 관계가 깊어졌던 거죠."

"이걸 알고 계셨다고요?"

"네. 아로 학생이 제게 도움을 요청했으니까요. 정확히는 신세 한탄이었지만요. 저는 제가 아로 학생을 도울 수 있겠다는 생각에 네즈미 조직에서 자료 하나를 가져오라 요청했어요. 제가 아는 사람에게 부탁하면 그 자료를 대가로 센트럴의 신변보호 프로그램에 넣어줄 수 있다 제안하면서요."

결국. 결국 내가 아로를 찾기 위해서 흰과 함께 했던 여정은 처음부터 네즈미 조직과 대립각을 세우는 일이었던 것이다. 물론 흰이 나에게 기대했던 것은 천하무쌍으로 총을 난사하며 네즈미 조직을 쑥대밭으로 만드는 것이 아니라, 네즈미 조직에서 아로를 숨긴 건물을 찾아내서 몰래 이웃사촌을 빼돌리는 정도였겠지만 말이다.

"마텔이 말한 반지는요? 그건 뭡니까?"

"제가 아로에게 빼돌리라고 요청했던 자료가 그거에요. 네즈미 조직의 핵심적인 자료가 반지의 형태를 한 물리저장매체에 들어있다는 정보를 입수했거든요."

그제야 사건의 전체적인 윤곽이 다 잡혔다. 네즈미 조직과 경찰 사이의 유착. 버려진 잠입수사관. 잠입수사관이 신변을 보증 받기 위해서 숨긴 자료. 단 하나의 조각 빼고는 모든 이야기가 맞아떨어졌다. 흰, 이 늙은 토끼는 도대체 어떤 배후가 있기에 잠입수사관의 생사를 좌우할 수 있단 말인가?

어찌됐든 그때 그렇게 뒷배가 튼튼한 사람이라면 나 따위의 도움이 필요할 일도 없으리라는 데까지 생각이 미쳤다. 나는 겨우 발뺌할 만한 핑계거리를 찾아냈다는 기쁨에 대놓고 미소를 지어버리지는 않을까 경계하며 흰에게 그 뒷배를 쓰시라, 나는 빠지겠다 말을 꺼내려고 했다.

"아로 학생은 분명 저에게 그 반지를 보냈다고 했는데……."

말을 꺼내지는 못했다.

나는 자리에서 일어나 서류 더미로 가득한 상자로 갔다. 그러고는 며칠치의 우편물을 한가득 들어다가 흰이 앉은 테이블 위에 올려놓았다. 흰에게로 왔으나, 내가 착각하여 수령한 편지와 서류 더미들이었다. 흰은 말없이 한 손으로 이마를 짚었다.

"아무래도 이 편지 중 하나인 것 같습니다."

"지금이라도 찾아서 다행이군요."

흰은 내가 흰에게 건넨 우편물의 산에서 바로 아로가 부친 편지 봉투를 꺼내 흔들어 보였다. 그리고 봉투 안에는 편지가 아닌, 둥그런 금속성의 물건이 하나 있음이 분명했다.

흰은 곧장 봉투를 찢어 그 안의 물건을 확인하려고 했다. 그리고 나는, 젠장. 말렸어야 했다. 이렇게 두들겨 맞지 않으려면.

"흰, 안됩니다!"

"네?"

하지만 때는 늦었고, 봉투에서는 반지 하나가 떨어져서 또르르 테이블 위를 굴렀다. 나는 양손으로 얼굴을 감쌌다.

"……이런 물건에는, 위치추적기가 달려있기 마련입니다. 그리고 이 봉투는, 그 신호를 차단하는 특수 장치고요."

나는 그 상황에도 불구하고 흰이 전혀 평정을 잃지 않는 모습에 더 당황했던 것 같다. 분명 화들짝 놀라 패닉에 빠지거나 해야 할 상황임에도 불구하고 이 노망난 토끼는 양말을 짝짝이로 신고 나온 것만큼도 당황하지 않은 채 테이블 위의 반지를 바라볼 뿐이었다.

흰이 그렇게 태평하다고 나마저 손을 놓아서는 안 될 상황이었다. 나는 사무실의 서랍을 뒤져서 전파 교란기를 찾았다. 그러고는 네즈미 조직의 기밀이 담겨있을 그 반지에다 대고 교란기를 작동시켜, 위치추적신호기를 무력화시켰다. 그때 흰은 내가 이런저런 작업에 정신이 팔린 사이 자리에서 일어나 본인의 일상 일과를 반복하기 시작했다.

"흰! 뭐하십니까?"

"요리를 하려고요."

 흰은 그렇게 말하고는 정말로 자리에서 일어나 내 사무실의 부엌에서 또 다시 요리를 하기 시작했다. 나는 어이가 없어서 흰을 말릴 마음도 들지 않았다. 그저 어떻게 든 이 자리를 피해 도망칠 방법만을 궁리할 뿐이었다. 허나 네즈미 조직의 추격자들로부터 도망을 칠 길이라는 것이 과연 있기나 하겠는가?

 하지만 내가 우왕좌왕하는 사이에도 흰은 여전히 아무렇지도 않게 조리를 계속하고 있었다. 나는 온갖 짐을 챙겨 사무실을 나서기 전에 흰에게도 마지막으로 경고를 하려고 했다.

"흰! 전 갑니다! 흰도 알아서 어떻게든 하십쇼! 곧 네즈미 조직의 추격대가 이곳으로 올 겁니다!"

"뱀 탐정님. 그냥 저랑 이곳에 계시도록 해요. 조금만 더 있으면 제가 도시락도 다 만들 수 있기도 하고, 말씀하신 추격대는 도로에서 마주치시면 바로 총을 쏘겠지만 이 집안에서 마주칠 경우에는 제압만 하려고 할 테니까요."

"흰! 무슨 말씀이십니까! 어떻게든 도망을 쳐봐야지요!"

"이제 한 3분이면 추격대가 도착할 텐데요? 그리고 이 주변의 CCTV를 비롯한 감시 시스템이 우리를 지켜보고 있을 텐데, 저와 같이 계시지요."

"꼼짝 마! 손들어!"

3분이 다 뭔가. 30초도 지나지 않아 네즈미 조직의 추격대가 내 사무실에 들이닥쳤다. 나는 미처 문턱을 넘기기도 전에 저들에게 붙잡히고만 것이었다.

9

"다음부턴…… 집세를 잘 내야겠습니다."
"그래수시년 감사하겠니요."
그때 나와 흰, 두 사람은 네즈미 조직의 밧줄로 꽁꽁 묶여서 올드타운 33번 슬럼가의 낡은 창고에 갇혔다. 그리고 우리가 갇힌 창고에는 사람이라기보다는 고깃덩어리에 가까운 상태가 된 아로가 간신히 숨을 붙이고 있었다.

어디 아로만 곤죽이 되었겠는가. 나 역시 네즈미 조직의 말단들에게 반지가 어딨냐고 추궁을 들으며 엄청나게 두들겨 맞았다. 나는 또 억울한 것이, 분명 내가 반지의 위치추적신호를 지우기는 했지만 그 행방은 전혀 몰랐다는 점이었다. 그 장소에는 나와 흰, 두 사람만이 있었으니 소거법을 적용하면 흰이 남모르게 빼돌렸다는 결론만 남는다.

그런데 이것이 네즈미 조직이 보기에는 믿기지 않는 노릇이었다는 점이 문제다. 나야 흰, 저 나이만큼이나 잔머리도 굵은 토끼가 얼마나 속이 시커먼 인간인지 윤곽이나마 잡고 있었지만, 네즈미 조직의 떡대들이 봤을 때 흰은 그저 어쩌다가 잠입수사관(아로)과 전직 경찰이자 현직 탐정(뱀) 두 사람의 작당에 휘말렸을 뿐인, 불우한 목격자 정도였을 테니 말이다.

나는 그렇게 인내심이 강한 사람이 아니다. 주먹 단 두 방에 나는 이 상황에 대해 아는 모든 정보를 털어놓았다. 아로의 정체, 흰과 아로의 관계, 나와 아로의 관계, 그 하루 동안 있었던 사건들에 대해 정말이지 낱낱이 일러바쳤다. 하지만 나의 고발은 그저 그들에 대한 조롱으로만 읽힐 뿐이었다. 사람 좋아 보이고 요리가 취미인 저 호젓하게 말년을 보내는 토끼 수인이 모든 일을 배후에서 조종하고 있다는 소리를 진지하게 들어주질 않았던 것이다.

"젠장, 흰. 흰도 뭐라고 좀 해주십쇼. 제가 나눠 맞자는 이야기를 하는 것도 아닙니다. 그래도 제가 진실을 소상하게 밝혀도 거짓말을 한다면서 두들겨 맞는데 이거 좀 억울하지 않겠습니까?"

나는 밧줄에 묶여 고통으로 신음을 흘리는 와중에도 낄낄대며 진심 섞인 농담을 던졌다. 그래도 농담은 농담이었다. 아무리 나라고 하더라도 나 덜 맞자고 늙은 노인을 때리라고 이야기를 한 것이 어디 자랑스러웠겠는가. 그래서 흰이 미안한 마음에 그만 이상한 변명이라도 하기 전에 농담이라 덧붙였다.

"걱정하지 마십쇼. 압니다, 알아. 흰이 여기서 반지를 어디에다 숨겼는지 말하기라도 하면 그땐 우린 정말 죽은 목숨이겠죠. 아로, 저 친구가 곤죽이 되었지만 숨은 붙어있는 이유도 다 네즈미 조직에서 반지의 위치를 특정하지 못했기 때문일 테고 말입니다. 저도 이해하고 농담한 겁니다."

하지만 나의 구질구질한, 농담에 대해 기나긴 설명에도 불구하고 흰의 표정은 좋아지지 않았다. 먼지투성이의 낡은 창고가 어디 기분이 좋아질 놀이공원 같지는 않겠지만 말이다. 까딱하면 죽게 될 상황이라는 점도 이 우울함에 일조했을 테고. 하지만 흰의 표정이 나빴던 데에는 몇 가지 더 심각한 이유가 남아있었다.

"뱀 탐정님. 몇 가지 더 부탁을 드려야겠네요."

"흰. 지금 이 방 안에는 당신의 심부름을 하려다가 만신창이가 된 사람이 이미 둘이나 있지 않습니까? 그리고 저는 두 만신창이 중 하나고 말입니다."

"제 부탁을 들어주시면 그 대가로 이곳에서 도망치실 수 있는데요."

흰은 그렇게 말하고는 언제나와 마찬가지로 태연한 표정으로 밧줄을 풀고서는 기지개를 폈다. 그쯤 되자 더 놀라지도 못했다. 이 사람은 도대체 못하는 게 뭐란 말인가?

내가 질렸다는 표정으로 흰을 바라보자 흰은 어깨를 한 번 으쓱이고는 간단하게 설명을 덧붙였다.

"묶일 때 손목에 안 보이게 틈새를 만들면 아무리 단단하게 묶인 매듭도 간단히 빠져나올 수 있어요. 구시대 마술쇼에서 항상 나오던 트릭이었죠."

다음으로 흰은 나의 밧줄도 풀어주었다. 아로는 우리가 오기 전부터 기절한 상태였기에 그대로 내버려 두어야만 했다. 나도 밧줄이 풀린 뒤 흰이 그랬던 것처럼 기지개를 펼쳤다.

기지개의 개운함이 밀려나자 곧 두들겨 맞아 근육에 축적되었던 고통이 그 틈새를 타고 비져나왔다. 나는 길게 신음을 흘리고는 흰을 바라보았다.

"흰. 밧줄을 풀어주신 건 감사합니다만 그렇다고 이제 저희가 뭘 더 어쩌겠습니까? 문밖에는 네즈미 조직의 보초가 자리를 지키고 있습니다."

"환풍구로 나가세요. 이 명함을 갖고서요."

"저야 나갈 수 있지만, 그럼 당신은요?"

"저는 아로 학생의 곁을 지키겠어요."

그 상황에서도 남는다, 가 아닌 지킨다, 라는 표현을 쓰는 그 뻔뻔한 태도에는 아예 감탄마저 들었다고나 할지. 나는 어쨌든 뾰족한 수도 없고 다시 네즈미 조직의 졸개들에게 두들겨 맞기도 싫었으니 잠자코 흰의 의견을 따르기로 했다.

흰은 주머니에서 은백색의 금속성으로 된, 명함이라고는 해도 명함 같지 않은 물건을 하나 꺼낸 뒤 나에게 건넸다. 왜 명함 같지 않다고 했느냐면, 그 얇은 금속판에는 아무런 연락처도 적혀 있지 않았기 때문이다. 주소나

ID 혹은 번호 따위의 정보는 없이, 그저 십자가에 수염이 난 듯한 이상한 문양만이 그려져 있을 뿐이었다.

"흰. 이건 또 뭡니까?"

"제가 아로 학생에게 연결해준다고 했던 사람의 명함입니다. 자, 뱀 탐정님. 서두르세요. 저는 다시 묶어주시고요."

나는 어느새 그제까지의 고통도 다 잊고서 흰의 몸에 밧줄을 감았다. 이렇게 하면 나의 단독 탈주로 여겨져서 흰이 무사할 가능성이 늘어나니 말이다.

흰을 다 묶어준 뒤 나는 창고의 환풍구까지 어렵지 않게 기어올랐다. 그리고 마지막으로 그 창고 안을 떠나기 전, 나는 흰에게 그 명함에 대해 질문하기를 잊지 않았다.

"흰. 그래서 이 명함은 어디에다 써야 합니까? 명함의 주인을 찾기 위해서는 어디로 가야 합니까?"

"도중에 잡히실지 모르니 답해드릴 수는 없네요. 나가면 알게 되실 거예요."

나는 혀를 한 번 세게 차고는 환풍구의 깊숙한 곳으로 들어가려 했다. 그리고 그때, 흰은 그 언제보다도 정중하고 엄격한 어투로 내게 당부하였다.

"뱀 탐정님."

"옙, 흰. 말씀하시죠."

"돌아가시면 우선 사무실에서 식사를 하세요."

"흰. 흰은 이럴 때마저도 밥 타령이십니까?"

"그리고 인공란은 통째로 삼키시지 말고 반드시 요리해서 드세요."
"예, 예. '무엇을 어떻게 먹느냐가 당신이 누구인지를 정한다'죠. 압니다, 알아. 하여튼 이 판국에마저 밥 타령은……."
나는 피식 웃으면서 환풍구 너머로 올라갔다.

10

그리고 환풍구를 나와 내 사무실로 돌아오게 된 것이다. 여기까지가 내가 여정을 시작하고서 냉장고에서 인공란을 꺼내고는 훤의 조언을 따라 약간이나마 조리를 가하려 한 순간, 인공란을 깼을 때 계란이 아니라 반지가 굴러 나온 순간, 바로 맨 처음 이야기를 시작한 그 순간까지의 이야기다.

나는 알에서 나온 반지를 조심스레 살폈다. 반지에 내장된 위치추적기는 무력화시켰으니 아까처럼 서둘러 이곳에서 도망칠 필요는 없다. 지금은 다만 모든 이들이 쫓는 물건이 내 손아귀에 들었다는 사실만 직시하려 했다.

훤도 참 훤이다. 요리에 대해서는 전혀 알지 못하는 나로서는 어떤 방법을 쓴 것인지 상상조차 가지 않지만 훤이 부엌에 있는 음식물을 이용해서 알 안에 반지를 숨긴 것만은 예상할 수 있었다. 하지만 그 긴급한 상황에서 태연하게 반지를 누구도 찾지 못할 곳에 숨겨놓을 생각을 떠올리고는 나를 탈출시켜 회수하도록 하게 할 작전을 궁리했다니. 뱀의 기다란 혓바닥마저 내두를 노릇이다.

이제 무슨 일을 해야만 할까? 숙제는 산더미 같다. 이 반지를 어쩔 것인가. 내가 찾아야만 하는 이 명함의 주인은 누구일까. 명함의 주인에게 이 반지가 어느 만큼의 의미를 가질 거래품일까. 이제는 내 탈출을 눈치챘을 네즈미 조직의 추적으로부터는 어떻게 도망칠 수 있을까.

실문은 많았지만 뇌보다는 위장이 더 빨리 답을 내놓았다. 나는 배가 고프다. 계란을 못 먹었으니까 당연한 일이다. 물론 흰과 아로가 갇힌 상황에서 느긋하게 디너 타임을 가질 정도로 내 심보가 못 되어 먹지는 않다. 냉장고에 갇혀 있던 블루베리타르트만 잽싸게 주워 먹으면 될 일이다.

딩-동-

하지만 식사는 이번에도 미뤄야만 했다. 초인종이 울렸으니까. 망할. 뭐야? 뭔데? 반지! 명함! 나는 재빠르게 반지를 챙겨 도망칠 채비를 했다. 하지만 도대체 이럴 거면 왜 초인종을 누른 것인지, 어떤 거구의 그림자가 내 사무실 문을 부수고서 현관을 침범했다.

"그림자가 있더니, 너냐?"

체샤? 체샤다! 네즈미 조직의 행동 대장! 악어 수인이자 적대 조직의 포로들을 말 그대로 씹어 먹는 그 작자! 체샤는 곧장 나에게 덤벼들어 내 몸을 들이박아 부엌 너머까지 날려버렸다.

생각해 보면 멍청하기 짝이 없는 짓이었다. 보라. 네즈미 조직에서는 반지를 찾고 있다. 그리고 반지가 마지막으로 위치추적신호를 보낸 곳은 내 사무실이었다. 하지만 그들은 내 사무실에서 반지를 찾지 못했다. 그래서 나와 흰 그리고 아로를 감금하고는 심문하면서 반지를 찾아내려 했지만 이조차도 내 탈출로 인해 시도조차 하지 못하게 되었다. 그렇다면 그들이 다시 단서를 찾기 위해서 무슨 짓을 하겠는가? 내 사무실로 돌아오는 것이 아니겠는가?

나는 조심스레 두 손을 들어보였다. 체샤는 흥미롭다는 듯이 나를 바라보았다. 그가 보기에 나는 아주 흥미로운 멍청이였을 것이다. 체샤는 악어 수인이다. 뱀의 비늘과는 차원이 다르게 두터운, 갑옷이나 다름없는 악어의 비늘이 그를 감싸고 있다. 뱀인 나는 환풍구에 숨어드는 것이 고작이지만 체샤는 쇠파이프를 젓가락처럼 부러뜨릴 근육을 갖고 있다.

네즈미 조직의 NO. 3는 별다른 힘을 들이지도 않고 주먹을 휘둘러서 나를 날려버린다. 나는 공중으로 잠시 떴다가 벽에 부딪히고는 반갑게 중력을 다시 맞았다. 체샤는 내게 다가와 무릎을 꿇은 뒤 내 머리끄덩이를 붙잡은 뒤 들어 올리고는 눈과 눈을 마주쳤다.

"재미난 또라이야. 악어 아가리에 다시 고개를 들이미는 또라이라니."

체샤는 킥킥 웃으면서 내 품을 뒤진다. 그러고는 간단하게 반지를 찾아다가 내 눈앞에 들어 보인다. 검게 윤택이 빛나는 금속질의 그 물건. 나와 흰 그리고 아로, 세 사람의 목숨을 방금까지 담보했던 그 물건을.

"마텔, 그것이 찾으라던 물건은 여깄고…… 또 뭘 숨기고 있지는 않니, 아가야?"

체샤는 쾅, 하고 내 얼굴을 바닥에 내동댕이친 뒤 다시 들어올렸다. 또 다시 코피가 터져 안면이 피범벅이 되었다. 그러고는 내 주머니 곳곳을 뒤져가며 수색을 계속한다.

"열쇠, 지갑, 껌……. 이거야? 이게 다야?"

"끄르륵……."

입안도 터졌는지 대꾸를 하려고 해도 피만 주르륵 흘러나온다. 어쩌면 이도 하나 나갔을지도 모르겠다. 나는 기절할 것만 같은 격통에서도 어떻게든 정신을 부여잡기 위해 안간힘을 썼다. 하지만 내가 정신을 잃던, 잃지 않았던 이 상황의 주도권은 내가 아닌 체샤에게 있었다.

그리고 체샤는 흰이 나에게 맡긴 마지막 보루마저도 앗아갔다. 그렇다. 네즈미 조직의 NO. 3는 십자가에 수염이 달린 것과도 같은 괴상한 문자가 적힌 금속 명함을 찾아내고만 것이다. 그는 흥미롭다는 듯 그 명함의 질감을 맛보기도 하고 튕겨보기도 하며 낱낱이 살폈다.

"이 친구, 정말 재미난 또라이였잖아?"

11

"마텔 선배? 선배가 잃어버린 물건이우."

체샤는 나를 들어다가 또 다시 벽에다 던진다. 힘만 무식하게 센 악어 같으니라고. 나는 다시 한 번 바닥을 뒹굴면서 고통 속에서 신음을 흘렸다. 휜과 아로, 두 사람을 밧줄에 묶은 채 앞에 서있던 마텔은 놀란 눈으로 체샤와 나를 번갈아 바라보았다.

체샤는 나한테서 네즈미 조직의 기밀 자료가 담긴 반지와 금속 명함을 빼앗은 뒤 어느 곳에다 전화를 걸었다. 그러고는 나를 강제로 끌고서는 휜과 아로, 두 사람이 갇혀 있던 창고로 향했다. 나는 제발 나를 놓아달라고, 그곳으로 돌아가고 싶지 않다고 애원했지만 악어가 뱀의 말을 들을 리 없었다.

네즈미 조직의 창고로 다시 돌아오자 그곳에는 마텔이 와있었다. 아무래도 부하들이 관계자 심문을 통해서도 대단한 정보를 얻어내지 못하고 그 중 하나, 그러니까 나는 도망치기까지 했다는 소식에 그만 화를 참지 못했던 모양이었다.

"체샤? 네가 여긴 왜 왔어?"

"선배가 내 부하들까지 시켜서 이 녀석 사무실을 뒤지게 했다면서. 나도 확인 차 갔는데 이 녀석이 겁대가리도 없게 다시 자기 사무실로 돌아와서 뭘 찾고 있더라고. 그래서 선배한테 선물로 줄 겸해서 잃어버린 물건을 포장해다 왔다우."

마텔은 체샤를 노려보았다. 자신의 실책을 하급자가 메운 셈이니 경계하지 않을 수 없는 상황이기도 했을 것이다. 체샤는 능글맞게 그 커다란 덩치를 움직여서 마텔에게 다가가 어깨동무를 했다. 마텔은 기분 나쁜 표정을 숨기지도 않고 엄니를 드러내며 으르렁거린다.

"선배. 도대체 선배는 이런 피라미들을 족쳐다가 뭘 하려는 거유?"

"네 알바가 아니지."

"뭐, 그도 그런가."

마텔과 체샤는 한 조직의 NO. 2와 NO. 3답게 서로 긴장의 끈을 놓지 않으면서 조심스레 이를 드러내는 기싸움을 한다. 나는 이제 저 치들에 대해 신경 쓰기도 지친 나머지 천천히 기어 휜의 옆으로 갔다. 휜은, 빌어먹을. 이 토끼는 여전히도 태연자약한 얼굴을 하고서는 나를 내려다보았다.

"괜찮으세요, 뱀 탐정님?"

"휜은 이게 괜찮아 보이십니까? 아무튼…… 얌전히만 있어주십시오."

"제가 부탁드린 일은요?"

나는 대꾸도 하지 않고서 바닥에 누운 채 내 한심함을

저주했다. 진즉에 월세를 제때 바쳤으면, 우편물을 잘못 꺼내들지만 않았으면 이럴 일도 없었지 않았겠는가.

그리고 과거를 후회하는 것은 나뿐만이 아니었다. 곤죽이 된 아로는 눈물을 흘리면서 이내 맞이할 죽음을 기다리고 있었다. 만약 더 큰 목소리로 울었다가는 마텔의 기분을 상하게 해 더 두들겨 맞지 않을까 염려하면서, 억지로 숨을 죽이면서.

"어쨌든, 선배. 이 빚은 나중에 갚으라고."

"알았어……. 그럼 이것들부터 치우지."

마텔은 어느새 체샤로부터 반지를 건네받아 자신의 검지에 끼운 채였다. 그리고 그 반지를 낀 검지는 화려한 조각으로 장식된 총의 방아쇠에 걸쳐있었다.

나는 흰의 손을 붙잡고는 최대한 비굴하게 보일 표정을 지었다. 흰의 손은 떨리기는커녕 나보다 더 강한 힘으로 내 손을 쥐었다. 흰은 이번에도 나의 심장한테서 답을 들었으리라.

"네놈들이 빼돌린 반지 때문에 내가 얼마나 고생을 했는지……."

탕, 하고 커다란 충격음이 창고 안을 메웠다. 겨우, 겨우 이 난장판이 끝난 것이다.

12

"선배……. 장난은 여기까지만 칠게."

마텔은 놀란 눈을 하고서는 자신의 손목을 낚아챈 체샤를 바라본다. 체샤는 악어 이빨을 드러내 보이면서, 그 큰 입을 활짝 벌려가며 웃고 있었다. 나는 안도의 한숨을 내쉬었다. 이 재미없는 연극이 겨우 끝이 났으니 말이다.

마텔이 총을 발사하기 전, 체샤는 재빠르게 마텔을 붙잡고는 방아쇠를 당기지 못하게 막았다. 그리고 그 사이 탕, 하고 거센 소리와 함께 누군가가 문을 활짝 열고서 들어왔다. 그 요란한 등장의 주인공은 다른 누구도 아닌 네즈미였다. 작은 몸집을 봐서는 상상하기 어려운 위업을 달성했던 네즈미 조직의 보스. 토끼 수인보다도 보기 힘든 쥐 수인. 그리고 흰이 나에게 건넨 명함의 주인.

그렇다. 올드타운에서 네즈미 조직으로부터 잠입수사관의 생명을 담보할 수 있는 사람이 네즈미 본인 말고 또 누가 있겠는가? 흰이 나를 사무실로 보낸 이유는 반지를 되찾기 위해서도 있었지만 다시 한 번 내가 네즈미 조직에게 붙잡히길 바랐던 것이기도 했다.

엄밀히 말하자면 마텔의 직속 부하가 아닌 다른 부하에게 잡히기를 바랐던 것이라 할 수 있다. 이 상황에 개입할 만한 간부라면 흰이 나에게 주었던 명함이 어떤 의미를 갖는지도 알고 있을 터이고, 그렇다면 그 명함으로 신원이 보증된 나를 보호해야만 할 것이었다. 그리고 나를 보호하는 즉시 내가 회수한 반지를 통해 마텔이 네즈미를 향해 반란의 칼날을 갈고 있다는 사실마저 알게 될 터였고.

네즈미가 방안에 들어온 즉시 마텔은 그 거구를 숙이고는 무릎을 꿇었다. 하지만 그런다고 보스의 화가 진정되지는 않았다. 네즈미는 그 작은 몸집으로 어떻게 그렇게 악독하게 사람을 쥐어 팰 수 있는지가 궁금하기까지 할 정도로 마텔을 두들기기 시작했다. 요 몇 시간 동안 겪은 폭력은 어쨌든 상대방을 물리적으로 굴복시키더라도 바라는 대답을 듣기 위해 살려는 놓아야 하는 폭력이었지만 지금은 달랐다. 네즈미는 진심으로 마텔을 죽이기 위해 그를 구타했다.

"어르신. 고생 많으셨습니다. 보스가 도착하실 때까지는 마텔, 저 놈이 일을 저지르지 못하도록 같잖게나마 연극을 해야만 했습니다."

네즈미가 마텔을 찢어발기려고 드는 사이 체샤는 흰에게 다가가 그를 묶은 밧줄을 풀었다. 흰은 팔이 저렸는지 손목을 번갈아가며 마사지를 하고는 체샤를 바라보았다.

"반갑습니다. 흰이에요."

"보스한테서…… 언제나 말씀 들었습니다. 영광입니다. 어르신."

흰이 풀려난 것을 보자 네즈미는 마텔을 발로 차서 한

번 더 넘어뜨리고는 흰에게로 달려왔다. 그러고는 그 앞에 무릎을 꿇은 채 고장 난 수도꼭지처럼 눈물을 뚝뚝 쏟아내기 시작했다. 두 노인이 남들은 모를 세월을 넘어서 재회한 이 광경은 감동스럽기는 했지만 그 뒤에서 피거품을 물고 신음을 흘리는 사자 수인은 없는 편이 편하게 볼 수 있었을 것 같다.

네즈미는 꺽꺽 울면서도 말문을 열지 못했다. 흰은 그런 네즈미의 양손을 붙잡고는 느긋한 목소리로 달래주었다.

"네즈미."

"예, 대장님."

"서복의 후예들과 있었던 일로부터 어느덧 20년은 지났는데 아직까지 대장이라고 부르시나요. 거기다 네즈미는 결국에는 암흑가에서 지내고 계시는군요."

"대장님께 부끄럽습니다. 정돈하시라면 정돈하겠습니다."

뒤에서 체샤가 놀란 눈으로 두 사람을 바라보았다. 나 역시 어이가 없었다. 흰은 도대체 네즈미에게 어떤 존재이기에 올드타운의 가장 큰 마피아 단체를 말 한마디로 해산시킬 수 있다는 말인가?

"아닙니다. 이것도 다 운명이겠지요. 그보다는 오늘까지 저를 잊지 않고서 찾아오셔서 감사할 따름이지요."

"대장님……."

"다음에 인편으로 블루베리타르트라도 보내드리도록 하지요."

이제 네즈미는 아예 목 놓아서 오열했다. 하도 큰 목소리로 울어대느라 편두통까지 올 지경이다. 세상에. 흰의 말이 틀리지 않았다는 사실에 나는 그저 웃음만 났다. 그렇다. 흰의 블루베리타르트를 잊을 수 있는 사람은 없었다.

13

그 뒤로는 일사천리였다. 네즈미는 체샤를 시켜 마텔을 먼 곳으로 보냈다. 나와 흰 그리고 아로는 곧장 병원으로 이송했고. 네즈미는 아로가 센트럴을 통한 신변보호프로그램을 받을 수 있게 도와주기로 약조하기까지 했다. 그의 입장에서 보면 아로 덕분에 마텔과 경찰이 유착해서 네즈미에게 반역을 준비하던 것을 미연에 방지할 수 있었으니, 그 나름 빚을 갚으려고 한 것이리라.

나도 약간의 이득을 봤다. 네즈미는 내게도 적지 않은 보상금을 줬다. 그의 입장에서 보면 마텔의 업장을 압수했으니 그 보상금이야 코 푼 휴지를 바닥에 버릴 때 정도의 경제적 손실이었을 것이다. 그러니 당분간은 내 심부름센터의 월세를 걱정할 일은 없게 되었다. 나는 오늘도 낡아빠진 소파에 편히 누워서 인공란이나 삼키며 하루를 낭비했다. 네즈미가 내게 건넨 보상금을 어디에 쓸지 고민하면서 말이다.

하지만 이 보상금은 동시에 내 목줄이기도 했다. 네즈

미는 흰의 수족이 되어 그를 위해 봉사한 나에게 큰 감명을 받은 듯했다. 그리고 그는 자신이 받은 감명을 돈으로 표현하기를 좋아했지만 명령으로 표현하기는 더더욱 좋아했다.

"뱀 탐정님?"

"……또 뭡니까?"

그리고 그 명령은, 젠장. 바로 저 인간과 관련된 명령이었다. 나는 소파에 누운 채 사무실 문을 벌컥 열고서 들어오는 뻔뻔한 집주인을 노려보았다. 이웃 청년을 구하기 위해 절연했던 부하에게 자신과 다시 만나도 된다 허락한 옛 군인을. 일광욕의 날, 수많은 수인들을 이끌고서 생존을 위한 행군을 지휘했던 잊힌 영웅을. 그리고 올드타운에서 가장 큰 마피아 조직의 보스의 명령으로 인해 이 심부름 사무소의 새로운 직원으로 취직하게 된 여성을.

도대체 무슨 이유인지, 네즈미는 블루베리타르트 심부름을 간 나에게 흰의 취미생활을 도우라며 내 사무실 운영정책에 간섭했다. 그리고 이제 흰은 나에게 있어서 집주인이기도 한 동시에 사무실 사장까지 되었다. 지역의 대소사를 직접 챙기고자 하는 어르신에게 올드타운의 흑막이 딱 붙어서 무소불위의 권력을 쥐어준 것이다. 그리고 나는 그 어르신의 자원봉사활동을 보조하는 조수가 되었고 말이다.

"부탁이 있어서요."

"네, 네. 그러시겠죠."

나는 흰을 노려보면서 인공란을 삼킨다. 다시 한 번 기다랗고 탄력이 있는 뱀의 식도가 인공란을 위장까지 스무스하게 배달했다.

가마솥

김창규

2005년 과학기술 창작문예 중편 부문에 당선하며 작품 활동을 시작했고, 제1회, 3회, 4회 SF어워드 단편 부문 대상, 제2회 SF어워드 우수상을 수상했다. 작품집 『우리가 추방된 세계』, 『삼사라』를 출간했고, 다수의 SF 앤솔러지에도 참여했으며, 『뉴로맨서』, 『이중 도시』 등을 번역했다. 창작 활동 외에도 SF 관련 강의를 진행하고 있다.

× '일광욕의 날'로부터 20년 6개월 후 ×

'이제야 진짜 어른이 된 건가?'

교진은 갑자기 떠오른 생각에, 결코 편안하다고 할 수 없는 열차 좌석에 앉아 흔들리면서 저도 모르게 웃었다.

"웃어?"

교진의 맞은편에 앉아 있는 제복 차림의 남자가 눈을 부라렸다. 얼굴 곳곳에 새겨진 잔 흉터가 직업과 잘 어울리는 인물이었다. 왼쪽에 앉은 또 다른 남자도 동료의 으름장에 호응하려고 교진의 어깨를 일부러 거칠게 밀었다.

교진은 얼른 고개를 숙이고 미소를 거둔 다음 말했다.

"아닙니다."

비록 기어들어가는 목소리로 말했지만, 두 사람이 아무리 거칠고 위협적이라 해도 교진의 생각까지 막을 수는 없었다. '생각'이야말로 그가 누구에게도 방해받지 않고, 누구보다 뛰어날 수 있는 영역이었다.

그가 어렸던 시절부터 지금까지, 어느 도시든 아이들은 우두머리를 가려내는 나름의 기준이 있었다. 그 기준은 골목마다 다르고 놀이터마다 달랐다. 하지만 열두 도시 어느 곳에서든 무조건 인정해주는 관문이 있었다. 월면에 있는 열두 개 트레인을 전부 타고 고향 돔으로 돌아오면, 심지어 어른들조차 그 아이를 우습게 보지 않았다. 월면도시 중에는 성인도 경유를 꺼릴 만큼 험악한 곳이 있었기 때문이다. 대표적으로 올드타운이 그랬다.

하지만 교진은 열네 살 때 올드타운을 포함해 모든 도시를 돌아보았고, 월면 세계에 사는 다양한 수인과 비수인에 대해 웬만한 어른보다 더 많이 알게 되었다. 트레인이 급제동을 했을 때 음식 재료를 잔뜩 들고 간신히 몸을 가누던 자그마한 토끼 수인이 겉보기와는 완전히 다른 사람이란 사실을 눈치채고 놀란 곳도 올드타운이었다.

그게 벌써 육년 전 일이었다. 얼마 전 스무 살이 된 교진은 이제 정식 트레인 체계에 속하지 않는 제로 트레인까지, 개인 호위를 받으면서 타고 있었다.

제로 트레인에는 도드라진 차이점이 있었다. 월면의 모든 트레인은 사람으로 붐볐다. 심지어 올드타운을 드나드는 노선도 그랬다. 탑승자와 차량 안의 분위기는 출발 도시와 종착 도시에 따라 무척 달랐지만.

그런데 제로 트레인은 차량 수가 더 적었음에도 승객이 거의 보이지 않았다. 창문과 승하차용 문도 달랐다. 제로 트레인은 용도가 특별했기 때문에 보안이 강화되어 있었다. 승하차 문은 이중이었고 모든 객차 창문에는 강화 창살이 보강되어 있었다.

교진은 제로 트레인이 꽤 마음에 들었다. 승객이 적어 조용하다는 점도 좋았다. 딱 하나 거슬리는 것은 강화 창살이었다. 네 개 도시를 거치며 이동하는 내내 바깥 풍경을 제대로 감상할 수 없었기 때문이다.

X자로 설치된 창살 때문에 토막 난 것처럼 보이던 도시 간 터널의 벽이 서서히 속도를 떨어뜨리고 있었다.
"다 왔습니까?"
교진이 흉터가 많은 남자에게 물었다.
"반드시 호송관님이라고 부르라고 했어 안 했어?"
"이제 다시는 못 볼 테니 그 정도는 봐주실 줄 알았습니다, 호송관님."
2인 1조인 호송관 중 한 명이 전자석으로 좌석 팔걸이에 고정되어 있던 교진의 수갑을 분리하는 동안 남은 한 사람은 그의 왼팔을 억세게 붙들고 있었다.
이중으로 잠겼던 승하차 문이 활짝 열리자 낯선 도시의 냄새가 교진의 코를 괴롭혔다. 열두 개의 월면도시는 저마다 고유한 냄새가 있었다. 예를 들어 올드타운의 공기에는 피와 비릿한 그을음이 녹아 있었고, 빅마켓에 들어가면 치즈와 설탕의 냄새가 옷에 배었으며, 한때 거인들이 살았다는 도시에는 근원을 알 수 없는 공포와 상실감이 곳곳에 묻어 있었다.
교진은 양쪽에서 붙들린 팔에도 아랑곳없이 가슴을 최대한 펴면서 새로운 냄새를 들이마셨다. 모든 월면도시 가운데 건물 내벽이 가장 두껍기로 소문난 이곳의 공기에는 속임수와 살의와 불안이 스며 있었다.
교진 일행은 플랫폼을 지나 역사에 단 하나뿐인 통로로 이동했다. 트레인과 마찬가지로 역사 안에도 행인은 없었다. 매점도 보이지 않았다. 사람이라고는 20여 미터마다 한 명씩 서 있는 제복 차림의 남자들뿐이었으며, 그들은 전부 무장하고 있었다. 교진은 그 어떤 반항도 할 생각이 없었기 때문에 끌려가는 내내 느긋한 마음으로 그들을 구경할 수 있었다. 역사에서 외부로 이어지는 통로가 끝나는 곳에서, 통신용 헤드셋을 착용한 두 교도관이 기다리고 있다가 호송관과 알은 체를 했다.

"호송관 7-1과 7-2, 예정대로 죄수 김교진을 인도합니다."

"교도관 47과 48, 죄수 김교진을 인수합니다."

낡은 이름표에 47이라는 숫자를 적어 놓은 교도관이 교진을 노려보며 물었다.

"김교진, 불법 약물인 프시케를 유통해 27명을 직간접으로 살해하고 42년 형을 선고받았다. 맞나?"

교진은 자신도 모르게 입꼬리를 살짝 올리면서 평상시처럼 말했다.

"거 뉴스까지 나온 사실을 뭐 새삼 확인……."

교진은 오른쪽 눈을 향해 날아오는 주먹을 눈치챘다. 마음만 먹으면 충분히 피할 수 있었지만, 그는 앞일을 생각해 적당한 각도로 맞아주고 최대한 아픈 표정을 지었다.

교도관 47이 소리쳤다.

"여기선 묻는 말에만 대답한다. 그러지 않으면 상응하는 벌이 있을 거다. 알았나?"

"예."

"동 죄명으로 42년 형을 선고받은 김교진이 맞나?"

"맞습니다."

교도관 47은 만족스러운 얼굴로 말했다.

"죄수 김교진, 월면 최고의 감호시설에 온 것을 환영한다. 이제부터 죄수의 공식 주소지는 이곳 '가마솥'이다."

×

운동장은 6백여 명의 죄수가 저마다 원하는 대로 달리고, 편을 갈라 공을 던지고, 몸을 움직이기 싫은 사람들이 앉아서 쉬어도 충분할 만큼 넓었다. 하지만 가마솥은 도시 속에 있는 또 하나의 작은 돔이었기 때문에, 낮은 돔의 천장이 모든 수감자에게 갇혀 있다는 사실을 상기시키고 있었다.

교진은 사람이 거의 없는 동쪽 구석 자리에 앉아, 곡식 자루에서 낱알을 찾는 사람처럼 찬찬히 눈을 옮기며 죄수를 하나하나 살피고 있었다. 그의 눈은 곧 독특하고 동떨어진 한 존재에게 고정되었다. 그 존재는 팔이 없고 다리도 없었다. 바퀴도 보이지 않았다. 그 존재는 완전히 금속으로 만들어진, 높이가 1미터쯤 되는 은색 사각뿔이었다. 사각뿔은 인간 죄수의 걸음과 비슷한 속도로 운동장 가장자리를 따라 이동하고 있었다.

"여기 별 다를 것 없는 신참이 또 하나 들어왔구먼."

교진은 탁자에 올려놓았던 팔을 거두고 소리가 난 쪽을 돌아보았다. 나이는 비슷해 보였지만 체격이 훨씬 큰 사내가 팔짱을 낀 채 다가오더니 한쪽 발을 의자에 얹어놓았다.

"여기 앉으려고? 그럼 내가 다른 곳으로 가지."

교진이 일어서며 말했다.

"이제 보니 다른 녀석들보다 훨씬 모자라네. 이번 신참은 겁쟁이인가?"

교진은 상대를 똑바로 쳐다보았다.

"그냥 조용히 있고 싶을 뿐이야."

"이곳 우두머리를 단숨에 찍어 누르고 편하게 지내보겠다는 야심 같은 건 없고?"

"그렇게 쓸데없는 짓을 왜…… 신고식이라도 하러 온 건가?"

상대가 한숨을 쉬며 말했다.

"하긴 42년을 받았으니 쓸데없다고 생각할 수도 있겠군. 난 존이야. 넌 김교진이라며? 성은 빼고 이름만 불러도 되지?"

교진은 풀지 않고 있던 경계심을 더 단단히 하며 반걸음 뒤로 물러섰다.

"여기 교도관들은 죄수에게 그런 것까지 광고하나?"

"진정해, 진정. 나이가 드니 앞머리를 잘라먹고 말하는 습관이 생겨서 그래. 난 뭐…… 말하자면 윤활유 같은 거야. 교도관과 우리들 사이에서."

교진은 무엇인가 기억이 난 듯 존의 모습을 머리부터 발끝까지 훑었다.

"모범수 대장이라도 돼?"

존이 발을 거두고 그 자리에 앉았다.

"대충 맞는 말이야. 간수들은 1반장이라고 부르지만. 필요할 때는 소문도 양방향으로 흘리고, 뭐 그러는 거야. 가마솥에 금이 가지 않으려면 꼭 필요한 일이지. 너 같은 녀석이 들어오면 당부할 말도 있고."

"나 같은 녀석?"

"프시케. 판 거야, 만든 거야, 아니면 뒤집어썼어?"

교진은 잠깐 망설이다가 대답했다.

"마음대로 생각해."

"마음대로 생각하면 너한테 좋을 게 없을 텐데. 난 프시케를 만든 놈들은 월면에서 없어져야 한다고 생각하거든."

존이 커다란 주먹을 움켜쥐자 파란 핏줄이 뱀처럼 꿈틀거렸다.

"왜?"

"그건 그냥 마약이 아니야. 사람을 갖고 실험하려고 만든 약이라고. 미친 사이코패스 놈들이 아니고서야……."

교진은 그제야 기억을 완전히 떠올리고 말했다.

"뉴스에서 본 적이 있어. 존. 조나단 브루스터. 혜성파 보스였지? 폭발 사고로 조직원이 반 이상 죽은."

존은 팔과 목에서 힘을 빼지 않고 교진을 쳐다보았다. 표정은 그리 험하지 않았으나 교진은 그의 눈에서 살의를 읽었다.

존이 말했다.

"한 번 더 묻는다. 셋 중 어느 쪽이야?"

"……뒤집어썼어."

존은 한 손을 들어 이마를 긁고, 생각에 잠겼다가 천천히 힘을 풀었다. 교진은 그의 몸이 정말로 부풀었다가 되돌아갔다고 생각했다.

"그렇겠지. 네가 정말로 프시케 제조자라면 가마솥에 들어올 리가 없지. 센트럴이 아예 존재 자체를 지워버리거나 제 편으로 끌어들였을 테니까. 그런 약을 만들 수 있는 놈이라면……."

교진은 존이 정말로 적의를 거둬들였다는 사실을 어느 정도 확인할 수 있었다. 가마솥 안처럼 불편한 환경이 아니라면 백퍼센트 가려낼 수 있었지만, 느낌만으로도 그 정도는 알 것 같았다.

교진은 적당한 거리를 두고 존 옆에 앉았다.

"말이 앞뒤가 안 맞아."

"뭐?"

"그렇게 프시케를 싫어하는데 나를 별 다를 것 없는 신참이라고 불렀잖아."

"아, 그건……."

존은 손가락을 들어 운동장 왼편에서 천천히 움직이는 은빛 사각뿔을 가리켰다.

"처음 오는 녀석들은 첫 운동 시간에 꼭 저 사람을 보거든. 너도 마찬가지였고. 신기하긴 하니까."

"저 사람? 저것도 죄수야?"

"저 사람을 부르는 호칭에 따라 네 정치 성향을 알 수도 있어. 가마솥에 '박사'가 있다는 말 들어봤어?"

교진은 아주 잠깐 망설이다가 대답했다.

"아니."

"저 뿔 끄트머리에 뇌가 들어 있어. 나머지는 전부 기계고. 저 사람 아마…… 종신형일걸? 가마솥 기록에는 죄명이 내란 조장과 선동이던데. 나도 그 이상은 몰라. 입감 날짜가 기밀이었으니까."

"지금 나한테 이러는 것처럼 물어봤을 거 아냐."

"저 사람은 말을 못해. 팔이 없으니까 글도 못 쓰고. 그것도 벌의 일부야."

교진은 운동장의 조명을 받아 번쩍거리며 움직이는 박사에게서 눈을 떼지 않고 고개를 끄덕였다.

"여기 온 걸 축하할 수는 없지만, 여하튼 잘 지내라고. 적어도 2년은 조용히 지내줘. 그 뒤엔 내가 여기 없을 테니 알 바 아니……."

그 순간 운동장 오른쪽이 소란스러워졌다. 거의 동시에 청색 제복을 입은 교도관 예닐곱 명이 신속하게 투입

되었다. 운동장의 천장 한 부분이 열리고 검은 기계가 모습을 드러내더니 촬영할 대상을 찾아 이리저리 움직이기 시작했다.

"염병할."

존은 교진을 남겨두고 교도관이 모이는 방향으로 뛰었다. 교진은 문트레인처럼 정해진 궤도를 따라 움직이는 박사를 응시하다가, 천천히 일어나 존의 뒤를 따랐다.

×

[죄수 번호 572인 송도가 오늘 15시 7분 감전 사고로 사망했다. 사고 원인은 즉각 제거되었으니 수감자들은 안심해도 좋다. 이상.]

저녁 식사가 시작된 식당에서 방송이 짧게 울렸다. 죄수들은 잠시 숟가락을 멈추고 귀를 기울였으나 금세 코 밑에 놓인 음식에 집중하기 시작했다.

교진은 자동배급기가 내민 재생 식판을 들고 식당 안을 돌아보았다. 그가 찾는 사람은 혼자서, 죄수들이 빵이라고 부르는 탄수화물 덩어리와 스프에 오물이라도 섞이지 않았나 확인하듯 꼼꼼히 관찰하면서 음식을 조금씩 입에 넣고 있었다.

교진은 최대한 소리를 내지 않고 그의 곁에 앉은 다음, 시선을 다른 곳에 두고 작은 소리로 말했다.

"세터."

세터라고 불린 사람은 교진에게 신경 쓰지 않고 음식을 살피고 먹는 동작만 반복했다.

교진이 그만 들을 수 있도록 속삭였다.

"계속 먹으면서 내 얘기 잘 들어. 만약 한 마디라도 놓치면 밥에 침을 뱉을 거야."

세터는 그 말을 듣자마자 빵 조각이 목에 걸려 숨이 막힌 것처럼 얼굴이 창백해졌다. 교진은 원하던 대로 그의 약점을 찔렀다는 사실이 만족스러웠다.

세터는 머리를 세로로 조금 흔든 다음 다시 턱을 움직였다.

교진이 품속에서 글이 적힌 흰 종이를 꺼냈다. 식당 안을 감시하는 교도관이 다가오자 교진은 일부러 목소리를 높였다.

"이게 뭔지 알아? 손으로 쓴 편지야. 월면에선 아주 보기 드문 물건이지. 여기 온 지 하루 만에 도착했더라고. 고향 돔에 사랑하는 사람이 있거든. 그 사람이 보낸 거야. 부럽지?"

교도관은 이미 그 사실을 알고 있는 듯 교진을 슬쩍 비웃고 식당 입구 쪽으로 이동했다.

교진은 다시 목소리를 죽이고, 무슨 일이 벌어지고 있는지 몰라서 눈치만 보는 세터에게 말했다.

"종이가 뭔지는 알지? 그런데 이건 합성수지가 아니

라 진짜 종이야. 진짜 종이를 어떻게 만드는지 알아? 모르면 설명해 줄게. 식물을 잘게 빻아서 얇게 펴고 말리면 이렇게 돼. 여기에 잘 묻어나는 물질을 묻히면…… 이렇게 글자를 적을 수 있지."

세터가 곁눈질로 편지를 살짝 훔쳐보고 말했다.

"그, 그런, 걸 어, 어떻게 가, 갖고 있지?"

"우편을 통해서 합법적으로. 물론 가마솥 사람들이 검사를 했어. 암호 해독 인공지능도 돌려봤을걸? 하지만 내용은 구구절절 나를 걱정하고, 건강에 신경 쓰라는 게 전부야. 정말로 그게 다야."

교진은 크게 심호흡을 했다.

"옛날에, 아주 먼 도시에 이런 풍습이 있었대. 그 도시는 아주 아주 컸대. 월면도시를 전부 합친 것보다 훨씬 더 컸다지, 아마. 정말 그런 곳이 있을까? 있다면 재밌겠지? 그런데 확인도 할 수 없는 옛날이야기보다 더 재미있는 사실이 세 가지나 있어. 그게 뭘까?"

세터가 멍한 얼굴로 고개를 젓자 머리카락에 붙어 있던 먼지 한 조각이 스프로 떨어졌다. 그는 먼지가 스프에 닿기 전에 얼른 손으로 그릇을 막았다. 그 광경을 놓치지 않은 교진이 살짝 웃었다.

"가마솥에서 4년이나 뒹굴면서도 자신을 잊진 않았나 봐. 정말 다행이야. 안 그랬으면 일이 힘들어졌을 테니까. 자, 재미있는 사실 첫 번째. 네 딸이 지금 어디에 있지? 선천성 면역 장애로 호흡기를 달고 살아야하는 루나 말이야."

세터는 두 손으로 스프 그릇을 덮은 채 교진을 쳐다보았다. 조금 전까지 그의 눈동자를 채우고 있던 초조함과 두려움이 점점 사라지고 있었다.

"세, 센트럴이 데리고 이, 있어. 루, 루나가 잘못 돼, 됐나?"

교진이 천천히 혀를 찼다.

"희대의 테러리스트 세터가 어찌 그리 쉽게 잡혔는지 알 것 같군. 센트럴이 루나를 인질로 잡았지? 얌전히 가마솥에 들어가면 루나는 보살펴주겠다고 했지?"

스프 그릇에 아무 것도 들어가지 못하게 가로막고 있던 세터의 두 손이 떨리기 시작했다. 그는 대답 대신 다른 질문을 던졌다.

"센트럴이, 야, 약속을 어겼나?"

"하, 센트럴은 그렇게 엉성하지 않아. 계약은 지킨다고. 아주 정확히. 그래서 계약에 없는 일까지 해주지는 않아. 루나는 DNA에 변이가 생겨서 악화되고 있어. 센트럴은 그 해결책까지 연구해 주지는 않을 거야. 세상에 그런 증상은 너와 루나밖에 안 겪을 테니까. 루나가 아이를 낳기 전까지는."

세터는 떨림을 가라앉히려고 두 손을 모아 깍지를 끼었고, 힘을 제대로 조절하지 못해 양손 모두 스프에 빠뜨리고 말았다. 하지만 단단하게 얽힌 손가락들은 풀리지 않았다.

교진은 그를 너무 몰아붙이지 말아야겠다고 생각했다.

"아직 둘 남았어. 재미있는 일이. 두 번째는 말이야. 나는 이 세상에 사랑하는 사람이 없다는 사실이야. 적어도 지금은."

세터는 교진이 암시하는 바를 조금 눈치채고는 그의 말에 한층 더 귀를 기울이기 시작했다. 교진이 편지를 흔들었다.

"여기서 중요한 질문이 생기겠지. 뭔지 알겠어?"

세터가 말했다.

"그걸 누가 보냈지?"

"삐빅. 질문이 잘못 됐어. 이 편지는 과연 뭘까? 이건 딱 두 가지 사물이 결합하고 있는데, 종이와 잉크야. 종이에 묻어서 글자를 이루고 있는 게 잉크지. 종이는 아무 의미 없어, 세터. 너한테도 그렇지? 종이를 네 얼굴에 대고 문질러도, 잘게 찢어서 네 혀 위에 얹어도 문제없지? 그런데 잉크는 다를 거야, 아마. 이 글자들은 다 같아 보여도 사실 세 가지 잉크로 적었어. 인사말과, 본문과, 맨 마지막 서명은 구성 물질이 다 달라."

세터는 교진에게 들릴 만큼 큰 소리로 침을 삼켰다.

교진이 말했다.

"만에 하나 우연히, 세 부분이 종이에서 떨어져 나간

다음 한데 모이면, 넌 다시 그 유명했던 세터로 돌아갈 수 있을 거야. 마법의 물질이 널 그렇게 만들어줄 거야. 마법 물질의 이름은……."

세터의 눈꺼풀이 빠르게 닫혔다 열리기를 반복했다. 프레임이 낮은 영상이 부자연스럽게 끊기듯 그의 동공이 멈칫거리면서 교진과 시선을 맞췄다.

"인시트리움이지. 수인과 비수인을 통틀어 달에 사는 모든 사람이 먹는 감기약에 반드시 들어갈 정도로 인체에 무해한 동시에, 가마솥에서 오직 너만 별도 조제된 감기약을 먹어야 하는 원인 물질. 아니, 너와 루나 두 사람에게만 특별한 물질이라고 해야 하나? 인시트리움이 이 정도 양이면 넌 여기서 나갈 수 있어. 루나를 보러 갈 수 있다고. 센트럴이 조작한 안부 영상 말고, 진짜 루나를."

세터는 이제 완전히 예전의 자신으로 돌아가 있었다. 그는 생각하고, 계산한 다음, 더듬거리지 않고 교진에게 물었다.

"넌 뭘 얻지?"

교진은 곧바로 대답했다.

"자유. 42년 동안 여기 있을 생각은 없거든."

"그럼 가마솥에 구멍을 뚫은 뒤의 일도 준비해놨나?"

교진은 편지지를 한 번 더 흔들었다.

"이렇게 정성을 담은 글을 보고도 그런 질문이 나와? 이걸 만들려고 도시를 세 군데나 돌아다녔다고. 할 건지 말 건지 대답이나 해."

 세터는 스프가 잔뜩 묻은 손을 그릇에서 꺼낸 다음 죄수복에 천천히, 최대한 정성스럽게 문질렀다.

 그리고 손을 내밀었다.

 "편지는 내가 갖지. 하나 남은 얘기를 마저 들려줘."

×

 교진은 할당 받은 302호실에서 최대한 깨끗하게 이를 닦고 온몸을 구석구석 씻었다. 사방에 감시 카메라가 있었지만 괘념치 않았다. 카메라 반대편에 있는 인공지능이나 교도관은 그가 유난히 깔끔을 떠는 이유를 알 수 없었기 때문이다.

 그는 손에 이물질이 묻는 것이 싫어 아침 식사도 먹지 않을 참이었다. 하지만 식당에는 들러야 했다. 세터는 첫날과 마찬가지로 빈 식탁에 혼자 앉아서, 빵과 스프와 고깃덩어리를 노려본 다음 입에 집어넣고 있었다. 단 하나 차이가 있다면 스쳐 지나가는 교진에게 살짝 고개를 숙였다는 점이었다.

 감염을 피하기 위해 손을 최대한 씻고, 세터에게 편지를 전했으니 이제 교진이 할 일은 얼마 남아 있지 않았다. 근육 노화를 막고 어떡해서든 시간을 보내려고 앞 다투어 운동장으로 향하는 무리 속에서, 교진은 두 손이 아무에게도 닿지 않도록 최대한 몸을 움츠렸다. 다른 죄수들은 운동장으로 나오자마자 숨통이 트이는지 가슴을 펴고 팔을 휘두르며, 넘치는 힘을 발휘하고 억지로 피로를 쌓아 자신이 갇혀 있다는 현실을 잊으려 했다.

하지만 교진에게는 어느 곳이든 똑같았다. 가마솥이 아무리 크고 운동장이 넓다고 해도 갑갑했다. 어떤 죄수와 교도관보다 더. 설사 가마솥이 월면12도시를 합친 것만큼 크다고 해도 그 답답함은 해소될 수 없었다.

그의 목을 죄고, 이 모든 번잡함을 감수하게 만든 직접적인 원인은 가마솥의 벽 자체였다. 보통 때라면 문이 잠긴 화장실에 있어도, 올드타운의 뒷골목 구석에 몰린 채 집단 폭행을 당해도 자유를 만끽하던 그를 옭아매는 것이 벽 안에 있었다.

그런데 지금, 운동장 천장에서 그것이 검은 몸체를 드러내고 있었다. 그가 계산에 넣지 못했던 일이었다. 교진은 벽에서 솟아 나온 기계를 세어 보았다. 모두 열 개였다. 열 개의 눈이 달린 금속 괴물이 하늘에서 고개를 내밀고 있었다. 그는 머나먼 옛 도시 사람들이 만들어 냈다는 상상 속의 괴물, '아르고스'를 떠올렸다. 벽 속에는 남은 아흔 개의 눈이 숨어 있을 터였다.

교진은 수술을 앞둔 인간 의사처럼 두 손을 가슴 앞에 세운 채 몸을 풀고 있는 존에게 다가갔다.

"무슨 일이야, 저거?"

교진이 눈짓으로 위를 가리켰다.

"어디 보자. 동선 추적 장치가 총 열 개 나왔네. 그럼 2급 경계 태세야."

존이 대수롭지 않다는 투로 말했다.

"얼마 전 감전사 사고가 있었을 때 한 대가 움직였어. 지금은 열 대고. 오늘 무슨 일이 있는 거지? 누가 오나?"

외부에서 거물이 방문하는 상황이야말로 교진이 가장 피하고 싶은 일이었다. 가마솥 같은 특수 시설을 방문할 높은 사람은 월면도시 전체에서도 몇 되지 않았다.

"오긴 누가 와. 여긴 센트럴 위원도 함부로 못 들어오는 곳이야. 왕이 시찰을 나온 게지. 소장이 교도동에 온 거야."

"왜?"

"감전사한 송도 놈 때문에."

"죄수가 하나 죽었다고 해서?"

존이 콧방귀를 뀌었다.

"하나든 열이든 마찬가지야. 교도관이 사살하지도 않았는데 누가 죽었다는 게 문제지. 이곳 소장은 승진에 목을 매고 있어. 그래야 여기서 나가거든. 그러자면 사고가 없어야 하는데 송도가 죽었잖아. 전기 시설을 직접 점검하러 온댔어. 그 사람답지. 별명이 톱니야. 톱니바퀴."

교진의 심장 박동이 빨라졌다. 세터는 아까 식당에서 고개를 까딱거렸다. 비율에 맞게 잉크를 손톱으로 긁고, 스프에 타고 빵에 바른 다음 맛있게 먹었다는 뜻이었다. 화학 반응이 시작되었기 때문에 아무 것도 되돌릴 수 없는 상황이었다. 편지와 세터 모두 두 번 사용하기는 불가능했다. 가마솥에 수감된 중범죄자 가운데 세터 같은 능력을 가진 사람은 없었다.

교진은 일이 틀어질지 모른다는 생각에 저도 모르게 의자를 손으로 후려칠 뻔했지만 간신히 자제했다.

"소장이 같은 건물에 오는데두 우리를 이렇게 풀어놓나?"

"아, 미안. 어쩐지 뭔가 빼먹고 얘기해주지 않은 듯한 기분이었는데. 너한테 얘기하는 걸 잊었네. 이참에 하지 뭐. 여기 애들 중에는 똑똑한 놈도 있고 머릿속에 근육만 든 놈도 있지만, 그래도 제 목숨이 걸린 일은 다들 잘 외우고 있어. 한 번 가마솥에 들어온 이상, 형기가 끝나기 전에 나가려면 잘 익어야한다는 걸. 너도 그걸 잊지 마."

"무슨 말이야?"

"저기 교도관이 차고 있는 무기 보이지?"

교진은 가장 가까운 곳에 서 있는 교도관의 허리춤을 보고 고개를 끄덕였다.

"저 안에는 우리 모두의 현재 위치가 실시간으로 기록되고 있어. 저 사람이 버튼만 몇 개 누르면 유도 탄환이 날아와서 정확히 네 몸에 꽂혀. 그리고 터지지. 교도관들은 하루에 두 번씩 버튼을 빠르고 정확히 누르는 연습을 해."

교진은 처음 들어보는 얘기에 자신도 모르게 입을 열

었다.

"그건 중앙경찰이 쓰는 거잖아. 왜 여기서……."

존이 너털웃음을 뿌렸다.

"아무리 누명을 쓰고 들어왔다지만 가마솥을 그렇게 몰랐어? 여긴 문차일드가 있다고."

교진이 놀란 것은 그 부분이 아니었다. 그의 계산에 표적을 요격하는 유도 무기는 없었다. 열네 살에 열두 트레인들 모두 거쳤듯 월면도시의 지상에서 벌어지는 일을 전부 꿴다고 자부했던 교진은 이를 갈았다.

달과 센트럴은 생각만큼 간단하지 않았다.

존이 느물거리면서 덧붙였다.

"미사일도 못 뚫게 삼중 방벽으로 가마솥을 만들었다지만 센트럴이 그걸로 만족할 리가 없잖아?"

'센트럴은 절대 만족하지 않는다.' 교진이 세상에서 가장 혐오하고 두려워하는 말이었다. 그래서 이번 일은 그가 진짜 달의 어른으로 거듭나는 일이었다. 모든 센트럴 위원보다 앞서지 않으면 그 욕심에 깔릴 수밖에 없었다. 지금 그는 센트럴의 욕구가 얼마나 크고 튼튼한지 식은 땀을 흘리면서 깨닫고 있었다. 하지만 이젠 물러설 수도 없었다.

"손은 왜 그러고 다녀? 다쳤으면 의무실에 가라고."

교진은 존의 말에 정신을 차렸다. 모든 계획을 성공적으로 실행해도 안 된다면 나머지는 자신의 힘과 임기응

변에 맡길 수밖에 없었다. 앞으로 센트럴과 계속 맞서려면 이런 일쯤은 해내야 했다.

"오늘은 좀 깔끔을 떨어보려고."

존이 미심쩍은 표정으로 교진의 헝클어진 머리카락을 쳐다보았다.

"허이구, 참 깔끔하기도 하다. 오늘이 뭐가 특별한데? 면회일도 아니잖아."

"높은 분이 오신다잖아."

교진이 즉석에서 지어낸 말에 존이 고개를 갸웃거렸다. 교진은 그가 혜성파 보스였다는 점을 떠올렸다. 당시 혜성파는 급성장하던 신흥 세력이었고, 단순히 무력만으로 세를 넓히던 조직이 아니었다. 두목은 잡히기 전까지 여러 차례 지능적으로 도시경찰과 기존 세력을 괴롭힌 적이 있었다.

교진은 그가 정색하고 캐묻기 전에 물러섰다. 그리고 일정한 속도로 눈에 보이지 않는 궤도에 맞춰 이동하고 있는 박사를 보았다. 어느 한 구석 인간과 닮은 곳이 없는 은색 피라미드가 반사광을 쏘며 움직이고 있었다. 사지는 고사하고 눈, 코, 입 어느 하나 남지 않은 금속벽 속에, 교진이 지금 이 순간 월면 세계 전체에서 원하는 단 한 가지가 잘 보존되어 있었다.

'보존되어 있어야 할 거야. 안 그러면······.'

안 그러면 교진은 다시 한 번 모든 일을 조사하고, 계획하고, 힘을 이용해 다시 도전해야 했다. 그는 한 가지 일에 남은 생을 걸기로 맹세한 바 있었다. 그가 월면에서 사랑했던 단 한 사람을 위해서.

한 번 좌절한다고 포기할 수는 없었다. 그래도 이번에 성공한다면 정말로 많은 시간과 노력을 아낄 수 있었다.

교진은 목적지가 정해지지 않은 것처럼 배회하면서 조금씩 박사에게 다가갔다. 필요한 거리는 10미터였다. 공중에 매달린 골문에 공을 넣고 천천히 낙하하는 죄수를 지나고, 유도 탄환을 한 뭉치 들고 다니는 교도관을 스치고, 어깨를 맞대고 허리춤을 움켜쥐면서 월면씨름 자세를 잡는 두 남자를 구경하다가, 교진은 원하는 대로 박사에게 접근했다.

그리고 기다렸다.

교진이 어제 세터에게 알려준 '세 번째 재미있는 얘기'는 이야기가 아니라 몇 가지 숫자였다. '내일 아침에 잉크를 긁어서 먹어. 그리고 운동 시간 전에 손톱을 네 개 깎아뒀다가, 운동 시간에 점프볼 동쪽 골대 뒤에 있는 벽 밑에 잘 모아 놔. 최대한 멀찍이 떨어지면서 나한테 신호를 보내. 그러면 나는 자유를 찾고 넌 루나를 보러 가게 될 거야.'

세터는 그가 시킨 대로 정확히, 점프볼 동쪽 골대 뒤에서 걸어 나오며 오른손을 높이 치켜 올렸다가 머리를 긁었다.

잠시 후, 굉음과 함께 충격파가 퍼져 나가며 죄수들이 나동그라졌다. 가마솥 벽의 파편들이 불꽃놀이를 하듯 허공에 뿌려졌다가 느릿느릿 내려오고 있었다. 두 번째 폭발이 일어나자 에너지원과 단절된 아르고스의 눈들이 광채를 잃고 시선을 떨어뜨렸다. 교도관들이 무기를 양손에 장착하며 몰려들었고 기계식으로 작동하는 운동장 출입문 네 곳이 전부 차단되었다. 부상자들이 비명과 고함을 지르며 혼란은 더 심해졌고, 폭발 충격으로 날아갔던 점프볼 골대가 천천히 땅에 떨어지고 있었다.

문차일드인 교진은 힘을 방해하고 자유를 없애버렸던 텔레파시 차폐 장치가 멈추자마자 머리가 맑아지며 말하기 어려운 쾌감이 솟는 것을 느꼈다. 그는 눈을 감고, 시각이 아니라 텔레파시를 통해 운동장 안과 밖에 있는 모든 사람의 뇌파를 감지했다. 그는 컴퓨터 통신에 접속해 있는 모든 단말을 검색하는 엔진이 되어 소장과 교도관과 죄수의 위치를 낱낱이 파악했다. 그리고 작은 금속 피라미드 속에서 수십 년 동안 벙어리로 살았던 박사의 두뇌에 생각을 꽂아 넣었다.

'외계 생물학을 전공하신 잉게마르 세르지오 박사님.'

십년 만에 듣는 타인의 목소리에 박사의 두뇌가 겁을 집어먹었다.

'누구지? 센트럴인가? 아직도 포기하지 않고 심문하러 왔나? 모든 걸 털어놨잖아. 더 할 얘기가 없다고!'

교진은 가마솥에 들어온 뒤 처음으로 진심을 털어놓았다.

'난 센트럴을 부수려는 사람입니다.'

'해킹인가? 여긴 가마솥 운동장인데?'

'시간이 없습니다. 문차일드. 텔레파시. 설명은 충분하지요?'

'아, 문차일드구나. 불쌍한 달의 아이들. 죄를 짓는 것밖엔 할 수 없는 우리 자식들. 난 걔들에게 속죄하는 마음으로 여기 숨어서 끝나지 않는 길을 영원히 걸었는데.'

'넋두리는 집어치우세요. 속죄는 고행이 아니라 행동으로 하는 겁니다. 난 답을 얻으러 왔어요.'

박사의 두뇌는 잠시 생각을 끊었다가 질문했다.

'뭘 알고 싶은 거냐, 달의 아이야.'

'일광욕의 날이 무엇인지 정확히 알려주십시오.'

'아, 그것만은 용서하렴. 그 답은 내가 월면 누구보다 잘 알고 있지만, 말로 전달하기는 쉽지 않아. 왜냐면 나는 그 날 그 자리에 있었으니까……'

혼란 속에서 헤매던 교도관들의 뇌파 흔적이 일사분란하게 이동하기 시작했다. 폭발 피해를 수습할 방법을 결정했다는 뜻이었다. 이상할 정도로 복잡하게 꼬인 소장의 뇌파가 힘들게 지시를 내리고 있었다.

'그 자리가 어딥니까.'

'유적은 알고 있겠지?'

'거길 모르는 사람이 있나요.'

'거기서 나는, 센트럴의 세 위원과 거인을 조우했어.'

시간이 많지 않았지만 교진은 박사의 말을 가로막았다.

'더 정확히 기억해보세요! 넷이 아니라 다섯 사람이 있었을 겁니다.'

'다섯? 맞아, 다섯이었어. 세 위원이 기록을 담당할 여성 직원을 한 명 데려왔지. 입이 무거워 보이는 사람이었어. 하지만 중요한 인물이 아니라서……'

'중요함은 당신이 결정할 문제가 아닙니다. 사실만 정확히 얘기하세요. 거인과 조우했다는 건 거인 석상을 봤다는 뜻인가요?'

'석상은 모습을 본뜬 것에 지나지 않아. 우리는 석상의 주인을 만났어. 거인은 우리 넷에게 말을 걸었고, 세 위원은 그 자리에서 언어를 상실하고 미쳤어. 나는 멀쩡했지만 내 머릿속에는 방이 생겼지. 거인의 일부가 들어왔다가 나간 골방이.'

'기록 담당은요?'

'그 여성도 실어증에 걸렸지만…… 세 위원과 달랐어. 그녀는 언어와 함께 유적에 들어갔던 기억까지 잃어버렸지.'

교진은 길게 한숨을 쉬었다.

'거인은 도대체 뭡니까?'

'결별 전쟁이 벌어진 이유. 지구와 달이 헤어진 이유. 거인은 아주 먼 곳에서, 과학과 기술이 훨씬 발달한 곳에서 온 외계인이야. 그리고 너나 나처럼 갇혀 있지. 거인은 일광욕을 하겠느냐고 물었어. 그러면 더 나은 존재가 되어 미래에 다시 만날 수 있다고. 세 위원은 비겁한 놈들이었어. 일광욕의 은혜를 다음 세대가 받게 해달라고 부탁했지. 난 분명히 기억해. 거인은 외계인답지 않게, 정말로 사람처럼 웃으면서, 내 머릿속 골방에서 외쳤어. 너희 미래는 저주가 될 것이다! 항성의 방사선이 미래에 영원히 새겨질 것이다! 너희가 원한 바 그대로!'

교진은 뇌 한 구석이 뒤집어지는 것 같은 메슥거림에 하마터면 눈을 뜨고 집중을 무너뜨릴 뻔했다. 태어나서 지금까지 수천수만 명의 두뇌 속을 뒤지고 읽어왔건만 처음 마주하는 무시무시한 존재감이 그의 머리를 들쑤셨다. 인간의 것이라고는 볼 수 없는 뇌파와 부호와 심상이 마구잡이로 그에게 쏟아져 들어왔다.

교진은 눈을 질끈 감고 얼굴을 찡그리며 토하기 시작했다.

'그게 거인이 거쳐 간 방의 모습이야. 이제 그 방이 네게 옮겨간 거야. 내 두뇌는 그냥 그 방의 모습을 찍은 사진기에 불과해. 세 위원의 욕심과 방사선 샤워로 태어난 너희가, 문차일드가 비밀을 풀어줘. 나는 이미 망가진 사진기니까……'

박사가 교진의 머릿속에서 사라졌다. 소장도 교도관도 죄수도 사라졌다. 아르고스에 동력이 다시 공급되면서 교진은 힘을 쓸 수 없는 보통 인간으로 돌아왔다.

"가마솥 수감자들은 들어라. 운동장 외벽을 부수고 탈옥하려던 시도는 실패했다. 교도관의 지휘에 따라 질서정연하게 입구에 서라. 동부중앙경찰 기동진압부대가 도착했으니 탈출 시도는 무의미하다. 반복한다. 운동장 외벽을 부수고 탈옥하려던 시도는 실패했다. 교도관의……."

교진은 눈을 뜨고 발을 세차게 내저어 신발을 뒤덮은 토사물을 떨궈냈다. 일광욕의 비밀을 아는 사람 가운데 유일하게 언어를 완전히 상실하지 않았던 잉게마르는 최대한 비밀을 알려주었다. 월면 어디에도 기록되지 않은 비밀을. 그리고 거인의 사고가 남은 뇌파까지 전해주었다. 교진은 지금 당장 자유로운 곳에서 외계인의 사고를 살펴보고 싶었지만, 그 전에 처리할 일이 남아 있었다.

교진은 세터를 찾아보았다. 그는 이미 교도관에게 붙들려 발버둥을 치고 있었다. 사살되지 않았다는 점이 놀라웠지만 계산이 어긋난 이유는 곧 알 수 있었다.

"나, 난 소, 속았어! 저, 저놈이 손톱 네, 네 개면 뚫을 수 있, 있다고 했다니까! 저놈이 지, 진짜 범인이야!"

세터는 교진이 생각한 것보다 훨씬 빨리 입을 열었다. 그가 교진을 가리키고 있었다. 교도관 두 사람이 무기를 들어 올리며 다가오기 시작했다.

교진은 시간과 힘이 필요했다. 자신의 손에 피를 묻히고, 가마솥 소장이 이 모든 일을 솥 안에 파묻지 못하도록 외부의 힘이 운동장에 도달할 시간이.

교진은 있는 힘을 다해 지금 자신을 도울 수 있는 죄수의 이름을 외쳤다.

"존!"

두 손을 모아 머리 위에 얹고 얌전히 운동장 출입구로 향하던 존이 걸음을 멈췄다.

"혜성파의 두목 조나단 브루스터!"

존은 탈옥에 얽히지 않으려고 교진을 쳐다보지 않았다. 교진은 아랫입술을 깨물다가 다시 소리쳤다.

"너희 애들을 폭사시킨 범인은 아직 안 잡혔지?"

존은 결국 교진을 향해 고개를 돌리고 얼굴을 딱딱하게 굳혔다.

"그날 애들이 점심으로 뭘 먹었는지 기억하나? 너희는 올드타운의 국수집에서 노랗고 매운 면을 시켰을 거야. 넌 전화를 받느라 몇 분 늦었고. 경찰은 폭탄의 흔적을 못 찾았지. 이유가 뭔지 알아? 어떤 약물을 마시면 자신의 신체 일부를 폭파시킬 수 있는 문차일드가 라이벌 조직의 의뢰를 받았기 때문이야!"

"내가 아니야!"

세터는 저도 모르게 소리를 지르고는 더욱 핼쑥해진 얼굴을 세차게 도리질했다. 그와 동시에 존의 몸이 부풀고 죄수복이 찢겨 나갔다. 그는 운동장에 있는 어느 죄수보다도 거대한 체격으로 변신하더니 교도관 한 명을 공중에 날리고 세터에게 달려들었다. 세터를 붙들었던 교도관은 당황하다가 존을 향해 유도 탄환을 발사했다. 피격 당한 존의 팔이 몸체와 분리되어 핏방울과 함께 느릿하니 땅에 떨어졌다. 하지만 존은 멈추지 않았다. 목부터 허리까지 시퍼런 핏줄이 솟아오른 존이 왼쪽 어깨에서 새 팔을 만들어내고 있었다.

단숨에 세터에게 뛰어든 존은 그의 목을 쥐더니 운동장 바닥 깊은 곳으로 쑤셔 넣었다. 두 번 세 번 같은 동작을 반복해 세터기 절명했음을 확인하던 존을 파란 그물이 뒤덮었다. 존은 그 즉시 발작을 하면서 기절했다.

운동장에 있던 모든 사람들은 진압 그물이 날아온 북쪽 출입구를 바라보았다. 교진도 마찬가지였다. 그곳에는 강화복으로 중무장한 동부중앙경찰 기동대원이 십수 명 서 있었다. 눈에 띄는 휘장 덕분에 지휘관임을 한눈에 알 수 있는 경찰이 헤드셋에 달린 마이크를 통해 단호하게 명령을 내렸다.

"이준 경정이다. 현 시간부로 월면 특수감호시, 일명 가마솥은 경계 상황이 끝날 때까지 중앙경찰이 지휘한다. 이는 교도관에게도 동일하게 적용되므로 병기를 반납하라. 즉시 실시하도록!"

주황색 강화복에 탑승한 이준 경정은 곧장 교진에게 다가왔다. 장비의 무게 때문에 그의 걸음은 일반인과 달리 지면에서 오래 떨어지지 않았다. 교진은 짐짓 태연한 얼굴로 기다렸다.

"감시 장비가 복구된 뒤부터 실시간으로 상황을 지켜봤다. 주동자가 너라는 사실은 분명하다. 즉시 취조를 시작할 테니 순순히 따라와라."

교진은 자신보다 머리 하나만큼 큰 이준 경정을 보고 천진한 얼굴로 말했다.

"그 전에 보여줄 게 하나 있는데."

"뭐?"

교진은 빠른 동작으로 오른쪽 손바닥을 입에 대고는 물어뜯었다. 아무리 손을 깨끗이 씻고 이를 닦아도 감염 때문에 손이 며칠간 통통 붓게 마련이었다. 그래서 가장 꺼리는 일이기도 했다. 하지만 지금은 상황이 특별했다. 신분을 증명하는 물건은 갖고 들어올 수 없었기 때문이다.

교진은 피가 흐르는 손바닥을 경정에게 내밀었다. 핏속에서 천천히 드러나는 검정 표식을 본 경정은 뒤로 한 걸음 물러나 고개를 숙였다.

"센트럴 위원이셨군요. 많은 게 설명되었습니다. 목적은 달성하셨습니까."

교진이 코웃음을 치고 작은 소리로 말했다.

"한낱 경정 주제에 내 뜻을 이해했다고?"

이준은 더 깊이 고개를 숙였다.

"죄송합니다. 제가 오만했습니다."

운동장에 남아 있던 교도관과 죄수들 사이로 '센트럴'이라는 단어가 굽이치며 흘렀다. 교진은 그들을 가볍게

외면했다. 하지만 인파를 뚫고 허겁지겁 달려온 가마솥 소장은 무시할 수가 없었다.

"아이고, 경정님을 여기 모신 것도 제 무능력 때문인데 위원님까지 오시다니요. 저는 인사만 드리고 사택에 들어가서 처분을 기다리겠습니다."

소장이 교진에게 손을 내밀고 악수를 청했다. 이준은 교진의 눈치를 보면서 '센트럴은 절대 만족하지 않는다'는 격언을 되새기고 있었다.

교진은 자신에게 똑같은 동작으로 응대할 것을 요구하는 소장의 손을 물끄러미 바라보았다. 그리고 아르고스가 작동을 멈췄을 때 확인한 소장의 뇌파를 되새겨 보았다.

교진이 이준에게 말했다.

"경정, 부탁이 있는데."

이준이 즉시 대답했다.

"말씀만 하십시오."

"경정이 탄 진압용 강화복 오른손에는 상대를 기절시킬 수 있는 감전총이 달려 있지?"

이준이 고개를 끄덕였다.

"예."

"그걸로 소장을 무력화시켜."

"예."

이준은 즉시 소장을 쓰러뜨렸다. 소장은 크게 뜬 눈을 채 감지도 못하고 무너져 내렸다.

"이건 이유를 물어봐도 되겠습니까?"

교진이 고개를 끄덕였다.

"문차일드 죄수 하나가 감전되어 죽은 것처럼 위장했어. 정신을 육체와 분리시키고 전기 배선 속에 숨어 있다가 지금은 소장 몸 안에 들어가 있지. 건방지게도 내 몸을 이용해서 탈옥할 생각이었나 본데. 전도체가 없는 독방에 가두도록."

"지시에 따르겠습니다, 위원님."

×

교진은 재생 붕대가 감긴 오른손 대신 왼손으로 턱을 괴고 고향 돔으로 향하는 트레인의 냄새를 음미했다. 싸구려 식용유와 마늘 냄새는 그가 출생지로 돌아간다는 사실을 또렷이 일깨워 주었다. 그는 잠시 창밖 풍경을 감상하다가 눈을 감고 텔레파시의 세계로 가라앉았다.

그리고 같은 트레인에 탄 142명의 뇌파를 하나씩 머릿속에서 몰아내기 시작했다. 이제 그가 감지할 수 있는 것은 거인이 사는 골방과 어머니에 대한 기억뿐이었다.

박사의 말에 따르면 월면 전역을 원치 않던 일광욕으로 몰아넣은 것은 거인, 즉 외계인이었다. 교진의 어머니는 외계인과 가장 가까운 곳에서 온몸으로 그 저주를 받았다. 태내에 교진을 품은 채로. 교진의 어머니를 그리로 데려간 사람은 세 명의 센트럴 위원이었다. 그들이 미쳐서 은퇴했다고는 하지만 어머니가 급격한 변이 끝에 사망한 책임은 분명히 센트럴에 있었다.

센트럴 위원들은 그가 사흘에 걸쳐 가마솥을 휘저은 사실을 이미 알고 있을 터였다. 하지만 책임을 추궁할 가능성은 거의 없었다. 센트럴은 하나의 조직이 아니라 월면도시라는 혈관 전체에 퍼져 있는 백혈구와 같아서 모두 평등했기 때문이다. 그 대신 문차일드이자 신진 센트럴 위원인 김교진이라는 인물이 무슨 꿍꿍이를 감추는지, 저마다 방에 놓아 둔 거울 인공지능과 함께 분주히 계산할 것이 분명했다.

교진의 목표는 단순했다. 달의 백혈구를 하나 남김없이 없애는 것이었다.

하지만 적어도 지금 당장은 그들에게 관심이 없었다. 그와 같은 객차에 타고 감시 임무를 수행하는 센트럴 소속 첩자 두 사람에게도 큰 흥미가 없었다. 가마솥처럼 특별한 곳이 아닌 다음에야 월면 어디든 센트럴 첩자가 드글거렸기 때문이다.

지금 교진은 자신의 방에서, 뒷골목 단골 식당에서 사온 단백질 튀김과 20도짜리 술을 사이에 두고, 제 머리에서 꺼낸 미지의 존재와 나눌 대화만 기다리고 있었다.

그는 달을 저주 받은 천체로 만든 외계인의 사념체를 상상하기 시작했다.

예약 손님

최지혜

장르문학 작가 및 편집자. PC통신 시절부터 판타지 장편 소설과 단편 소설을 쓰기 시작했다. 장르문학 동호회와 웹진에서 책 만드는 일과 글 쓰는 일을 이어왔다. 현재는 판타지와 SF 전문 편집자로 일하고 있다.

× '일광욕의 날'로부터 20년 6개월 후 ×

 돔을 벗어나기 직전, 황량한 곳에 똑같이 생긴 건물 두 채가 나란히 서 있다. 크기가 다른 직육면체가 3개 얹힌 계단 같은 건물이다. 왼쪽 건물이 미세하게 떨린다. 잠시 후, 두 동강 나듯이 벌어진다. 그 안에 눈이 멀 듯한 암흑이 소용돌이치고 있다. 그 소용돌이가 오른쪽 건물을 빨아들인다. 오른쪽 건물이 완전히 사라지고, 왼쪽 건물은 입을 다문다.
 이제 건물은 하나다. 오른쪽에는 커다란 구멍만 남았다.
 사방이 조용하다. 아무 일도 일어나지 않은 듯.

×

 둘째는 첫째 뒤에 멈췄다. 첫째는 팔을 뻗어 더 가려던 셋째를 제지했다. 차폐막이 되어줄 마지막 건물부터 목적지까지는 환히 드러난 벌판이었다.
 "셋째야, 한 번만 능력 써줄 수 있을까? 우리 발로 걸어서 갔다가는 바로 감시안에 잡힐 거야."
 셋째가 고개를 끄덕이려는데, 둘째가 끼어들었다.

"언니, 저 집 맞아?"

"맞아. 저기밖에 없잖아. 주위에 건물이고 초소고 하나도 안 보이고. 다 받은 자료대로야."

아무렇지도 않은 듯 첫째가 답했다. 그러나 둘째는 눈살을 찌푸리고 목표 지점을 지그시 보았다. 위험을 느끼는 직관력이 본래도 뛰어났고, 그런 역할을 하도록 거듭 교육받고 노력하기도 했던 둘째 눈에는 무언가 거슬렸다. 그 싸한 느낌을 말로 설명해야만 설득할 수 있었다.

"우리 지도에 표시된 위치랑 달라. 옆에 저렇게 큰 구멍이 있다는 말도 없……."

"가."

말을 끝맺기도 전에 셋째가 둘을 붙잡고 순간이동을 했다. 그래서 그 이야기는 거기서 끝이었다. 순간이동 후에는 속이 좋지 않아 한동안 정신을 차릴 수가 없었다. 셋째만 멀쩡하다 못해 기분이 좋았다.

"성공했어."

"그, 그래. 우리 셋째 이제 아주 잘하네. 우읍……."

첫째는 단련된 육아감각으로 칭찬부터 해주고 나서 속을 진정시켰다. 둘째는 울렁거리는 속도 잊고 감탄했다. 우리 언니, 젊은 나이에 엄마 다 됐네.

셋째가 칭찬을 바라는 듯 둘째 쪽을 보았다. 둘째는 환히 웃으면서 속으로 자신에게도 감탄했다. 언니는 나이라도 많이 차이 나지, 난 쟤보다 두 살 많은데 참 대단하다.

여러모로 고통의 시간이 지나가고, 주위를 둘러볼 정신이 났다. 둘째는 당황했다. 밖에서 본 모양과 안의 모습이 너무 달랐다. 이스트타운에 흔한 초고층 블록과 달리 3층밖에 안 되는 건물이라, 게다가 위로 갈수록 좁아지는 형태라 거기에 맞는 벽과 천장이 있으리라 생각했다. 그런데 벽은 천장까지 이어지며 두루뭉술하게 원형이었고, 천장이 점프를 해도 안 닿을 듯이 높았다. 거기다 벽이 마치 흐르는 듯한 느낌이 드는 재질이었다.

말리기도 전에 셋째가 벽에 손을 댔다. 첫째가 낚아채서 금세 떼어냈지만, 셋째는 눈을 크게 뜨고 놀랐다.

"따뜻해!"

"뭐? 빈집으로 위장하느라고 그럴 리가 없는데. 감시 안의 열 감지에 걸리면 어쩌려고."

"그것도 그렇지만, 일단 딱 봐도 여기 이상하지 않아? 이 벽이랑 천장……."

— □□□□□□□□□

벽에서 이상한 소리가 나는 바람에 둘째의 말은 또 끊겼다. 첫째는 놀라며 셋째와 둘째에게 팔을 뻗었고, 둘째는 그 손을 당기며 밖으로 나가려 했다. 그런데 문이 보이지 않았다. 사방이 그 흐르는 듯한 벽이었고, 문처럼 생긴 것은 고사하고 손잡이처럼 달린 것조차 없었다. 믿을 수 없어 벽을 만져봐야 하나 망설이는데, 목소리가 들려왔다.

"어서 와요."

"으아아악!"

기척도 없이 누군가 나타났고, 셋은 비명을 지르며 한 덩이가 되었다.

"아, 놀라게 해서 미안해요. 괜찮아요?"

억양이 어딘지 모르게 생소했지만, 다감하고 중후한 목소리였다. 셋은 간신히 고개만 돌려 목소리의 주인공을 보았다. 그리고 곧 눈이 못 박였다. 이목구비를 뜯어 보고 싶은 생각조차 들지 않을 정도로 아름답고 빛이 나는 사람이 앞에 있었다. 키가 큰 남자처럼 보였는데, 키와 넓은 어깨 때문에 그렇게 생각이 들었던 것이고 사실 목소리도 인상도 어떻게 특정할 수가 없었다. 옷도 자루 같은 옷인데 체형이 전혀 드러나지 않았다.

둘째와 셋째가 그의 아우라에 넋을 잃고 바라보는 동안, 첫째가 그나마 침착하게 앞으로 나섰다.

"저, 저희는 여기 묵으러 왔는데요. 예약했어요."

사실 첫째도 그다지 침착하지 못해서 자기가 해야 할 말만 해버렸다. 이 문장 전체가 탈출을 도와줄 사람과 접선하면 쓰는 암호였다.

"예약이라니? 여기에요?"

이게 아닌데.

첫째의 침착한 표정이 무너졌고, 둘째의 가슴이 철렁 내려앉았다.

그 와중에 비슷하지만 조금 키가 작은 또 다른 존재가 나타났다. 아무것도 없던 곳에서 갑자기 나타났기에 첫째가 비명을 질렀고, 셋째가 들뜬 목소리로 물었다.

"나랑 같은 능력 있어요?"

셋째의 말에 둘째는 첫째와 함께 숨을 가다듬으며 그 존재들을 곁눈질했다. 셋째의 말이 일리가 있었다. 문차일드라면 이러한 외모와 후광도, 갑자기 나타나는 것도 전혀 놀라울 게 없었다. 셋째의 경우에는 외모가 평범한 편이었지만, 다른 문차일드 중에는 보기만 해도 특별하단 걸 느낄 수 있는 사람도 있다고 들었다. 지금의 목적지에도 문차일드들이 많을 테니 여기에 둘쯤 있다고 해서 이상할 건 없다.

둘째는 첫째의 등을 쓸며 대담하게 물어보았다.

"예약 전혀 모르세요? 저희는 여기 통로를 이용하려고 왔는데요."

"통로? 여기 통로랑 문이 많긴 하지이."

두 번째로 나타난 존재는 또렷하고 애교가 밴 명랑한 말투로 남매에게 좌절을 선사했다.

둘째는 손짓해서 셋째까지 가까이 오게 한 후 속삭였다.

"아무래도 똑같이 생긴 집이 두 개 있었나 봐. 아까 내가 순간이동하기 전에 말했잖아. 위치가 다른 것 같다고."

"하지만 이 옆에 아무 건물도 없었는걸. 나가서 봐야겠다."

첫째는 셋째와 둘째의 어깨를 눌러 인사를 시켰다.

"실례했습니다. 아무래도 잘못 찾아온 것 같으니까 가볼게요."

"잠깐."

첫 번째 존재가 팔을 뻗고 앞으로 나섰다. 남매는 바짝 긴장했다. 통로란 말까지 해버렸는데 혹시 신고하거나 붙잡으면 어쩌지?

두 번째 존재가 옆을 지나쳐 가더니 벽에 손으로 네모를 그렸다. 그러자 그 부분이 투명해지면서 바깥이 보였다.

센트럴의 감시안과 경찰로봇이 조를 이뤄 건물 앞에 있었다. 정확히는 감시안이 건물을 스캔하는 듯 위아래로 움직이고, 경찰로봇은 지시를 기다리는 듯 서 있었다.

"금방 나가면 안 될 것 같은데? 기다렸다가 가."

두 번째 존재의 명랑한 목소리가 울렸다. 남매 모두 고개를 끄덕일 수밖에 없었다. 둘째는 그 와중에 안심했다. 이들은 어쨌든 자신들을 센트럴에 넘기려는 사람들은 아닌 것 같다.

두 번째 존재가 쭈뼛거리는 남매들을 훑어보다가 셋째를 보고 웃었다.

"너 진짜 귀엽구나? 나는 □□□□□□□□야."

"네? 누나 뭐라고요?"

"나 누나 아닌데. 흠, 아냐, 그냥 맘대로 불러. 아마 내 이름이 너희 발음 체계하고 안 맞나 봐. 이름 말고 다른 건 괜찮지?"

"뭐가 괜찮아요?"

셋째가 또 되물었고, 첫째와 둘째는 꽤 놀랐다. 셋째는 평소에 누나들 말고 다른 사람에게는 답을 안 하는 편이었다. 처음 보는 사람은 셋째가 말을 못하는 줄 아는 경우가 많을 정도였다. 그런데 이 낯설고 무서운 상황에서 처음 만난 사람과 말을 길게 하다니?

"내 말. 알아듣기 어렵니? 안 어렵지?"

셋째가 고개를 저었다가, 두 번째 말에 다시 끄덕이자 두 번째 존재는 첫 번째 존재를 바라보았다.

"역시 네가 만든 통역기는 최고야. 우주 최고 유능하다니까."

둘째의 머리가 재빨리 굴러갔다. 통역기, 안과 밖이 다른 이상한 공간…….

"다른 도시 사람? 센트럴은 아닌 것 같은데."

생각한다는 게 말로 내뱉어버리고 말았다. 첫째의 야단치는 눈길과 셋째의 동그랗게 뜬 눈에 둘째는 주눅이 들었다. 하지만 다행히도 두 존재가 아무렇지 않게 답해 주었다.

"둘 다 아닙니다. 뭔지는 모르겠지만요."

"우린 이 별 사람이 아니야."

내용은 아무렇지 않은 게 아니었다.

×

 남매는 안쪽으로 안내되었다. 높이를 가늠하기 어렵고 각이 지거나 매끈하게 동그랗지도 않은 검은 벽에 문이 줄줄이 있었다. 문들이 파란색, 빨간색, 여러 스펙트럼의 보라색으로 반짝여서 보기에 좋았지만, 어떤 문들은 천장에 있고, 문끼리 붙거나 겹쳐 있기도 했다. 둘째는 그 문들이 진짜 문이 아니라 장식인가 의심하며 가는 길을 외웠다. 그러나 사실 일자로 주욱 걷기만 했기에 외울 것도 없었다. 어느 정도 걸은 이후에는 이 건물 안이 이렇게 넓었나 의심했다. 어쩌면 모르는 사이에 지하로 내려와 있는 건 아닐까?

 어디 도착한 것도 아닌데 둘이 멈춰 섰고, 앉으라고 손짓으로 가리킨 곳에 바닥이 솟아올랐다. 아무것도 없는 곳에 음료가 컵 모양으로 담겼는데, 어떻게 해야 할지 몰라 보고만 있자 처음에 만났던 존재가 손짓을 했고, 반투명하게 컵 모양이 생겼다. 셋째가 냉큼 들어 마셔버렸다. 둘째는 뒤늦게 아차했다. 그런 걸 말리는 역할은 자기가 해야 하는 건데, 속도가 너무 빨랐다.

 다시 한 번 이름을 들었지만 여전히 알아들을 수가 없었다. 그러자 첫 번째 존재가 자기는 수, 두 번째 존재는 린이라고 부르라고 했다.

 첫째가 원래 있던 건물이 어떻게 되었느냐고 묻자, 수

가 자신들이 도착하면서 없어졌을 거라고 답했다. 첫째가 그러면 통로를 어떻게 찾을 수 있냐고 물으며 헛웃음을 지었다. 둘째는 그 웃음의 의미를 바로 알아챘다. 외계인인데, 여기 막 도착했다는데, '통로'가 뭔지도 모르는데 그래도 그냥 물어보면서 헛웃음이 안 날 수가 없었다. 수도 그 점을 지적하면서 먼저 이곳에 대해서, 남매에 대해서 알려달라고 했다.

"우리를 믿을 수 없는 건 이해하니까, 간략하게 말해줘요. 여러분 사연에 관련된 것만 알려줘도 괜찮아요."

둘째는 괜찮다고 하는 그 말에 오히려 혼란스러웠다. 이 별에 처음 왔다는 외계인들에게 제한적으로 설명하는 게 오히려 더 어렵지 않을까? 이곳이 달이고, 주요 도시가 열두 개고, 중앙정부, 속칭 센트럴이 열두 도시 위에 군림하면서 정보와 자원을 통제하고 있고, 우리가 살았던 도시가 중앙도시 옆 주거타운이고, ……이런 이야기들을 안 하고도 이해할 수 있을까?

"그러니까, 저희는 남매고요. 보시면 아시겠지만 제가 첫째, 얘가 둘째, 얘가 셋째예요."

첫째의 답은 둘째가 생각했던 것과 아주 달랐다. 첫째는 수의 말에 충실하게, 자기가 동생들보다 나이가 한참 많고, 둘째와 셋째는 두 살 터울이지만 셋째가 태어나고 얼마 안 돼 어머니가 돌아가셨으며, 아버지는 세 자식을 책임지느라 일을 늘렸기 때문에 최근에 돌아가시기 전에도 첫째가 둘을 부모처럼 맡아 키웠는데, 올해 열다섯 살인 셋째가 초능력을 타고나서 어려서부터 센트럴의 주시 하에 괴롭힘을 당했다는 이야기를 차례대로 했다. 그야말로 신상과 여기 오게 된 사연만 말한 것이라, 둘째는 놀랐다.

"문차일드라고 한대요. 센트럴에서는 초능력을 가진 아이들을 감시하고 통제 하에 두려고 해요. 아버지는 센트럴 위원의 보좌관이라 보증을 받고 셋째가 수용소에는 안 끌려가게 막았는데, 돌아가시고 나니까 바로 위험해졌어요. 아버지가 이런 때를 대비해서 마련해둔 대로 탈출하는 중이에요."

"셋째 초능력자야? 우우와, 멋진데?"

린이 활짝 웃으며 이상한 손짓을 했다. 전체적인 분위기로 보아 진심으로 칭찬하는 모양새여서, 남매는 표정이 풀렸다. 이제껏 문차일드 이야기를 꺼내서 달 안에서 호의적인 반응을 얻은 적이 없었기 때문이다.

수가 말했다.

"그러면 이 집이 탈출로였고, 여기서 접선해야 할 사람이 있었던 거군요?"

"맞아요! 여기까지 오는 것도 힘들었지만, 아버지의 계획이 워낙 철저해서 괜찮았는데……."

아버지의 탈출안은 놀라울 정도로 세세했다. 보좌관으로서 센트럴의 감시 체계와 경비 계획의 허점을 알고 있었기에 가능한 계획이었다. 계획을 세우는 것은 물론이고, 세운 계획을 상황별로 모두 외우는 데에도 긴 시일이 걸릴 만큼 복잡한 계획이었다. 이런저런 변수를 모두 상정했지만, 외계인이 중간에 끼는 상황은 예정에 없었다.

"미안해지네요. 이제 어떻게 하고 싶어요? 대안이 있나요?"

첫째가 바로 답하지 않고 생각하는 사이, 둘째가 말했다.

"여기까지 와서 실패했을 때를 가정한 대비책은 없었지만, 통로를 알려준 사람과 다시 접촉하면 다른 통로도 소개시켜줄지 몰라요."

"그러려면 도시 안쪽으로 돌아가야겠네요?"

둘째의 말에 희망이 생긴 듯 고개를 들었던 첫째는 고개를 다시 숙였다. 둘째의 고개도 같이 수그러졌다. 탈출안은 안에서 밖으로 가는 방향이었지, 밖에서 안으로 가는 방향이 아니었기에 변수가 많았다.

게다가 접선을 다시 한다고 해도 통로를 더 알아낼 수 있을지도 의문이었다. 이전에 모을 수 있을 만한 재산은 모두 모아 월석으로 바꿔서 접선책에게 줘버렸으므로 남매는 빈털터리였다. 둘째는 아버지가 죽도록 일해서 모은 돈에, 첫째가 아끼고 둘째와 셋째 역시 참아가며 오래도록 모은 돈을 보태어 바꾼 월석을 받고서 접선책이 혀를 차던 순간을 잊지 못했다. 만 크레딧도 안 되겠네, 라고?

"들키지 않고 돌아갈 방법, 거래에 쓸 물건, 빠져나올 방법이 필요하군요."

수는 의논하겠다며 첫째를 다른 곳으로 데려갔다. 린은 그곳에 계속 있으면서 둘째와 셋째에게 말을 걸었다. 새로 만난 친구에게 묻듯이 뭘 좋아하는지, 뭘 잘하는지, 여기에서는 어떻게 무언가를 배우고 생활하는지를 물었고, 진지하게 답을 들었다.

첫째 쪽은 그렇다 쳐도 셋째를 단속하는 데 신경을 써야 한다고 생각하면서도 둘째는 자기도 모르게 성심성의껏 대화에 임하고 있었다. 대답을 기다리는 린의 눈이 너무 진심 어린 것처럼 보여서, 그리고 이런 것을 물어본 사람이 이제껏 없어서.

성심성의껏 임하는 것은 임하는 것이고, 답이 잘 떠오르지는 않았다. 물어본 사람도 없었고, 둘째 자신도 이제껏 생각해보지 못한 것들이었다. 생각해보았자 어쩔 수 없는 것들, 해야 하는 일들만으로도 빼곡한 삶에는 어차피 들일 수 없는 것들.

첫째조차도 알아들을 수 없는 셋째의 말을 통역할 수 있는 것 하나는 자신 있었지만, 질문은 잘하는 게 아니라 좋아하는 것이었다. 린이 말했다.

"아직 못 찾았구나? 괜찮아, 시간 많아. 천처언히 찾아서 행복해지면 좋겠다."

둘째는 머리를 얻어맞은 것 같은 느낌이 들 정도로 충격을 받았다. 좋은 면의 충격이라는 것 말고는 당장은 분석도 할 수 없을 정도로 큰 충격이었다. 그렇지만 티내기는 싫어서 말을 돌렸다.

"그런데 수하고 린은 뭐 하세요? 아니, 그니까, 무슨 일 하고 살아요? 그쪽 별에도 직업이나 그런 게 있어요?"

린이 기다렸다는 듯 크게 몸짓했다.

"그건 또 이야기가 길지! 우린 마치, 전설의 용사……."

그 순간 셋째가 고개를 홱 돌렸다.

"저기 눈."

"뭐?!"

둘째는 놀라 펄쩍 일어났다. 셋째가 가리키는 곳을 보니 무언가 검지 않은 부분이 있었다. 그러나 곧 사라졌다. 셋째도 일어났다.

"움직여. 저기. 아니, 저기."

그 무언가를 쫓아가려고 하는 것 같아 둘째는 셋째의 어깨를 양팔로 감싸 안다시피 하며 붙잡았다.

"셋째야, 안 돼. 우리 여기 손님이잖아. 예의를 지켜야지. 아빠랑 첫째 누나한테 혼난다. 다른 별에서 오신 분들 앞인데 더 창피하다고."

돌아가신 지 오래됐는데도 아버지가 아닌 '아빠'라는 말이 힘을 발휘했다. 둘째가 뭐라고 말하건 말건 아랑곳없이 뛰쳐나가려고 긴장했던 셋째의 몸에서 힘이 빠졌다.

"안 창피해."

호기심이 치솟고 유난히 아기처럼 말이 짧아진 상황인

데 그나마 빨리 순조롭게 진화한 편이었다. 둘째는 조금 마음을 놓고 고개를 돌리다 린과 눈길이 마주쳤다. 린이 묘하게 웃으며 둘을 보고 있었다.

"너 진짜 특별하구나?"

둘째는 셋째를 다시 당겨 안았다. 조금 전의 따뜻했던 눈길이 아니라 올라간 입꼬리와 반짝이는 눈빛이 아주 짓궂게 보였다. 악의가 아니어도 충분히 위험할 수 있는 그런 짓궂음. 셋째는 답답한 듯 뒤척거렸지만, 조금 전 창피하단 말 때문인지 심하게 보채지는 않았다.

둘째의 반응을 보자 린이 크게 웃었다.

"왜 그래? 내가 동생 뺏어 갈까 봐 무섭니?"

차마 고개를 끄덕이지조차 못했다.

"내가 네 동생을 왜 뺏어 가. 뺏어 가서 뭐에 써먹겠니? 먹겠니? 그 쪼끄만 애를?"

린의 태도가 너무 자연스럽고 그러면서도 왠지 옛날이야기의 마녀 같아서 둘째는 계속 셋째를 꼭 안고 있었다. 열다섯 살짜리 남자애가 먹기에 작다는 말이 이상하게 들릴 지경이었다. 린은 가상하다는 듯이, 또는 가소롭다는 듯이 웃으며 음료를 마셨다.

둘째는 셋째한테 한 말을 다 무르고 그냥 당장 튀어나가고 싶었다. 첫째가 수와 이야기를 마치고 오자마자 말하려고 했다.

"넌 여기서 셋째 보고 있어."

하지만 첫째가 먼저 말을 꺼내서 막혔다. 둘째는 반사적으로 크게 싫다고 말했다가 눈치를 봤다. 다행히 린은 수가 불러서 저쪽 멀리 가 있었고, 아무런 반응도 하지 않았다. 안심했지만 조금 목소리를 낮춰서 계속 말했다.

"싫다기보단 안 돼. 무서워. 여기 이상하고 저 사람들도 이상해. 나가자, 언니. 느낌이 안 좋아. 내가 위험한 건 잘 알잖아."

"안 돼는 무슨 안 돼야 내가 할 말이야. 장비도 받고 이것저것 얻었는데. 그리고 지금 당장 나갈 수도 없어. 셋째 쉬어야 돼. 바로 능력 쓰면 다 가기도 전에 쓰러지거나 정신이 나갈 텐데 무슨 소리야."

첫째가 이 정도로 길게 말하면 이길 수 없었다. 둘째는 첫째의 큰소리에 반응하도록 자랐고, 지금 상황에서는 반박할 말도 찾을 수 없었다. 린의 말이 정말 농담일 수도 있는 데다, 둘에게 무엇보다 중요한 건 셋째가 쓰러지지 않는 것이었다. 둘째는 입을 꼭 다물고 첫째가 본격적으로 내려주는 지시를 받았다.

첫째는 수가 준 첨단 장비를 장착하고 중앙도시 쪽으로 들어갈 거고, 여러 번 갈수록 위험해지니까 한번 나갔을 때 많은 일을 처리할 거라고 했다. 그러므로 종일 기다려야 할 가능성이 높으니, 그동안 셋째만 잘 보고 있어 달라고 했다. 무슨 일이 있어도 어떻게든 잘 넘기고 첫째가 돌아올 때까지 기다렸다가 말하라고.

둘째는 고개를 끄덕이면서도 속으로 뭘 어떻게 잘 넘기란 말이냐고 생각했다. 하지만 중앙도시로 들어가야 하는 첫째만큼 위험한 사람은 없었으므로, 그러마고 했다.

×

수가 준 장비들은 크고 요란하지 않았다. 귀에 하나, 눈에 하나, 손목에 하나, 작고 동그란 것을 붙이고 손목의 장치에 숨을 쐬자 첫째의 온몸이 투명해졌다.

"주의사항 잊지 말고, 잘 다녀와요."

허공에서 첫째의 힘찬 대답이 들렸다. 수가 웃었다.

"이제 입에도 붙이고. 지금처럼 소리 내지 말고 잘 다녀와요."

둘째는 수도 의심스러운 눈으로 보았다. 린이 의심스러우니 자연스레 그렇게 되었다. 항상 과민하다는 말을 들었지만, 이 집에 들어올 때 그 과민함을 믿어주었다면 얼마나 좋았을까. 하지만 그 뒤에 이렇게 도움을 받지는 못했겠지. 둘째는 마음을 가라앉히고 긍정적으로 생각하려고 애썼다.

문이 잠시 열렸고, 첫째가 나갔음을 (둘째와 셋째는 전혀 알 수 없는 방식으로) 알아챈 수가 다시 문을 닫았다. 그리고 둘째와 셋째에게 말했다.

"여기가 우리끼리만 지내던 공간이라, 있는 게 없어요.

뭐가 필요해요?"

"그 눈 보여주세요."

이런 때는 언제나 빠른 셋째의 입을 막고 둘째는 어색하게 웃었다.

"그냥, 저희 신경 쓰지 마세요. 저희는 뭐 어디서든 잘 있거든요."

"외계인네 곳…… 집에서는 아닐걸요? 잘 생각해봐요."

수의 미소는 여유로웠고 말투도 느긋했지만, 둘째는 그 말실수를 놓치지 않았다. 수가 뒤이어 말했다.

"아, 생각해보니까 이 근처에서 쓰일 만한 건축물을 알 것 같아요. 준비하도록 하죠. 시간이 조금 걸릴 테니 그동안 구경하고 뭘 좀 먹을래요?"

분명히 말을 돌리는 것 같았지만, 셋째가 구경이란 말에 굉장히 좋아했고, 뭘 좀 먹자는 말도 너무 유혹적이었다. 린이 손을 내밀자 셋째가 바로 그 손을 잡고 걸어가기 시작했으므로 결국 뒤에서 따라갈 수밖에 없었다.

둘째는 이번에도 계속 다른 곳을 살피며 갔다. 아빠가 항상 당부했던 역할을 다하기 위해서였다. 셋째는 보는 눈이나 개념이 다르고, 첫째도 오랫동안 외동으로 자라서 세상 무서운 게 없고 뭐든지 자기가 해결하려고 드니까 둘째 네가 잘해야 한다고, 신중하게 재고 말려야 한다고 했었다. 그게 둘째의 사명 같은 것이었다. 어떤 사람이 되든 무엇을 좋아하든 상관없이 해야 할 일.

'아직 못 찾았구나? 괜찮아, 시간 많아. 천처언히 찾아서 행복해지면 좋겠다.'

갑자기 린이 했던 말이 생각나자 기분이 이상해졌다. 뭔가 울컥하는 걸 억누르기가 어려워서 난처해질 찰나, 셋째가 벽을 가리켰다.

"얘는 이름이 뭐예요? 귀여워요."

"글쎄요, 셋째가 지어줄래요? 우리는 이름을 부를 필요가 없어서 안 지어줬거든요."

수가 대답하면서 앞으로 가자, 둘째는 슥슥 얼굴을 문질렀다. 그러고 앞으로 갔다. 린이 말하고 있었다.

"우와, 얘가 너 좋아하나 보다. 처음 만난 사람한테 안 이러는데."

그 말에 잠깐 의아했다. 분명 아무것도 없는 곳을 가리키며 말하는 게 셋째의 특기라, 이번에도 그런 거겠거니 했는데, 수가 그냥 받아주는 거겠거니 했는데 그게 아닌가?

그때 갑자기 벽 아랫단이 거품 끓듯 울렁였다. 둘째는 놀라 주저앉을 뻔했다.

"이것 봐. 이러는 거 처음 봐."

"와, 진짜요? 너 나 지인짜 좋아하는구나? 이름을 뭐라고 하지. 좀 많이 고민해볼래."

방금 말한 게 셋째였나? 그새 린의 말투를 배웠단 말이야?

둘째는 거기에 더 놀랐다. 갑자기 소외감과 위기의식

이 솟구쳤다. 첫째도 다른 방법이 없어서라고 하면서 이들이 제공한 장비를 갖고 나갔고, 셋째는 이유를 알 수 없지만 완전히 이들에게 마음을 맡긴 것 같은 반응이었다. 혼자서만이라도 이곳에서 정신을 바짝 차리고 있어야 했다.

둘째는 수가 안내하면서 설명하는 구조를 잘 듣고 기억해야겠다고 마음먹었다. 어디를 가든 탈출로를 봐두라고 아빠가 강조했었다. 둘째가 첫째와 셋째보다 잘하는 일이기도 했다. 그런데 그게 쉽지 않았다.

"여기저기 문이 많죠? 문을 열면 다 다른 풍경이 나올 거예요. 너무 혼란스러워서 우리가 약속을 했는데, 한동안 고정된 공간이면 파란 문이에요. 공간이 바뀔 때가 다가오면 점점 더 붉은빛을 띠니까 보라색이 되면 꼭 나와야 해요. 빨간색이 되고 나면 얼마 안 있어서 문이 사라지니까, 그 안에 영원히 갇힐 수 있어요. 길도 가끔씩 바뀌고요."

"네? 어떻게 그럴 수가 있어요?"

"외계인의 우주선에서는 무슨 일이든 벌어질 수 있는 거예요. 집이라고 했지만 알고 있죠? 여기에 우리가 '도착'했다는 건 이게 우주선이라는 뜻이잖아요."

'우주선이라고 정말 무슨 일이든 벌어질 수가 있나?'

의심이 가시기는커녕 더 커졌다. 둘째는 수가 무언가 숨기고 얼버무리고 있음을 다시금 확신했다.

그렇게 생각하니 대놓고 이상한 린보다 수가 더 위험한 사람이라는 생각이 들었는데, 그렇다고 무언가를 물어보려면 수와 이야기할 수밖에 없었다. 린과 이야기하다 보면 즐겁지만 어딘가 딴 데로 흘러가거나 갑자기 알고 싶지 않았던 사실을 알게 되어서 곤란했다.

"길이 바뀌면 길을 잃을 수밖에 없잖아요! 그럼 어떻게 해요?"

"세 가지만 지키면 돼요. 하나, 보라색 문으로 들어가지 않는다. 보라색 문에서 빨간색이 될 때까지 걸리는 시간이 다 다르거든요. 그러니까 빨강보다 파랑에 더 가까운 보라색이라고 해서 안심하면 안 돼요. 둘, 나나 린을 부른다. 어디에 있든 이름을 크게 부르면 우리가 들을 수 있어요. 그리고 혹시…… 음."

수는 좀 생각하며 뜸을 들이더니 알 수 없는 몸짓을 했다.

"두 가지인가 보군요. 세 가지 맞춰보려고 했는데 실패."

둘째는 그 말을 믿을 수 없었다. 하지만 믿지 않는 걸 너무 티내는 것도 좋지 않을 거라고 판단해서 그저 놀리는 척했다. 수가 웃으며 말했다.

"원래 린하고 저만 있었던 곳이라 없는 게 정말 많아요. 개인 간의 거리나, 프라이버시? 그런 것도. 벽은 있어도 다 투명하게 보였는데, 이제 벽을 좀 만들어야겠죠? 다들 얌전히 있어주면 좋을 텐데."

다들이 누굴까? 둘째는 수의 표정을 살폈지만 딱히 이

쪽을 보고 하는 말이 아니었다.

"그러니까 혹시 무슨 이해할 수 없는 일이 일어나도 일단 나나 린을 불러주세요. 아주 위험한 일은 없을 거예요. 아마도."

의혹이 해소될 않았다. 둘째는 신경과민이 점점 심해지는 느낌을 떨치려고 고개를 흔들었다.

그 이후로 수와 린은 벽이 투명한 방들을 여럿 보여주었는데, 용도를 심작하기 어렵고 때로 무섭게 생긴 곳들이었다. 천장부터 바닥까지 물로 채워진 원통형 튜브가 여러 개 있는 방도 있었고, 거품으로 가득 찬 방도 있었다. 커다랗고 물이 가득 찬 관이 두 개, 붕 뜬 반구가 두 개, 두껍고 긴 갈색 판이 역시나 붕 뜬 방은 침실이라고 했다. 둘째는 그 살풍경한 침실이 마치, 예전에 잠깐 본 셋째가 끌려갔던 실험실 같기도 해서 보여주기 싫었다.

다행히 셋째는 그 눈이란 것과 교감을 하는지 어딘가를 바라보며 희미하게 미소를 짓고 무어라 중얼거리고 있었다. 침실보다 그 뒤에 나온 가상현실 놀이공간이 더 흥미롭기도 했다.

수는 공을 채로 치면서 주고받는 놀이를 시범적으로 보여주었다. 린과 그걸 하면 자꾸 싸운다고 했는데, 린이 수보다 월등하게 힘이 센데다 조절할 마음이 전혀 없기 때문이었다. 그렇다고 머리를 써서 하는 놀이를 하면 또 수가 린을 봐주기 어려워지고, 중간선을 찾기가 아주 골치가 아프다고 했다. 세 남매가 같이 놀면 종종 벌어지는 일이라 둘째는 자기도 모르게 웃었다. 수가 같이 웃어서 금세 또 얼굴을 굳혀야 했지만.

"이곳에 대해서 이야기를 더 해주지 않을래요? 여러모로 필요할 것 같네요. 여러분이 머물 곳을 만드는 데에 특히요. 여러분이 사는 곳이 어떤 곳인지, 어떻게 살아온 곳인지 알려줘요."

"어, 그럴게요."

"린한테요. 전 따로 할 일이 있거든요."

"그래, 나한테 얘기해! 듣고 재현하는 건 내가 더 잘해."

린이 끼어들었다. 그리고 특유의 눈웃음을 놓지 않으며 셋째에게 물었다.

"셋째야, 너 네가 사는 곳 역사를 알아?"

셋째는 순순히 달의 열두 도시 이야기를 줄줄이 읊기 시작했다. 그러나 둘째는 린과 수가 서로 눈짓을 주고받는 모습을, 수가 벽에 녹아들듯이 스르륵 사라지는 모습을 놓치지 않았다.

분명 이곳이 이상한 곳이거나 수와 린이 이상한 존재였다.

셋째가 이야기를 중구난방으로 하면서 문장을 마칠 때마다 린이 확인하듯이 둘째를 쳐다보는 바람에 둘째도 자연스레 대화에 끼게 되었다. 문트레인은 열두 도시를 잇는다는데 중앙도시와 위성도시를 잇는 통근차밖에 못

봤다든가, 달의 역사가 시작되던 때부터 계속 이어지는 가문이 사는 도시가 있다든가, 센트럴이 통제하고 있는 것은 자원이 아니라 정보라 도시 곳곳에서 입을 잘못 놀린 사람들이 사라진다는 괴담이 있다든가…… 다 아빠가 옛날이야기처럼 해준 이야기와 남매가 직접 겪은 이야기가 결합된 것들이었다.

수가 이야기 도중에 다시 나타나서 하얗고 보송보송한 무언가가 납작한 원통형 갈색 판 위에 수북이 쌓인 음식을 주었다. 둘째는 이야기 중이라 경계도 잊고 그냥 한 입 먹었다. 입안에서 사르르 녹는 폭신한 식감과 충격적으로 달콤한 맛에 말을 잇지 못할 정도로 놀랐다. 셋째도 충격 받은 듯 둘째를 보더니 수가 준 식기를 재게 놀려 순식간에 자기 접시에 놓인 음식을 비웠다. 둘째는 그 반응을 이해했다. 에너지바를 주로 먹고 건수프나 합성 음식물을 큰 맘 먹어야 먹을 수 있는 입에 내린 기적 같은 음식이었으므로. 둘째 자신도 경계해야 한다고 생각하면서도 결국 접시를 다 비웠다.

둘째는 달콤한 것으로 만든 집과 마녀의 이야기를 문득 떠올렸다.

×

첫째가 몇 시간 이후에 돌아왔다. 둘째와 셋째는 무사

히 돌아온 첫째를 포옹으로 반기며 인사했다. 셋이 부둥 켜안은 모습을 흐뭇하게 보고 있던 수와 린은 쉴 곳으로 안내해주겠다고 했다.

파란 문을 열면서 수가 말했다.

"좋아하면 좋겠어요."

처음에 둘째는 가상현실일 거라고 생각했다. 작은 나무가 울창하게 우거진 사이로 길이 나 있고, 길 끝에 초록 잔디가 깔린 마당과 뾰족 지붕에 둥근 창이 달린 집이 있는 광경이 진짜일 리 없었다.

그러나 문 안으로 들어가자 발에 풀 밟히는 소리가 났다. 발을 치우자 꺾인 부분과 상처 나 진물 나오는 부분이 보였다. 그 옆으로 개미가 지나갔.

"여기 진짠가 봐!"

둘째는 나무를 안아보았다. 셋째는 저 멀리서 다리가 넷 달리고 털이 부숭한 동물들이 달려오는 걸 보고 달려가려고 했다. 첫째는 둘째를 야단치려다가, 셋째를 잡느라 둘째는 미뤄뒀다. 린이 말렸다.

"괜찮아, 안 해쳐. 개 몰라?"

이 풍경과 마찬가지로 이야기로만 듣고 보던 동물이었다. 안심하고 나자 첫째와 둘째도 셋째와 마찬가지로 그 개들을 열렬히 반기게 되었다. 혀를 내밀고 활짝 웃는 입, 애정 어린 반짝임이 도드라지는 눈, 붕붕 도는 꼬리, 네 발로 겅중거리는 모습까지 다 사랑스러웠다.

린이 웃으며 수에게 말했다.

"우리 □□□□ 씨가 얘네를 정말 좋아하는 모양인데. 동물까지 나오는 건 처음 보지 않아?"

언제나 귀가 쫑긋 서 있는 둘째만 그 말을 들은 것 같았다. 둘째가 그쪽을 쳐다보자 린이 태연하게 말했다.

"너네 너어무 귀엽다!"

그게 아니라고 하기도 전에 수가 말했다.

"그럼 편하게 구경해요. 다 여러분이 쓰면 되는 공간이니까. 우리가 아는 한 여러분의 문화권에서 뽑은 걸로 꾸몄는데, 손으로 돌리고 눌러야 움직이는 것들이 많아요. 잘 모르겠으면 이것저것 건드려봐요. 망가져도 금방 고치면 되니까."

"고맙습니다."

둘째는 수가 한 말 중에서 이상한 게 너무 많았는데 넙죽 인사하는 첫째를 이해할 수 없었다. 그나마 셋째는 동물들에게 달려가 뒹굴고 있었다.

첫째가 안으로 들어가려 해서 둘째는 쫓아갔다.

"언니! 잠깐 얘기 좀……."

"조금 이따. 나 좀 쉬자."

붙잡고 더 이야기해보려고 했으나 첫째의 반응이 완강했다. 첫째는 셋째만 잘 보고 있으란 말을 남기고 들어가버렸다. 둘째는 한숨을 쉬고 돌아보았다.

시야에 셋째가 없었다. 소리가 어딘지 멀리서 들리긴

했는데 방향을 알 수가 없었다. 아무래도 그 동물들과 노느라 멀리까지 간 모양이었다. 처음에 달려왔던 속도를 생각해보면, 정말 빠르게 잘 달렸는데, 셋째가 그 속도를 맞출 수 있다니.

놀라움도 잠시, 정말 어떻게 찾아야 할지 알 수가 없자 당황스럽고 걱정이 솟았다. 둘째는 아예 수와 린에게 찾아달라고 부탁해야겠다고 생각하고 나갔다.

그런데 나가서 복도를 조금 걸어가자 수와 린의 목소리가 들렸고, 둘째는 원래의 목적은 잊고 그들의 대화를 엿들었다.

"아, 이 정도는 해야 속이 시원하지. 너무 불편했다."

"어쩔 수 없잖아. 애들이 겁을 먹으면 어떻게 해. 안 그래도 의심스럽고 그럴 텐데. 이게 우리한테는 편하지만 이 모습을 좋아하는 문화권도 못 봤잖아."

"그러게 말이야. 얼마나 편한데. 편하고, 편리하고."

이야기를 듣고 있으니 뭔데 그러나 궁금증이 들어 고개를 조금 내밀어보았다. 그리고 비명을 지르지 않기 위해 둘째는 자기 입을 틀어막았다.

수와 린의 등에서 열 개는 족히 됨직한 긴 다리가, 또는 촉수가 뻗어 나와 있었다. 그 다리들은 몇 개는 땅을 짚고, 몇 개는 물건들을 집어서 한꺼번에 일을 하고 있었다. 린은 그 다리들을 움직이는 와중에 사람 손처럼 생긴 부분으로는 차를 마시며 말하고 있었다.

"그런데 애들 너무 귀엽지 않아? 입에 넣어서 아주 쪼옥쭉 빨아먹고 싶어."

"표현 하고는."

"날로 잡아먹어도 비린내가 안 날 것 같잖아."

저게 비유일까? 진짜일까? 둘째는 판단할 정신이 남지 않았다. 그냥 피하고 싶었다. 다리가 여러 개인 것만 해도 무서운데, 그 많은 다리들이, 길고 힘센 다리들이 벽과 천장까지 짚어 가며 선 모습은 마치 악몽 속의 괴물 같았다. 얼른 셋째를 찾아서 숨어 있다가, 첫째가 오면 나가야겠다. 그렇게 생각하면서 엉금엉금 기기 시작했다.

앞에 누군가의 발이 보였다.

고개를 들어 쭉 올려다보자 린이 내려다보고 있었다. 그 많던 다리는 온데간데없었다.

"너 뭐 하니?"

기가 막히다는 듯 린이 묻자 둘째는 다리에 힘이 풀렸다.

"아, 뇨. 그냥… 셋째 찾느라……."

"그럼 우리를 부르지 그랬어요. 셋째는 개들하고 언덕방에서 놀고 있어요."

수도 나타났다. 둘 다 평소와 다름없는 모습이었지만 둘째는 조금 전의 끔찍한 모습을 잊을 수가 없었다. 어른거리는 그 모습을 머릿속에서 지우고 애써 웃으며 일어서려고 하자, 린이 손을 내밀어 잡아 주었다.

"손이 왜 이렇게 차? 어디 아픈 거 아냐?"

"괜, 괜찮아요!"

손을 확 놓고, 누가 들어도 괜찮지 않은 목소리로 말하고, 둘째는 뛰어가버렸다. 린이 수를 보고 깔깔대는 소리가 뒤따라오듯 크게 울렸다.

'아아, 어떻게 해! 여기서 나가야 해!'

그러나 둘째 마음처럼 되는 일은 하나도 없었다. 첫째는 잠들어버렸고, 셋째가 돌아와 있기에 주방으로 보이는 곳에서 음식을 찾아 식사를 하고 나자 둘째 또한 잠이 쏟아졌다. 첫째가 나가기 전에 일어나서 이야기해야겠다 마음먹고 첫째의 침대 옆 침대에 누웠는데, 눈을 뜨니 첫째가 없었다.

"어이, 잠꾸러기! 일어나서 아침 먹어!"

린의 목소리에 둘째는 눈을 비비면서 나갔다. 셋째가 좋아하며 지르는 소리와 이상한 소리가 같이 들렸다. 소리를 따라 걸어 나가는데 정말 빛이 말도 못하게 따갑고 눈부셨다. 그리고 따뜻했다. 도시에서처럼 시간에 따라 도시 전체 조도를 조정하는 거라고 생각했는데, 그 빛과는 느낌이 많이 달랐다. 둘째는 손으로 차양을 만들며 집 밖으로 완전히 나섰다. 푸릇한 풀들이 흙에서 자라난 땅에 나무 무늬가 있는 탁자와 의자, 커다란 원형 차양을 놓아두고 수와 린이 앉아 있었다. 셋째는 '개'들과 뛰다가 멈췄다가 다시 뛰면서 어울려 놀았다.

"언니는요?"

탁자에는 알록달록 색깔이 화려하고, 작게 치이 소리가 나며 온기가 올라오고, 다양한 형태로 생긴 음식과 음료가 놓여 있었다. 아빠가 가끔 특별한 날에 받아오곤 하던 '선주민 식단' 비슷한 걸로 보였다.

"먼저 먹고 나갔어요. 어제 접선자의 주변까지밖에 못 갔다고, 오늘은 서둘러야 한다던데요. 우리 장비로 보이지 않게 된다고 해서 모든 게 해결되는 건 아니니까 고생하고 있을 거예요."

수가 답하며 둘째 앞으로 접시를 놓아주었다. 둘째는 그 강렬한 향과 예쁜 모양과 온기에 끌려 식기를 들었다. 많은 불안이 머릿속에서 메아리쳤지만 바로 앞에서 티를 낼 수는 없었으므로 음식에만 집중하는 척했다. 이미 맛봤다시피 너무나 훌륭한 음식이었으므로 어렵지 않은 연기였다.

동화 속에서 나오는 마법처럼 모든 것들이 멋지고 아름답고 황홀했다. 둘째는 그래서 더 불안했다. 길을 잃은 남매가 마주친 궁전, 저택, 오두막이 다 어떤 곳이었더라? 분명 살을 찌우느라 가두는 이야기도 있었다. 이런 식으로 자유로워 보이면서도 호화롭게 가두는 이야기도 있었는지는 생각나지 않았다.

셋째는 식사를 할 때만 잠깐 붙어 있고 개들과 놀았다. 수와 린은 남은 음식과 식기들을 챙겨서 어딘가로 갔다.

둘째는 이 틈에 뭔가 해야겠다고 생각하고 집 안으로 들어갔다. 첫째를 다시 만날 수만 있다면, 혹시 잠들거나 이야기를 빼먹거나 할 때를 대비해 적어두어야겠다고 생각했다. 이렇게 옛날이야기에 나오는 것 같은 집이라면 아빠가 이야기해준 펄프 종이와 흑연 연필이 있을지도 모르겠다는 생각을 막연히 하면서 뒤졌는데, 정말로 그런 것들이 있었다. 둘째는 오묘한 기분을 안고 나무 책상에 앉아 생각을 다듬었다.

원래 계획을 요약해서 적고 나자 뭘 써야 할지 생각이 나지 않았다. 의미 없는 선을 몇 개 긋다가, 떠오르는 걸 다 적기로 했다. 말이 이어지든 이어지지 않든, 말이 되든 되지 않든 가리지 않고 썼더니, 처음에는 알아볼 수 있었던 글씨가 점점 날아가기 시작했다. 내용도 의심된다에서 무섭다로 점점 바뀌었다. 종이를 다 채워서 남는 자리에 마구 써갈기다가, 갑자기 누군가 쳐다보는 느낌이 들었다.

고개를 들었는데, 가까운 곳에 아무도 없었다. 그런데도 계속 그 느낌이 들었다.

둘째는 커다란 집 안에 있었고, 셋째는 창문으로 멀리 얼굴만 겨우 알아볼 수 있는 거리에 있었다. 집으로부터 거리를 약간 두고 나무들이 늘어서 있었고, 위에는 트인 하늘이 보였다. 그 모든 곳에서 시선이 느껴졌다. 따갑고 맹렬하지만 적의가 느껴지지는 않았다. 둘째는 이게 누구의 시선인지, 그리고 어떻게 이런 걸 느낄 수 있는지 알 수가 없었다.

"둘째야, 잠깐 묻고 싶은 게 있는데."

갑자기 문가에 린이 나타났다. 둘째는 놀라서 소리를 지를 뻔했다. 그러나 한편으로는 안도감도 들었다. 조금 전에 느꼈던 게 린의 시선이겠구나 싶어서였다. 다음 순간 다시 소름이 끼쳤다. 계속 보고 있었을까? 둘째는 종이를 구기면서 린을 마주 봤다.

"셋째한테 위협적인 경험이 있었을까? 굉장한 힘을 갖고 있는데 안정적으로 보이진 않아서 미리 알아두는 게 좋을 것 같은데."

둘째는 일단 침착하게, 이야기해야 할 부분과 하지 말아야 할 부분을 속으로 생각하면서 천천히 이야기했다.

"어렸을 때에는 셋째가 연구소라는 데 잡혀 있었어요. 저랑 언니는 가끔, 정말 가끔 아주 잠깐 만날 수 있었고요. 한번은 셋째가 여러 겹으로 된 벽을 다 뚫고 우리한테 온 적이 있었는데요, 그때 우리를 만나고 나니까 진정하게 되어서, 아빠가 그걸 계기로 우리가 셋째를 진정시키는 데 필수라고 설득해 집에 데려올 수 있게 됐어요. 그리고 그때부터 탈출 계획을 세우기 시작했어요. 셋째가 힘을 발산하지 않게 항상 우리와 함께 있게 했고요."

"그러면 그 연구소에서 무슨 일을 당하거나 했는지는 잘 모르고?"

둘째는 고개를 끄덕였다.

"집에서 연구소를 다닐 때에는 아무 문제없었어? 나라면 거기 다시 가라고 하면 싫을 것 같은데."

"어휴, 말도 마세요. 가는 날마다 전쟁이었어요."

둘째는 자기도 모르게 몸을 떨었다. 셋째를 준비시켜서 같이 나가는 것도 힘들었지만, 힘들게 준비시키면서도 불안하고 초조했던 기억이 생생했다. 보내도 되는 걸까. 다시 만날 수 있는 걸까. 이제 데리러 올 필요 없다고 하면 어떻게 해야 하나. 그렇게 걱정하면서 셋째더러는 안심하라고, 믿으라고 해야 했던 게 항상 미안하고 부끄러웠다.

"셋째는 첫째 말은 엄청 잘 듣던데. 그런데도 힘들 만큼 거기 가기 싫었나 보다. 그치?"

"거기 갈 때는 제 말을 더 잘 들었어요. 갔다 오고 나면 언제 그랬냐는 듯이 언니만 찾았지만…… 배신자……."

자기도 모르게 속마음까지 다 말해버린 모양이었다. 둘째는 입을 다물었다. 린과 이야기하다 보면 정말 하지 않으려던 이야기를 해서 골치가 아팠다. 린이 웃었다.

"첫째하고 둘째는 다른 게 있나 보네. 그때 말고도 또 힘들었던 때 있었어?"

셋째가 나쁜 꿈을 꾸거나 센트럴에서 무리한 일을 하고 돌아오면 가끔 자는 동안 힘을 발산했다. 고통에 정신을 꽁꽁 감싼 채 일으키는 일이었지만, 첫째가 부르고 둘째가 안거나, 반대로 하거나 해서 깨우면 대체로 금세 멎었다. 이야기를 들은 린은 잠시 생각하다가 둘째의 어깨를 토닥였다.

"고생 많았네. 대단하다."

둘째는 조금 울컥해서 린을 보았다. 정말 듣고 싶었던 말을, 사실 듣고 싶었던 줄도 모르거나 억눌렀던 말을 예상치 못하게 듣자 아무렇지 않은 척하기가 힘들었다.

"저, 저 잠깐……."

별 변명도 못하고 그냥 일어서는 둘째를, 린은 막지 않았다.

몇 시간 후, 집의 하늘이 어둑어둑해지기 전에 첫째가 돌아왔다. 장비가 조금 망가졌다며 풀이 죽은 모습이었다.

"괜찮아요, 장비 같은 건. 누가 쫓아오지는 않았어요?"

수가 첫째에게서 장비를 넘겨받으면서 걱정스럽게 물었다.

"아빠한테 배운 대로 체크했는데, 없었어요. 감시안의 순회 사이클을 봐서 틈새에 여기 들어왔고요."

"신경 쓰느라 피곤했죠? 목욕해요. 여기서 사치스러운 방법이란 것들로 준비해봤는데, 좋아했으면 좋겠네요."

"와! 생각도 못 했는데, 너무 감사합니다. 목욕이라니."

둘째와 셋째는 수영복을 입고 기다리고 있었다. 그리고 따뜻한 물이 가득 찬 수영장도 있었다. 씻어야 할 때에 물을 써 본 적이 없는 남매는 얼떨떨하게, 그러나 곧 신나서 물속으로 뛰어들었다. 손이 쭈글해지는 경험을 처음 해보고 놀랐다가, 서로 놀렸다가 하며 웃었다.

따뜻한 물 수영을 마치고 따로따로 칸에 들어가서 전자동 공기 샤워도 하고 다시 셋이 모여 이야기할 때에 둘째는 자기가 보고 들은 것을 최대한 상세히 전했다. 그리고 의견도 냈다.

"되도록 빨리 탈출하는 게 좋겠어."

"여기서 나가서 어떻게 할 수 있는 방법이 없는데."

첫째는 난처한 얼굴이었다.

"그리고 난 여기 집주인들이 나쁜 사람 같지 않아. 빌려준 장비만 해도 처음 본 우리한테 덥석 빌려줄 수 있나 싶을 만큼 좋고, 이런저런 팁들도 줬단 말이야. 오늘도 장비 망가진 것보다 들켰을까 봐 걱정해 주더라."

"그건 자기들도 같이 들킬까 봐 그런 거야. 외계인이 들켜서 좋을 게 뭐가 있겠어?"

"난 여기가 좋아!"

셋째가 끼어들었다.

"개들도 같이 잘 놀고, 집도 잘해줘."

셋째에 대해서 가장 잘 아는 것은 남매일 테지만, 이런 때에는 쫓아갈 수가 없었다. '집이' 잘해준다니. 둘째는 뭔가 울컥했지만 참으려고 노력하면서 말했다.

"나만 걱정하는 거야?"

"그게 아니라, 지금 상황이……."

"나만 걱정하는 거 맞잖아!"

그러나 실패했다.

"언니는 셋째만 걱정하고, 내 말은 들은 적도 없으면서 필요할 때만 부려 먹고! 내 말 들었으면 여기 들어오지도 않았을 거 아냐!"

평소에는 이렇게 말할 수는 없었다. 첫째는 엄마처럼 둘째와 셋째를 훈육했고, 예절은 특히 엄격하게 교육시켰으며 그 과정에서 둘째와 셋째는 첫째를 약간 무서워하게 되었기 때문이다. 하지만 지금은 달랐다. 탈출하기 위해 미뤄뒀던 할 말과 설움이 가득 쌓여 말이 마구 쏟아졌다.

"내 말 듣지도 않을 거면서 왜 물어봐? 난 셋째 혼자 두면 안 될 때 옆에 두는 용도야? 나도 의견 있고 생각 있어! 언니랑 아빠 하라는 대로 하는데 왜 안 듣냐고! 나보고 이상한 일 있으면 말하라면서! 내가 투정부리는 거 안 들어주는 거면 억울하지나 않지, 나한테 뭘 따로 챙겨달라고 그러는 것도 아닌데! 이게 뭐야! 난 도대체 뭐냐고!"

첫째가 기가 막힌 듯 입을 뻐끔거리는 사이 둘째는 자리를 박차고 나와 버렸다. 대책도 갈 곳도 없었지만 그 자리에 있을 수는 없었다. 폭발할 것 같았고, 같이 있기도 싫었다.

둘째는 집 밖으로 나와 수많은 문들 사이를 헤맸다. 걸으면서 열이 조금 가라앉자, 투정 아니라고 했던 말도 사실이 아닌 것 같고 미안했다. 창피하기도 했다.

하지만 사과하고 싶지 않았다. 혹시 사과를 하고 나서 닥칠 질책을 생각하면 너무 두려웠다. 그러게 왜 그랬어 같은 말을 들으니 아예 안 보는 게 낫다 싶었다.

셋째도 보고 싶지 않았다. 셋째가 잘못한 게 아니란 걸 알면서도 그 앞에서 화를 참고 곱게 말할 자신이 없는데, 또 함부로 내뱉고 나면 자기의 옹졸함에 참담하고 창피해서 정말 견디기 힘들 것 같았다.

이런저런 생각에 빠져 있다가 어느샌가 열린 문틈을 넘어서 걸어 들어갔다. 그것을 의식하고 걸음을 멈춘 순간, 문이 등 뒤에서 닫혔다. 돌아보니 보라색 문이었다.

'보라색 문은 위험하다고 했었는데.'

빨간 문이 되고 나면 문이 사라진다고 했던 기억은 났는데, 바로 사라진댔는지 시간이 있다고 했는지 기억이 나지 않았다. 보라색에서 빨간색이 되기까지 얼마나 걸리는지 이야기했던가?

안전한 게 나을 것 같아 문을 잡고 열려고 했더니 열리지 않았다.

밀어보고 당겨보고 옆으로도 당겨보고 밀어보고 두드려보고 발로 차봤다.

아무 변화가 없었다.

"언니! 셋째야!"

갇히면 어쩌라고 했었지? 아무 생각이 안 나고 좀 전까지 원망하고 보고 싶지 않았던 첫째와 셋째만 생각났다.

한참을 문을 두드렸다. 어딘가에서 본 것처럼 온몸을 한번 던져봤다가 너무 아파 깽 소리가 났다. 발로 찼다가, 너무 아파 캉캉 뛰었다. 그렇게 몸이 아프도록 두드려 봐도 점점 더 빨개지는 문만 보였다.

둘째는 잠시 주저앉았다가, 안쪽을 보았다. 넓고 휑뎅그렇한 건물 안처럼 보였다. 그다지 높지 않은 회색 천장이 보이고, 꽤 크긴 하지만 네모나게 각진 모서리와 벽이 보였기 때문이다. 어디로 연결되는지 모를 쌍여닫이문이 건너편 벽에 보였다. 그 사이에는 용도를 잘 알 수 없는 나무색 물건들이 여러 개 놓여 있었는데, 반투명하게 건너편이 비쳐 보여서 여기에 실재하는 건지 알 수 없었다.

잠시 후에는 천장과 벽도 반투명하게 비치기 시작했다. 저 멀리서부터 검은 강물 같은 것이 여러 갈래 수로를 따라 흐르듯이 가까워지고 있었다.

기분 탓인가 하고 일어서서 다시 자세히 보았다. 멀리 반투명하게 조금 보이던 벽들은 검은 물결이 다가오면서 점점 투명해지고 있었다. 더 먼 곳은 아예 모든 것이 판별할 수 없을 정도로 검었다.

둘째는 무서운 마음에도 더 자세히 보고 싶어 고개를 뺐다. 그 검은 것은 텅 빈 어둠이 아니라 안에서 무언가 움직이는, 꿀럭이는 것처럼 보였다. 귀에 거슬리는 소음이 들렸는데, 무슨 소리인지 해석할 수가 없었다.

그런데 그 검은 것이 꿀럭이면서 점점 진해지는 동시에 점점 앞으로 다가오자, 왠지 그것이 공간을 집어삼키고 있다는 느낌이 들었다. 소리도 자연히 갉거나 먹는 소리처럼 느껴졌고, 갑자기 소름이 쫙 돋았다.

둘째는 다시 주저앉을 뻔했다. 공포에 사로잡혀 비명을 질렀고, 눈물이 줄줄 흘러내렸다. 다시 돌아서서 아픈 줄도 모르고 문을 마구 두드렸다. 그러면서도 문만 완전히 바라보지 못하고, 검은 것이 어디까지 왔는지 뒤를 돌아보게 됐다.

이제는 건물이었던 느낌은 전혀 나지 않았고, 온 사방이 검고 꿀럭였다. 거의 발밑까지 다가온 검은 물결의 끝은 둘째를 감지한 듯, 거기에서 고개를 들었다. 촉수 또는 검은 뱀의 머리 같은 것이 둘째의 눈높이까지 길게 일어섰다. 둘째는 두드리던 손도 멈추고 그것에 시선을 뺏겼다. 다른 면은 모두 먹혔는데, 자신을 둘러싼 작은 공간이 아직 남아 있고, 멈추어 있다는 것을 알 수 있었다. 어느새 눈물이 멎었다. 셋째가 '집이 잘해준다'고 했던 게 생각났다. 어쩌면⋯⋯.

시간이 멈춘 듯한 느낌이었다. 둘째는 조금 전까지와 확연히 다른 공기를 느꼈다. 그것이 주위가 모두 검은 것에 사그라져서인지, 검은 것이 의식적으로 무언가를 내보내서인지 알 수 없었다. 소리도 냄새도 감촉도 느껴지지 않고 눈이 멀 것 같은 어둠뿐인데, 오감이 아니라 다른 감각이 생겨나는 느낌이었다. 이런 위험 한가운데에서 이렇듯 평온한 이유를 알 수가 없었다.

둘째는 손을 내밀어 볼까 생각했다. 그러면서도 어쩐지 손이 움직이지 않았다. 마음속에서는 손을 내밀었는데, 현실은 그저 움찔거리고만 있었다.

그때, 갑자기 등을 받치던 것이 사라졌다. 둘째는 헉 소리도 못 내고 뒤로 넘어갔다.

"괜찮아요?"

수의 목소리가 들렸다. 뒤로 넘어간 몸을 붙잡은 것은 린의 손이었다. 둘째는 잠시 눈만 껌벅이다가 갑자기 울음을 터뜨렸다. 처음에는 아무 생각도 안 나고 그저 울음이 났고, 조금 정신이 돌아오면서 창피했지만 울음이 그치질 않았다. 평소라면 뭐라고 말해줬을 린은 그저 둘째를 똑바로 세워주고 받쳐주고 안아서 달래주기만 했다. 그 손이 그렇게 단단하고 강한 줄 둘째는 그때 처음 알았다.

둘째는 첫째와 셋째의 안심한 얼굴과 인사에 그저 고개만 끄덕이고 바로 침대에 들어갔다. 길을 잃어서 갇혔던 시간은 그리 길지 않았으나 하루 종일 노동하거나 도시 안을 돌아다니기만 한 것처럼 피곤했다. 어쩌면 창피함도 한몫한 피로인지 몰랐다. 온몸의 진이 빠져서 흘러내리는 느낌으로 바로 잠들어 버렸다.

얼마큼 지났는지 모를 때에 설핏 깼다. 말소리가 들렸다.

"이게 정말 맞는지 모르겠어요. 아빠가 준비해 뒀다고 그리로만 가야 할까요? 그런데 웃긴 건요, 그렇다고 어떻게 해야 할지 아는 건 아니라는 거예요. 이제까지 아빠하고 같이 애들 어떻게 돌볼까만 생각했는데, 갑자기 다 내가 선택해야 하잖아요. 난 애들이 잘 지내는 거 말고는 생각한 적이 없는데, 앞으로를 계획한다는 건 나도 생각할 줄 알아야 한다는 거더라고요.

우리가 갈 곳은 문차일드를 모아서 보호하는 곳이래요. 저랑 둘째는 셋째를 거기 데려다주면 그 뒤로는 역할이 끝나요. 무사히 간 후의 일이긴 한데, 생각 안 할 수는 없잖아요. 그냥 이제까지처럼 셋째를 돌보는 일을 하면 되나? 셋째가 내가 필요 없어지면? 둘째는 더 빨리 클 텐데. 이미 나랑 같이 있는 게 득보다 독이 되는 나이 같아요.

저도 그 나이 때 그랬어요. 엄마가 돌아가셔서 눌러앉은 거지, 몇 번이고 가출할 뻔했는데……."

첫째의 한숨 소리가 깊었다.

"애들한테 의존하는 건 전가 봐요."

"오랫동안 애만 키우고 산 엄마 같은 말이긴 하다. 근데 그게 뭐가 나빠? 네가 이제까지 한 게 얼마나 많고 그게 얼마나 대단한데. 이번만 잘 헤치고 나가면 시간도 많을 텐데 천천히 해도 돼. 이제까지 잘해 왔고, 잠깐 잘못되면 또 뭐 어떠니? 다시 하면 되지."

이곳의 삶은 그렇지 않아요.

린의 말에 둘째는 속으로 반박했다.

이상한 일도 많이 일어나고, 사람들이 사라지고, 센트럴은 티를 안 내려고 하지만 사실은 모든 걸 통제하려고 하고. 이런 곳에서 잘못되거나 실패하면 그걸로 끝이라고요. 그러니까 셋째가 위험했던 거고, 그러니까 탈출하려고 했던 거고, 그러니까 언니가 그렇게 무서워하는 거예요.

그리고 난 그걸 지금 처음 알았어.

둘째는 자기도 모르게 이불을 박차고 일어날 뻔했다.

'언니도 무서워한다는 걸, 엄마가 돌아가셨을 때 언니가 어렸다는 걸 왜 한 번도 생각 못 했을까? 항상 언니가 강하게 보였으니까? 그런 모습은 보인 적 없으니까? 나하고 셋째 앞에서 약한 모습 보여서 불안하게 하지 않으려고 한 것도 모르고.'

둘째는 자고 일어나서 사과를 해야겠다 생각했다. 그리고 또 고민했다. 자고 일어나면 괜히 어색해서 미루지 않을까? 그렇다고 지금 다 엿듣고 있었다는 걸 티내기도 그렇지 않나?

그냥 목말라서 지금 일어난 척 해야겠다.

그렇게 결심하고 일어나려는 순간, 셋째의 목소리가 들렸다.

"오지 마!!"

"셋째야?"

첫째와 린이 부르며 움직이는 소리가 들렸다. 둘째도 서둘러 일어났다.

셋째가 침대에서 일어나 있었다. 눈에서 불을 뿜으며, 공중에 떠서.

"셋째야!"

"오지 마! 싫어!"

셋째에게서 쏟아지는 빛이 더 강해졌다.

"정신 차려! 일어나!"

첫째의 말에 둘째도 움직였다. 예전에 했듯이 안고 부르며 진정시키려고 셋째에게 다가가는데, 건물 전체가 흔들렸다. 바닥부터 천장까지 한번 파도가 치듯 울렁였다.

건물이 또 한 번 흔들리더니 이제까지 반듯하게 서 있던 벽이 점액질로 변하듯 허물어 내렸다. 그리고 그 점액질들이 촉수처럼 변하며 셋째를 감쌌다. 셋째는 그 점액질 속으로 빨려 들어갔고, 이윽고 촉수들까지 어딘가로 빨려 들어가듯 물러났다. 둘째가 손을 뻗자, 점액질 촉수가 악수하듯 손에 감겼다 풀리며 둘째를 밀어냈다. 마치, '미안하지만 데려간다'라고 하는 듯한 느낌이었다.

수가 뛰어왔다.

"다들 괜찮아요?"

린이 소리 쳤다.

"뭐야? 밖에서 공격 들어온 거야?"

"경찰로봇들이 여기로 쏟아져 들어오려고 하고 있어. 아무래도 들켰나봐."

수는 상황을 보려는지, 린이 예전에 했듯이 손으로 네모난 창을 만들었다. 처음 이 건물에 들어왔을 때처럼 사방이 동굴처럼 어둡고 비정형의 둥그런 공간이 되어 있었다.

밖에는 판판한 직육면체에 센트럴 로고가 그려진 경찰로봇만이 아니라 무중력차와 센트럴의 검은 철갑과 주황색이 섞인 강화복을 입은 전투원들도 몇 보였다. 그들은 이 건물에 들어오기 전에 일단 주위를 감싸고 혹시라도 안에서 무언가 튀어나올 것을 대비하는 것처럼 보였다. 그리고 선발대처럼 경찰로봇 몇을 동반해서 전투원들이 문에 광선을 발사했다.

창이 위로 솟거나 땅이 가라앉는 듯 시야가 점점 높아졌다.

경찰로봇과 전투원들이 갑자기 줄줄이 쓰러졌다. 쓰러진 그들의 발치에 어두운 빛으로 된 촉수가 감겨 있었다. 촉수들은 쓰러진 로봇과 전투원들 사이사이로 다시 뻗어나가 양옆을 때렸다. 그러더니 한쪽으로 주욱 합쳐졌다. 일어나려던 로봇과 전투원들 중 일부는 촉수가 합쳐질 때 거기 갇혀서 사라졌다.

어떻게든 균형을 잡고 피한 로봇과 전투원들이 일어서서 촉수를 공격했다. 합쳐져서 아주 크고 검은 밧줄이나 거대한 뱀처럼 보이던 촉수는 사람 손 모양처럼 변해 주먹을 쥐더니 로봇과 전투원들을 찍어 내리기 시작했다.

"저, 게 뭐예요? 여기 있는 무기예요?"

둘째가 경악한 얼굴로 말하자, 첫째가 고개를 흔들었다.

"그게 중요한 게 아니라! 셋째가 어딘가로 빨려 들어갔어요!"

"뭐, 너희 질문이 다 연결되는 거야. 저건 셋째가 만든 무기거든."

린이 평소와 똑같은 말투로 대답했다.

"그게 무슨……."

"일단 실례할게."

수와 린이 각각 첫째와 둘째의 허리를 잡고는 날아가기 시작했다. 수가 첫째를 잡지 않은 다른 손을 움직여 진행 방향 앞쪽에 창을 냈다. 이젠 더 높은 곳에서 보는 듯한 시야였다.

경찰로봇들이 에워싸고 전투원들이 공격하는 중앙에 검은 빛이 소용돌이치며 뭉쳐 있는 듯한 무언가가 있었다. 외곽선을 특정할 수도 없고, 끊임없이 모양이 변하는 그것은 좀 전에 보았던 것처럼 검은 빛을 촉수처럼 뻗기도 하고, 소용돌이를 밖으로 돌기처럼 내놓아 주변을 몽땅 빨아들이기도 하며 거침없이 파괴 행각을 벌이고 있었다.

"저게, 저게 뭐예요?"

"이 우주선이랄까……."

저렇게 생겨서 변할 수 있는 곳에서 이제까지 먹고 잤다고? 둘째는 소름이 돋았다. 이제까지 물론 편하게 지낸 적은 없었고, 셋째도 항상 어디 다른 곳에 눈이 박혀 있다고 했지만…… 그 밖에도 계속 일어났던 불가해한 일들. 그 모든 일이 갑자기 이해가 되었다. 수와 린이 아니라 우주선이, 어쩌면 양쪽 다 괴물이었다. 갑자기 린에게 안겨 있다는 것이 몸서리쳐질 만큼 싫고 무서웠지만, 위아래도 없이 까마득한 어딘가를 날아가고 있어서 움직일 수는 없었다.

날아가던 수와 린이 멈추고 아래를 가리켰다.

"저 안에 셋째가 있어."

처음 느낀 인상은 시커멓게 빛으로 뭉친 심장이었다. 심장이 박동하면서 움직이듯이 윤곽과 안쪽의 어둠이 옅어졌다 짙어졌다 하면서 잘게 요동쳤다.

"안 보여요!"

첫째가 말하자 수가 동그란 빛을 쏘았고, 그 빛이 꽤나 깊이 들어간 후에야 심장 같은 것 한가운데에 태아처럼 웅크린 셋째가 보였다. 그 빛을 매듭짓듯이 고정시켜 놓고 수는 심장의 중앙 근처를 지나는 난간 또는 발판 같은 것을 만들어 그곳에 첫째를 내려놓았다. 린도 첫째 옆에 둘째를 내려놓았다.

"붙잡을 것도 만들어줘야 되지 않을까?"

린의 말에 난간은 두 겹이 되었다. 수가 말했다.

"여기서 셋째를 계속 불러줘요. 아까 본 것처럼 계속 공격하느라 흔들리고 셋째가 반응하면 더 흔들릴 테니까 꼭 잡아야 해요."

"여기서 부른다고 들려요?"

둘째가 날카롭게 말하자 린이 끄덕였다.

"입으로만 부르지 말고, 마음으로 부르란 말이야. 진심으로. 알겠지? 믿는다!"

드물게 강하게 말하면서도 린은 둘 옆으로 난간과 붙잡을 것을 더 마련해주고 다시 떠올랐다. 린과 수는 첫째와 둘째가 있는 곳의 양옆, 심장의 왼쪽 오른쪽 위로 떠올라 거기서 빛을 내뿜기 시작했다.

첫째는 수와 린이 말한 대로 이름을 부르기 시작했다. 둘째는 선뜻 그러진 못했다가 옆에서 자신 없이 이름을 따라 불렀다. 솔직히 셋째가 반응을 보이는 것도 언니이지 나는 아니지 않을까? 그런 생각이 들어서 목소리를 크게 낼 수가 없었다.

"더 크게 해, 둘째야! 그렇게 해서 들리겠니!"

벼락처럼 린의 목소리가 꽂혔다.

"아! 마음으로 부르라면서요!"

"진심으로 안 하고 있잖아! 셋째가 너 얼마나 좋아하는데!"

"린이 뭘 알아요!"

"처음 본 사람이 아는 것도 있는 거야!"

"둘이 뭐 해!"

"둘이 뭐 해요!"

첫째와 수가 동시에 야단쳤고, 린과 둘째는 입을 삐죽이며 다시 하던 일로 돌아갔다. 둘째는 사실 돌아가진 못했다. 린이 한 말이 머리를 맴돌았다.

"둘째야."

첫째가 불러서 화들짝 놀라 변명부터 했다.

"아! 아니, 언니 나 소리 안 내고 하고 있었……."

"셋째는 너 좋아해. 하루 종일 같이 있었던 건 너잖아. 나는 좀 무서워하고 거역 못하는 거고, 넌 그냥 좋아해."

나는 셋째를 안 좋아했는걸. 차마 그렇게 말할 수는 없어서 입을 꾹 다물었다.

"그리고 우리 좋은 기억은 셋이 다 같이 있을 때잖아. 나한테 셋째 이야기 통역해주는 것도 너고. 너도 나처럼 셋째한테만 매여서 자신을 못 찾는다고 원망하거나 혼란에 빠졌을지 몰라. 다 큰 나도 그랬는데 넌 오죽하겠어? 그래도 우리가 서로 사랑하지 않거나 사이 나쁜 남매는 아니잖아. 그치?"

둘째는 아직 입을 떼진 못한 채로, 그저 첫째의 눈을 마주 보고 끄덕였다.

"언니. 미안해."

"갑자기 뭐가?"

"있어, 그런 거."

나만 참는다고 생각하고 뛰쳐나갔던 것? 그전까지 첫째에 대해서 생각해본 적 없었던 것?

괜히 그렇게까지 말하긴 부끄러워서 둘째는 눈을 꼭 감았다. 그리고 셋째를 불렀다. 정말 진심을 다해 부르고 마음속으로 저 깊은 곳에 있는 셋째에게 닿으려고 팔을 뻗는 상상을 했다. 얼마나 무섭고 화가 났기에 저럴까. 셋째야, 언제나처럼 나를 봐. 나와 닿으면 그래도 금방 울음을 그쳤었잖아.

그런데 무언가 이상했다. 셋째에게 닿으려고 하는데, 셋째와는 다른 존재가 느껴졌다. 장막을 친 것처럼 흐릿하고 아주 혼란스러웠지만, 확연히 다른 존재였다. 그리고 굉장히 컸다.

그 존재가 마음속에서 점점 커지더니, 갑자기 감은 눈 안에서 다른 광경이 펼쳐졌다.

좀 더 정신을 집중해서 보았다. 광막하고 주위에 무엇이 있는지 알 수 없는 허공에 수와 린이 마주 서 있었다. 꽤 다치고 여기저기 더러운 게 묻기는 했지만, 아무리 봐도 그건 수와 린이었다. 그들 사이에는 어둡게 빛나는 것이 있었는데, 손짓이나 표정으로 보아 그 빛나는 것을 억누르거나 가두려는 느낌이었다. 꼭 지금처럼.

쉽지 않았다. 빛은 점점 어두워지고 커졌으며, 수와 린은 점점 뒷걸음치며 서로에게서 멀어져갔다.

그때 다른 빛이 보였다. 빛은 처음에는 마주 본 수와 린의 사이, 어두운 빛을 둘러싸고 만든 정사각형의 다른 두 점에서 나타났다. 그리고 위와 아래에 나타났다. 그렇게 조금씩 늘어, 마치 수와 린 주위로 구를 그리듯이 수많은 빛의 점이 나타났다. 그리고 애타게 깜박였다.

애탄다고 느낀 것은 둘째 쪽인 것 같았다. 왠지 그 깜박임이 자신을 부르는 눈짓 또는 손짓 같았다.

그러나 맞는 느낌일까? 힘들어 보이는 수와 린에게 방해만 되는 게 아닐까? 도움이 아니라 짐이 되지 않을까?

망설이는 도중에도 어두운 빛은 점점 커져갔고, 이제 수와 린이 밀리다 못해 조금씩 그 빛에 침범 당하는 것이 보였다. 처음에는 어두운 빛이 수와 린을 통과해서 커졌는데, 점점 더 커지고 더 어두워지다 보니 수와 린의 모습도 점점 보이지 않기 시작했다. 주위로 빛의 점들이 끝도 없이 늘어났다. 수와 린이 힘에 부쳐 자세가 흔들리기 시작하는 것이 보였다. 점점 검게 물들어가며 형체가 사라지고 있었다.

둘째는 자기도 모르게 발걸음을 옮겨 수와 린 사이 중간쯤에 있는 점으로 뛰어들었다.

"둘째야!!"

갑자기 첫째의 목소리가 들려 눈을 떴다. 이제껏 본 광경이 너무 생생해서 눈을 뜬 줄 알았는데 아니었다. 눈을 감은 채로 수와 린 사이로 뛰어 들어간 것이었다. 아무것도 신경 쓰지 않고 지나가느라 빛을 받아낸 모양인지 팔부터 등까지 큰 상처가 나 있었다.

"거기서 나와요, 다쳤어요!"

수가 소리쳤지만 린이 고개를 저어 저지했다. 그리고 둘째를 보며 말했다.

"정신 똑바로 차려. 할 수 있겠니?"

"할 수 있어요."

둘째는 저절로 몸이 움직였듯이 저절로 대답을 했다. 그렇게 느꼈다. 하지만 말로 내뱉은 소리를 듣고 나서 그게 사실이라는 것을 알았다. 둘째는 지금 환상에서 본 빛의 점 중 한 곳에 서 있었다.

둘째는 수와 린의 몸짓을 따라 하려고 손을 벌리다가 그냥 처음에 셋째가 아닌 다른 것의 마음을 느꼈던 때처럼 눈을 감고 앞으로 뻗었다. 분명 셋째의 날뛰는 분노와 분하고 슬픈 마음과 미안한 마음이 아니라 다른 것의 마음이 존재한다는 걸 느낄 수 있었다. 그것은 셋째가 분노와 두려움을 비추자 몇 배로 부풀려 발산하고 있었지만 원래는 평온하고 고요한 마음이었다. 그 마음이 원하는 것은 지금 같은 파괴가 아니라는 걸 둘째는 느낄 수 있었다. 단지 지금은 셋째의 마음과 가까워 파괴성에서 벗어나질 못하는 것이었다.

린이 말했다.

"첫째는 셋째를 계속 불러! 셋째에게 집중해! 다른 건 우리가 맡을 테니까!"

"아, 네!"

그리고 첫째가 셋째를 부르고, 말을 걸며 이야기를 하기 시작했다.

둘째에게는 잘 들리지 않았다. 둘째는 셋째에게 붙은 그것에 집중하고 있었다. 꽤 단단하게 달라붙어 있는 느낌이 들었다.

수의 목소리가 들렸다.

"둘째, 셋째에게 붙은 것의 위치를 알겠어요?"

"네! 보여요!"

"그곳에 집중해서 떼어낸다고 상상해요. 간절하게. 나와 린이 있으니까 거기에만 집중하면 돼요."

잘 모르겠지만 해내야 했다. 둘째는 셋째와 맞닿은 그 마음을 끈끈이 떼어내듯 떼는 상상을 했다. 상상 속에서조차도 두 마음은 너무 단단하게 붙어 있어서, 가장 가는 연결 부위를 찾아 긁어낸다고 상상을 해도 아무 효과가 없었다. 그런데 그 상상 속에 수와 린이 나타났다. 수가 온몸을 두른 빛을 모아 린에게 건네고, 린이 그것을 날카롭게 벼려 셋째와 그것 사이로 밀어 넣었다.

"아, 안 돼! 셋째가 다쳐요!"

"괜찮아! 집중해! 집중하지 않으면 우리가 다쳐!"

상상 속이 아닌 모양이었다. 린의 또렷한 지시가 벼락 치듯 머리를 울렸고, 둘째는 그 말에 따르려고 노력했다.

수의 목소리가 들렸다.

"이건 네가 아니다, ■■■■■여, 그 몸에서 떨어져라. 가라앉아라, 제자리로 돌아가라."

"첫째야, 셋째한테도 말해. 그건 네가 아니라고. 네 두려움이 부풀어서 착각하는 거라고 말해줘."

린이 첫째에게 지시하는 소리는 들렸지만, 첫째가 답하는 소리나 린이 그 뒤에 하는 말 같은 건 들리지 않았다. 둘째는 수와 린이 그 '괴물'과 맞서는 세계 안에 있었다. 첫째가 린의 말대로 해서 효과가 있었는지, 셋째와 괴물 사이 연결 부위가 좀 더 약해졌다. 수가 알아들을 수 없는 언어로 길게 말하며 다른 빛을 린에게 덧붙여줬고, 둘째에게도 그 빛이 닿았다.

이제 둘째는 린의 검과 반대 방향으로 생각을 움직였다. 린의 검에 조금이라도 덜 다치도록 그것을 당겨오고자 했다. 마침내 실낱같은 연결 부위만 남자, 린이 검을 높이 들어 올렸다. 둘째는 마음속으로 그것을 안아 제 품으로 끌어들일 것처럼 온 힘을 다해 당겼다.

'다치지 마! 네가 먼저 떨어져!'

그 말을 듣기라도 한 듯 마침내 셋째와 그것 사이가 완전히 떨어졌다.

잠시 귀가 멀 것처럼 큰 소리가 나며 어둡지만 눈부신 빛이 폭발했다. 그 빛 속에서 린이 날아가 셋째를 감싸 안고 폭발 범위 밖으로 나가는 것이 보였다. 수는 둘째에게로 날아왔다.

둘째는 안심하며 눈을 감았다.

×

눈을 떴을 때에는 이제 익숙해진 조명 아래, 익숙해진 침대 위였다. 찌르는 듯한 아픔을 견디며 고개를 돌려 보니 옆 침대에는 셋째가 보였다. 첫째가 쟁반을 들고 들어오다가 빠르게 다가왔다. 수와 린이 첫째의 목소리를 듣고 들어왔다. 꿈을 꾸고 있는 듯 평화로운 느낌이었다.

셋째도 깨어나고, 모두 기뻐하며 얼싸안았다. 곧 둘째도 셋째도 아픈 몸 때문에 신음해서 당장 침대에 눕혀졌지만.

셋째는 금세 잠들었지만, 둘째는 잠이 오지 않았다. 옆에 앉은 린에게 물었다.

"그건 뭐였어요?"

"내가 먼저 물어도 될까? 뭘 봤니?"

둘째는 그때 보았던 광경을 이야기했다. 수와 린이 어둠의 빛을 제어하려고 애썼지만 점점 커져서 두 사람의 몸을 삼키던 광경을.

"그런데 빛의 점이 수하고 린 주위에 나타났고요. 그 점에 누군가 서면 힘을 보탤 수 있다는 걸 알았어요. 그래서……."

수와 린은 서로를 마주 보았다가, 다시 둘째를 보았다.

그리고 수가 설명해 주었다. 그것은 아주 옛날에 있었던 일을 둘째가 이해할 수 있는 식으로 바꿔서 본 것이라고 했다. 어쨌든 본질은 같았다.

수와 린은 유능한 마법사와 강력한 전사로서 연인이자 콤비였다고 했다. 그런데 전쟁에서 적의 마법사가 그들을 이기기 위해 무엇이든 삼키는 괴물을 만들어낸 것이다. 이 괴물을 그대로 놔두면 온 세상을 삼킬 것이므로 전쟁에 이기기 위해서라기보다는 세상의 멸망을 막기 위해 수와 린은 괴물을 봉인해야 했다. 그러나 둘의 힘만으로는 완전히 봉인할 수가 없었다. 그 괴물이 해를 끼치며 모든 걸 삼키는 것을 막고 한정된 형태로 줄어들게 만드는 데에는 성공했으나, 거기서 더 큰 피해를 끼치지 않도록 봉인을 지키기 위해 둘이 같이 봉인되어야 했다.

"내가 마치 전설의 용사 같다고 했잖아! 같은 게 아니라 진짜 전설의 용사였지만."

"그리고 그 빛의 점은 둘째가 생각한 대로예요."

언제나처럼 린의 주책을 간단히 끊으며 수가 설명을 이어 갔다. 둘이 다시 독립된 형태의 존재로 떨어져 나오면서도 괴물을 완전히 봉인하려면 능력을 가진 사람 여럿을 모아 의식을 치러야 하는데, 둘째도 그런 능력을 가진 사람 중 하나라는 것이었다.

수와 린은 괴물 안에 살면서, 그런 사람들을 찾아 여기저기를 떠돌아다니는 중이었다. 이 안에서는 무엇이든 만들어낼 수 있을 정도로 괴물을 잘 다루게 되었지만, 떠날 수는 없었다. 가끔 수와 린이 요구하지 않아도 괴물이 어딘가에 멈추는 일이 있는데, 그곳에는 가능성을 가진 사람이 있었다. 물론 가끔 아닐 때도 있지만.

"전 셋째라고 생각했어요. 능력도 가지고 있고, 원래 셋째가 괴물을 알아보기도 했고……. 완전히 하나가 될 뻔한 것도 셋째잖아요."

"셋째는 그냥 능력이 강한 거예요. 감정의 폭도 강렬했고. 그래서 괴물이 영향을 받은 거죠. 더 연결되어 있었으면 아마 괴물이 더 커지면서 우리 제어를 벗어나거나, 셋째를 삼켜버렸을 거예요. 하지만 둘째는 쏟는 게 아니라 교감할 수 있었던 거니까 달라요."

"그러니까 이번에 우리가 여기 온 이유는 너였던 거야."

길지 않은 생, 사실 굉장히 오래 살아온 듯한 생을 살아오면서 처음으로 듣는 말 같았다. 너무 황홀한 나머지 눈을 반짝였던 모양이다. 린은 둘째를 안으며 크게 웃었다.

"너 진짜 기쁘구나?"

"당연하죠! 이런 말 처음 들어요! 나여야 한다는 말이잖아요!"

"으이구, 귀엽기는. 이거 그렇게 좋은 말만은 아니거든?"

"그러면 둘째는 우리와 헤어져야 해요?"

첫째가 옆에서 걱정스레 물었다. 그 말에 둘째는 정신

을 차렸다.

"그런 거예요?"

"걱정할 필요 없어. 예약 같은 거야."

"예약?"

"너는 계속 네 인생을 살아. 이렇게 어딘가에 봉인되는 일 말고도 네가 잘할 수 있고 하고 싶은 것을 찾고 자유롭게 사는 거야. 그리고 준비가 되었다고 생각할 때, 아니면 다른 길이 남지 않았을 때에는 여기로 오기로 약속하는 거지."

"정말 예약 비슷하네요……."

"마음이 변해도 괜찮아. 하지만 마음 변했는데도 아무 말도 하지 않으면 안 돼. 예약 믿고 장사하다가 우리 망한다구."

이제는 린의 주책도 다 괜찮았다. 그 주책 뒤에 뭔가 의도가 있을 거라 의심할 때에는 한도 끝도 없이 수상했지만, 아무것도 없다는 걸 알자 그냥 좋았다. 모든 게.

×

둘째가 깨어서 이 모든 이야기를 들었을 때에는 이미 괴물은 달의 궤도 위에 숨은 상태라고 했다. 그때 괴물의 정체를 짐작했다면 더 큰 병력을 보냈을 텐데, 아마도 남매를 추적했거나 건물이 수상하다는 정도의 사안으로 판단하고 보낸 것 같다는 것이 수의 추측이었다. 어느 쪽이건 그때 몰려온 경찰로봇들과 전투복의 모든 기능을 마비시켜놓고 '튀었'으므로 그 뒤의 일은 알지 못한다고도 했다.

"알고 싶다면 통신을 해킹하거나, 아예 되돌아가서······."
"사양하겠습니다."

첫째와 둘째가 동시에 거절해서 그 이야기는 그냥 웃음 뒤로 묻기로 했다.

수와 린은 원래 가려던 곳으로 갈 것인지, 아니면 새로운 곳으로 갈 것인지를 정하라고 했다. 셋은 의논 끝에 새로운 곳으로 가기로 했다. 의외로 셋째가 가장 강력하게 주장했다. 자신만 다르게 사는 곳에 가고 싶지 않다고, 고생하더라도 셋이 함께하자고 했다. 첫째와 둘째는 놀랍고 기쁜 마음으로 그 주장에 찬성했다. 수와 린은 적당한 곳을 찾아보겠다며 우주도를 펼치고 이곳저곳에 통신을 보내기도 하면서 한동안 시간을 보냈다.

드디어 출발하여, 정말로 우주로 들어섰을 때 린이 셋을 불렀다.

"재미있는 거 보여줄게."

린은 아예 우주 속에 있는 것처럼 주위를 모두 투명하게 만들었다. 까만 하늘 중앙에 반쯤은 푸르고 반쯤은 썩은 듯 회색빛으로 삭아 가는 것처럼 보이는 구 하나가 떠 있었다. 완전한 구도 아니고 금방이라도 모서리가 생겨

닳아떨어질 것처럼 위태로운 모양새였다.

  린이 중얼거렸다.

  "이상하다, 1000년 전에만 해도 예뻤는데."

  "저게 뭐예요?"

  뭔가 불길한 예감에 둘째는 첫째와 셋째 사이로 들어가 팔짱을 꼈다. 린이 대수롭지 않게 말했다.

  "너희 말로 지구."

∥ 에필로그: 너울 ∥

김창규

× '일광욕의 날'로부터 20년 8개월 그리고 보름 후 ×

 그가 교진에게 거인으로 불러도 좋다고 말한 뒤 적지 않은 날이 흘렀다.
 교진이 아무리 텔레파시에 능해도 거인과 소통하는 것은 쉽지 않았다. 언어는 문제가 없었다. 가마솥에서 3분 동안 대화했던 박사의 말에 따르면, 거인은 분명히 사람의 언어를 쓸 수 있었다. 혹은 듣는 사람이 제 언어로 인식할 수 있도록 자신의 뜻을 전달할 수 있었다. 박사의 뇌에 복사되었다가 교진이 꺼내 온 거인의 사념체도 마찬가지였다.
 문제는 거인이란 호칭을 허락한 뒤 그가 완전히 침묵을 지킨다는 점이었다.
 교진은 모든 방법을 써보았다. 말을 걸기에는 꿈속이 더 쉬울 거라는 생각에 일주일 동안 거의 잠만 자보기도 했고, 자신의 두뇌를 자극하기 위해 사흘 동안 아이스크림만 먹으며 지방과 당분을 섭취하기도 했다. 텔레파시 능력을 한창 강화하던 시절처럼 좌선하는 자세로 앉아 마음에서 모든 욕망을 쫓아내고 무욕공허의 상태를 유지하기도 했다.
 그래도 거인은 응답하지 않았다.
 교진은 점점 지쳐갔지만 포기할 수는 없었다. 센트럴을 파괴하려면 그들보다 우월한 위치에 서야 했다. 개인이 센트럴 같은 거대 조직과 싸우려면 그들에게 없는 정보를 손에 넣는 방법 밖에 없었지만, 센트럴은 월면의 모든 정보를 손에 쥐고 있었다. 그들이 완전히 장악하지 못한 정보는 단 하나, 외계인에 대한 지식이었다.

센트럴도 교진의 계획을 어느 정도 알고 있었다. 하지만 교진이 이길 가능성은 전혀 없다고 생각했기 때문에 그가 무슨 짓을 하든 막지 않았다. 오히려 센트럴의 취약점을 찾아내는 탐지기로 교진을 활용하겠다는 것이 센트럴의 계산이었다.

패를 숨길 수 없었던 장기판에서 교진은 마침내 센트럴이 침범할 수 없는 단 하나의 금고, 즉 머릿속에 거인을 가두는 데에 성공했지만 이제는 자신도 함께 그 속에 갇힌 꼴이나 다름없었다.

교진은 방문을 열고 나가 고향인 법성시를 여기저기 쏘다니기 시작했다. 그리고 지나가는 사람들의 생각을 막무가내로 뒤져서 거인에게 중계했다. 그를 자극할 수 있는 키워드가 자신에게 없다면 남의 것이라도 빌려서 써보자는 심산이었다.

교진은 법성시 유흥가에서 자신이 경험해보지 못한 육체적 욕구를 모아 거인에게 전달했다. 매일 같이 생계를 유지하느라 허덕이는 빈민부터 법성시 최고 부자에 이르기까지 모든 이의 심리 상태를 중계했다. 학자로부터 운동선수를 거쳐 회계사와 요리사 보조 등 생각해낼 수 있는 모든 직업의 자부심과 좌절감을 머릿속에 있는 미지의 존재에게 건네 보기도 했다.

거인은 꿈쩍도 하지 않았다.

한 달을 방황한 끝에 더 이상 아무 수단을 생각해 낼 수 없었던 교진은 그저 내키는 대로 걷다가 법성시 돔벽과 맞닿은 한적한 거리에 도달했다.

그의 텔레파시 망에 숫자 하나가 걸려들었다.

8.7.

평상시에는 텔레파시 능력을 완전히 개방하고 돌아다니는 일이 없었다. 아무 관계없는 수많은 이의 상념이 마구잡이로 들어오고 나가기 때문이었다. 그 상념의 상당수는 숫자였고, 숫자의 뒤에는 항상 화폐 단위가 따라붙었다.

8.7.

하지만 월면도시에서 사용하는 돈의 단위에는 소수점이 붙지 않았다.

교진은 8.7을 고집스럽게 되뇌는 상념의 주인을 향해 걸었다. 거리가 점점 좁아지는지 8.7과 연관된 단위가 떠오르기 시작했다.

'8.7분.'

교진이 굽잇길을 지나자 상대의 생각이 더 또렷해졌다.

'8.7분이 도대체 뭘 의미하는 거지? 내가 생각하는 게 맞는 걸까?'

마침내 교진은 8.7의 근원에 도달했다. 아무리 나이를 높게 가늠해도 중학생은 아닌 것으로 보이는 아이가 여러 번 재활용할 수 있는 합성종이 위에 무언가를 열심히 썼다가 지우고 있었다.

교진은 아이가 놀라지 않도록 일부러 인기척을 내고 다가갔다.

"고민이라도 있어?"

아이는 깜짝 놀라면서 종이를 접었다.

교진은 텔레파시 능력을 힘껏 펼쳐 아이의 두뇌를 훑어보았지만 8.7과 관련되는 사고의 궤적을 파악하기가 힘들었다. 텔레파시는 현실의 사물과 직접 연결되는 생각이라면 완전히 읽어낼 수 있었지만 언어에 의존하지 않는 추상적인 사고는 쉽게 파악할 수 없었다.

어쩔 수 없이 상대와 대화를 나눠 알아내야 한다는 뜻이었다. 교진은 아이가 눈치채지 않도록 한숨을 쉬고, 그의 머릿속에서 경계심을 조금 지웠다.

아이는 긴장이 조금 풀어진 얼굴로 고개를 끄덕였다.

"난 교진이라고 하는데 넌 이름이 뭐야?"

아이가 곁에 앉는 교진을 올려다보면서 대답했다.

"유성이에요. 최유성."

"뭘 열심히 적으면서 고민하던데 나한테 얘기해 봐. 누가 알아? 도와줄 수 있을지."

유성은 20여 미터쯤 떨어진 곳에서 달의 바깥 환경과

자신을 완전히 차단하고 있는 법성시의 벽을 바라보았다.

"돔벽이 거대한 스크린이라는 건 알고 있죠?"

교진이 고개를 끄덕였다.

"적어도 내가 너보다 먼저 그 사실을 알았겠지? 나이가 많으니까."

"그럼 벽이 투명해지는 때가 있다는 것도 알아요?"

교진은 유성의 시선을 따라 돔벽을 쳐다보면서 기억을 더듬어보았다.

"맞아, 그랬지. 하늘을 보고 싶어하는 사람들을 위해 산책 구역에서 벽을 투명화하지. 열흘에 한 번이었나? 안 본 지 오래 돼서 잊고 살았지만. 그런데 그게 뭐?"

"난 벽이 투명해질 때마다 여기 와서 밖을 구경하거든요."

교진은 참을성 있게 물어보았다.

"그래봐야 뻔한 풍경이잖아. 까만 하늘과 별과 흙밖에 더 있어? 차라리 시내 쪽이 훨씬 재밌지."

유성이 입술을 삐죽 내밀었다.

"아저씨도 다른 애들하고 똑같네요. 난 태양을 보러 여기 와요. 애들하고 노래를 부르고 뛰어다니는 것보다 태양을 보는 게 더 좋아요."

바로 그 순간 교진은 머릿속에 들어 있는 거인의 사념체가 꿈틀거리는 것을 느꼈다.

"이유가 뭐지?"

유성이 고개를 갸웃거렸다.

"이유요? 그냥…… 태양을 보고 있으면 모든 걸 잊을 수 있어요. 엄마 잔소리도, 시비를 거는 반 애들도요. 그러다가 어느 날 이상한 걸 알게 됐어요."

유성은 오른쪽에 내려놓았던 가방을 뒤져 눈금이 새겨진 막대를 꺼냈다. 막대의 한쪽 끝에는 사각형 판자가 붙어 있었다. 유성은 판자를 아래쪽으로 하고 막대를 세웠다.

교진은 돌바닥에 오래 전에 만든 것으로 보이는 기다란 홈이 돌바닥에 새겨져 있다는 사실을 깨달았다. 유성은 그 홈과 판자의 한 면을 일치시켰다.

숱한 노력에도 아무 반응이 없던 거인이 드디어 움직였기 때문에 교진은 흥분한 상태로 물었다.

"뭐가 이상하다는 거지?"

유성이 손가락을 들어 돔벽을 가리켰다.

"저 벽이 투명해지고 태양빛이 들어온다고 생각해보세요. 그럼 이쪽엔 뭐가 생길까요?"

"막대의 그림자?"

"맞아요. 학교에서 배운 대로라면 달은 태양 주위를 공전하잖아요? 그리고 자전하죠. 자전 주기는 29.5일이고요."

"그런데?"

"그런데 정말 달이 단순하게 태양 주위를 공전한다면 29.5일일 수가 없어요. 그것보다 시간이 덜 걸려야 해요."

교진은 솔직하게 말할 수밖에 없었다.

"난 무슨 소리인지 모르겠는데."

"아, 정말."

유성이 주먹으로 제 가슴을 치더니 접어 두었던 종이를 펴고 그림을 그리기 시작했다. 그는 작은 동그라미를 그려 놓고 태양이라고 적은 다음 달의 공전 궤도를 그렸다.

"자, 봐요. 공전 주기가 1년이니까 1년 뒤에 달이 똑같은 자리에 온다는 건 알겠죠? 그럼 달 위에 있는 물체의 그림자 방향과 길이도 1년 뒤에는 정확히 같아야 한다고요."

"그거야 당연하잖아."

"그런데 실제로는 안 그렇다고요!"

유성은 종이를 몇 장 넘기더니 여러 숫자가 반복적으로 적힌 부분을 내밀었다.

"난 열 살 때부터 열흘마다 이 자리에 와서 이 막대기의 그림자 길이와 방향을 기록했어요. 그리고 계산을 해봤어요. 그랬더니 태양의 위치에 각도로 8.7분만큼 차이가 있었어요. 학교에서 가르치는 게 맞는다면 그래서는 안 되거든요."

교진은 자신의 두 귀 사이에 있는 한 지점에서 속삭이는 소리를 들었다.

'이 아이를 잘 봐두어라.'

의심할 바 없이 거인의 목소리였다.

교진이 떨리는 목소리로 물었다.

"왜 8.7분만큼 차이가 생길까? 그 이유도 알아냈어?"

"이유는 모르겠어요. 왜냐면, 순전히 계산만 해보자

면, 이게 말이 안 되는데요……."

유성은 교진이 경계심을 낮춰두었는데도 불구하고 조금 망설이다가 또 다른 종이를 꺼냈다. 그 종이에는 방금 유성이 그린 것과 크게 차이가 나는 그림이 있었다. 두 번째 그림에서는 달이 태양 주위를 돌지 않고, 태양을 중심으로 공전하는 또 다른 천체의 주변을 돌고 있었다.

"학교에서는 달과 태양의 거리가 1억 5천만 킬로미터라고 했거든요. 태양이 8.7분만큼 너울거리려면 대략…… 달이 반지름 38만 킬로미터인 원을 그리면서 무언가의 주변을 돌아야 말이 돼요. 그리고 더 이상한 건요. 우리가 살고 있는 월면이 항상 이 정체불명의 물체와 반대되는 방향을 바라보면서 돌아야 해요."

유성은 잠깐 말을 멈췄다가 덧붙였다.

"그래서 그 물체를 달의 하늘에서 볼 수 없는 거예요."

유성의 등 뒤에 누군가가 서 있었다. 교진은 눈을 들지 않아도 그게 누구인지 알 수 있었다. 가마솥에서 빠져나온 그날, 자신의 방에서 술상 맞은편에 서 있던 그 존재, 바로 거인의 사념체였다.

교진은 유성이 듣지 못하는 텔레파시로 거인에게 물었다.

'유성이의 어머니도 일광욕의 영향을 받았어?'

거인은 대답하지 않았다.

'엄청나게 높은 지능이 유성이의 초능력이지?'

거인은 그 물음에도 반응하지 않았다.

'이 빌어먹…….'

교진은 자신도 모르게 텔레파시로 변환된 욕을 끊고 고쳐 물었다.

'난 이 아이를 어떡하면 좋지?'

갑자기 날아온 거인의 말이 교진의 두개골을 흔들었다.

'센트럴을 부수는 것만이 네 목표라면 그 질문의 답은 알 수 없을 것이다!'

그 말과 함께 거인은 자취를 감췄다.

교진은 거인이 남기고 간 대답의 의미를 생각해보았다. 센트럴을 부수는 것 이외의 다른 목표. 거인이 유성의 생각에만 반응했던 이유. 유성이 알아낸 사실.

그건 지구의 존재였다. 센트럴 위원 중에서도 고령자만 알고 있는 행성. 교진도 텔레파시로 훔쳐본 단편적인 정보만 알고 있는 행성. 센트럴 위원들의 불투명한 기억에 따르면, 지구는 끈끈한 인력과 피로 물든 과거로 달과 연결되어 있었다. 그렇다면 월면인의 미래도 지구와 관계가 있을 것이다. 지구에 사람이 살고 있다면 더욱 더.

물론 유성은 아직 말 그대로 '불명의 천체'로 알 뿐이었지만, 논리적으로 그게 분명히 존재해야한다는 점을 조금도 의심하지 않고 있었다.

그리고 거인은 지구의 존재를 월면인 모두에게 알리라고 종용하고 있었다. 센트럴이 붕괴하고 교진이 복수를 완수한 다음에라도.

그 점을 깨닫자 교진이 할 일은 분명해졌다.

"유성아."

"예?"

"이걸 학교 선생님이나 친구한테 얘기했어?"

"아뇨. 안 그래도 놀림감을 찾느라 눈이 벌건 애들한테 어떻게 얘기해요."

"넌 지금 누구하고 살아?"

"엄마하고 둘이 살아요."

"그럼 어머니가 세상에서 제일 소중하겠네?"

"그걸 말이라고 해요?"

"네가 그 이상한 물체에 대해 다른 사람에게 얘기하는 순간 너와 네 어머니는 끌려갈 거야. 아주 단단하고 차가운 벽 너머로. 그리고 두 번 다시 돌아오지 못할 거야."

유성의 눈이 커졌다.

"누가 끌고 간다는 거예요?"

"센트럴이."

당황하면서 커졌던 유성의 동공이 공포로 오므라들었다.

교진은 텔레파시로 유성의 전적인 신뢰를 즉시 얻을 수도 있었다. 하지만 경계심을 낮춘 것 이상으로 그의 마음을 조작하고 싶지는 않았다. 누구든 인생에 있어서 중요한 결정은 스스로 내려야 하는 법이었다.

교진이 두 손을 내밀었다.

"자, 넌 이제 내 손을 잡아야 해. 반드시 한 손만 잡을 수 있어. 오른손을 잡으면 넌 8.7분을 잊고, 죽을 때까지 학교 선생의 말이 맞는다고 믿으면서, 어머니와 행복하게 살게 될 거야. 그 대신 네가 발견한 그 물체에 대해 완전히 잊을 거야. 만약 왼손을 잡으면 넌 어머니와 두 번 다시 같은 집에서 못 살 거야. 네 어머니는 네가 사라졌다고 실종 신고를 하겠지만 영원히 못 찾을 거야. 내가 너를 숨길 테니까. 그 대신 나는 그 괴상한 물체의 이름을 네게 알려줄 거야. 그러면 너는 나와 함께 물체의 정체를 조사할 수 있을 거야. 그리고 나와 함께 떠돌면서 그 물체의 이름을 월면인 모두에게 알리는 힘겨운 싸움을 하게 될 거야. 어쩌면 그러다가 센트럴에게 죽을지도 몰라."

교진은 유성의 눈을 똑바로 노려보며 말했다.

"골라."

유성이 물었다.

"지금요?"

"응."

유성은 불투명한 돔벽을 쳐다보고, 어머니가 있는 집 쪽을 바라보고, 6년 동안 늘 품고 다녔던 막대를 내려다보고, 마지막으로 교진의 두 손에 눈길을 주었다.

"왼손을 잡고 엄마에게 작별 인사만 하고 오면 안 되나요?"

교진은 허락하고 싶었다. 유성의 마음을 누구보다 잘 이해했기 때문이다. 타협의 여지가 없는 두 개의 앞날 중

하나를 선택하든, 센트럴의 실험 때문에 사별하든, 어머니와 헤어져야 하는 아이의 아픔이란 뿌리를 공유하고 있었다. 그리고 교진은 어머니에게 제대로 인사를 할 수 없었다.

"넌 똑똑하니까 생각해 봐. 어머니가 안전하려면 네가 사라진 이유를 모르는 편이 좋을까, 아는 편이 좋을까?"

유성의 머릿속에서 수많은 저울이 팔을 마주 잡고 파도치기 시작했다. 저울 접시에는 어머니가 있었고, 자신을 따돌리는 친구와 선생이 있었고, 삶의 원동력인 호기심과 이별의 아픔이 있었고, 별의 움직임과 태양과 수학이 있었고, 빛과 어둠을 지배한다는 무시무시한 센트럴이 있었고, 이상하게 친밀감이 느껴지기 시작하는 교진이 있었고, 삶과 죽음이 있었다. 이윽고 저울들이 진동하더니 제각기 떨어져 나가고는 보이지 않는 계단에서 높낮이를 정했다. 유성은 저울의 높이에 일정 수치를 부여하고, 자신만 알아볼 수 있는 관계식을 만들고, 평상시 자신이 상상하던 미래와 교진이 제시한 앞날이 얼마나 다른지 정량화한 다음, 상수로 만들어 그 식에 더했다.

교진은 유성의 생각이 너무 빨라 실시간으로 따라잡기를 포기했다. 텔레파시 능력을 주도적으로 사용한 이래 처음 있는 일이었다.

유성은 눈에 맺힌 눈물이 마르기 전에 계산을 끝냈다.

그리고 교진의 왼손을 잡았다. 교진은 유성이 머리로

완성한 관계식의 우변을 들여다보았다. 그 자리에는 '엄마가 다치지 않는 최선의 방법'이라고 적혀 있었다.

교진은 유성의 어깨에 손을 얹고 그와 함께 걷기 시작했다. 유성에게 가르칠 것이 아주 많았지만 서두르지는 않을 생각이었다. 거인은 복수가 아니라 진실과 미래를 생각하라고 말했다. 수많은 사람의 운명을 걱정하고 다른 문차일드와 힘을 합치라고 말했다.

그러려면 아주 긴 시간이 필요했다.

×추천사×
새로운 신화의 무대

고호관 작가
『우주로 가는 문, 달』, 『아직은 끝이 아니야』

예로부터 달은 상상력의 원천이었다. 별빛을 압도하며 밤하늘을 가로지르는 밝은 천체. 매일 같이 모양이 변하는 수수께끼 같은 모습은 문명이 발전하기 이전부터 사람들의 상상력을 자극했을 게 분명하다. 달의 기원이나 규칙적인 움직임, 그리고 큰 충격을 안겨주었을 일식과 월식을 설명하기 위해 옛날 사람들은 신화나 민담을 만들었다. 지구에서 달에 관한 신화나 민담 하나 없는 지역은 없을 것이다.

그러나 20세기에 인간이 달에 발을 디디면서 신화 속 달의 이미지는 완전히 깨져 버렸다. 직접 가본 달은 황무지였다. 공기도, 물도, 당연히 생명체도 없는 불모의 땅이었다. 그렇게 달은 신화의 영역에서 현실로 내려왔다. 그 뒤로 달을 둘러싼 상상력은 옛날보다 현실에 가까워졌다.

그런 상상력 속에서 달은 대개 우주 진출의 교두보다. 더 먼 우주로 나가기 위해 한 번 찍고 가야 하는 발판 정도가 달의 지위다. 아무리 도시를 짓고 이주해 살아도 지구를 대신할 새로운 고향이라는 느낌까지는 잘 들지 않는다. 지구에 종속된 위성이라는 한계 때문일까. 사실 고개만 들면 보이는 푸른 지구의 존재감을 무시하기는 어려울 것이다.

<월면도시: 일광욕의 날>은 그런 점에서 새롭게 다가왔다. 여러 작가가 참여해 쓴 이 단편 시리즈는 이미 지구가 역사를 넘어 전설 속의 존재가 되고 있는 시대를 배경으로 한다. 과거에 지구에서 건너온 이들은 선주민이라고 불린다. 지구와 달은 과거 모종의 이유로 전쟁을 벌였고, 그 결과 지구는 멸망한 듯이 보인다. 달의 뒷면에 있는 도시에 사는 주민들이 아는 세상은 달이 전부다. 지구의 존재는 숨겨져 있다.

달에 자리 잡은 세상은 과학과 신화가 혼재된 것처럼 보이는 새로운 곳이다. 그리고 이곳에서 달을 거점으로 새로 시작하는 인류의 이야기가 펼쳐진다. 안드로이드와 유전자 조작으로 만든 수인, 초능력을 지닌 문차일드 등이 어우러져 사는 세상에서 각각의 단편은 저마다 개성 있는 이야기를 들려준다. 똑같은 배경으로 펼쳐지지만, 판타지와 호러, 하드보일드 등이 가미된 참여 작가들의 스타일을 보는 재미도 쏠쏠하다.

그렇게 한 편씩 읽어나갈 때마다 달의 비밀을 가리고 있던 천이 한 꺼풀씩 벗겨진다. 달의 지하에는 과연 무엇이 있을까? 일광욕의 날에 무슨 일이 벌어졌던 것일까? 아직까지는 고작 몇 꺼풀밖에 벗겨지지 않았다. 앞으로 시리즈가 이어지면서 밝혀지겠지만, 달에는 인류의 미래를 좌우할 비밀이 있다. 이제 새로운 인류 신화의 무대는 달이 되는 것이다.

×추천사×

곽재식
『SF 크로스 미래과학』, 『지상 최대의 내기』, 『우리가 과학을 사랑하는 법』

한 사람은 한 사람의 관점만 갖고 있을 수밖에 없다. 나는 지금 내가 보고 있는 것을 보고, 지금 내가 듣고 있는 것을 듣고, 지금 내가 느끼고 있는 것을 느끼고 경험할 수밖에 없다. 사람은 그렇다. 그렇지만 실제 세상은 내가 느끼고 경험하는 것 이상이다. 현재, 내가 아닌 다른 사람들은 나와는 다른 것을 보고 듣고 느끼며 다른 경험을 하고 있다.

어떤 사람은 이런 일을 두고 '인간의 숙명적 고독'이라고 부르기도 했다. 그렇지만 영화나 소설에서는 이런 한계를 인식하면서 그것을 극복해 나가는 방식이 새로운 재미를 불러오기도 했다. 여러 사람의 시점을 오가면서 서로 다른 사건을 펼쳐 보이는 이야기들은 한 사람이 한 사람의 관점으로만 보는 경험을 넘어서서, 여러 시각과 여러 경험이 동시에 펼쳐진다는 사실을 드러내 보이며 세상과 세상을 대하는 사람의 낯선 다양함을 보여준다.

바로 지금 이 문장을 읽는 몇 초 간의 순간에도 지구

의 수많은 사람들 중 누군가는 시험에 합격했다는 성취감에 기뻐하고 있을 것이고, 누군가는 병실에서 고통과 싸우며 괴로워하고 있을 것이다. 누군가는 다른 누군가에게 쫓기며 도망치고 있을 것이고, 어떤 사람은 무료함을 달래며 왜 이렇게 세상이 심심하냐며 먼 산을 보고 있을 것이다. 우리가 설령 두 개의 눈으로 보고 두 개의 귀로 듣는 한계에 갇혀 있더라도, 세상은 항상 그렇게 여러 곳에서 여러 눈이 보고 여러 귀가 듣고 있는 다양한 사건이 맞물려 어울리며 움직인다.

이 책 <월면도시: 일광욕의 날>에는 바로 그런 모습이 들어 있다. 나는 그것이 이 책의 가장 재미 있는 점이라고 생각한다.

이 책에서는 달 표면 위에 건설된 도시에서 벌어지고 있는 여러 가지 일들을 여러 작가들이 각자 좋아하는 방식대로 꾸며서 전해준다. 도시를 장악하고 있는 부유한 가문에서 벌어지고 있는 내밀한 싸움을 다루는 이야기에서, 도시 뒷골목 범죄자들의 이야기까지 다양한 계층의 사람들이 다양한 장소에서 벌이는 사건들이 진행된다. 이 사건들은 달 도시들의 비밀과 거기에서 연결된 뒷이야기들을 통해 서로 이어져 있기도 하며, 서로 간접적인 방식으로 통하고 있기도 하다. 그렇게 해서 서로 다른 이야기들이 마치 실제로 자리 잡고 있는 진짜 도시 속, 여러 사람들의 엮인 실제처럼 다가온다.

특히나 이야기들이 한 명의 작가가 혼자서 짜맞춘 것이 아니라는 점은 이 묘한 재미를 더욱 돋우고 있다. 서로 다른 성향으로 다른 목적의 이야기를 들려주고 있는 여러 작가들이 함께 만든 이야기이기에 말 그대로 서로 다른 사람의 이야기로 책은 완성되어 있다. 그렇기 때문에 서로 다른 사람들이 겪는 각자의 경험이 모여 하나의 역사, 하나의 세상을 만들어 낸다는 그 신비한 느낌이 더욱 생생하게 살아났다.

한편으로는 이 책의 소설 속에서 느낄 수 있는 사이버 펑크 SF의 즐거움이 이런 신비와 잘 맞아 떨어진다는 점도 마음에 와 닿는다.

과거에 사이버 펑크로 분류되던 SF들은 암울한 미래를 다루는 것들이 많았다. 이런 소설들은 과학이 발전하고 기술이 개발되면 행복하고 살기 좋을 줄만 알았던 미래가 사실은 괴롭고 울적할 수도 있다는 사실을 지적했다. 그렇게 해서 역으로 꼬여 있는 독특한 느낌이 사이버 펑크의 주류였으며, 눈길을 끄는 특징이었다.

그러나 이미 유명한 사이버 펑크 SF들이 과거의 문화 상품 속에 잔뜩 쌓여 있는 2020년의 지금은 오히려 그런 울적한 미래상이야 말로 모두가 예전부터 보아온 익숙한 유물인 시점이다. 그러니 이런 시대에 즐기는 이 책 속의 이야기들은 아늑하고 친숙한 읽을 거리로도 어울린다고 생각한다.

애니메이션이나 영화에서 자주 만나 익숙하던 느낌의 주인공들이 저마다 다른 각도로 우주 공간 너머에 있는 미래 도시 한 쪽을 헤맨다. 그러면서 각자 새로운 수수께끼를 던지고, 독자가 그 진상을 궁금해 하여 책장을 넘기게 만들고, 그 과정에서 이 도시의 이상한 사정들을 하나 둘 밝혀 가며 독자를 책 속 세상으로 더욱 끌어 당긴다. 그러니, 여러 작가들이 힘을 합쳐 만들어 낸 다른 세상의 틈 사이에서 내가 상상하고 내가 채워 넣는 나만의 이야기를 떠올려 보는 또 하나의 즐거움도 자연히 더해간다.

×추천사×

박상준 대표
(서울SF아카이브 대표)

이 이야기들을 읽으면서 문득 20년 넘게 묻어두었던 아쉬움이 녹아내리는 걸 느꼈다. 오래 전 SF동인들과 함께 단편 창작 릴레이 프로젝트를 시작했다가 몇 사람 못가서 중단되었던 기억이다.

<월면도시: 일광욕의 날>은 그간 접했던 비슷한 국내 연작집들 중에서 단연 돋보이는 흡인력을 지녔다. 거인이나 문차일드, 센트럴 등의 설정은 각각 그 자체로 호기심이 마구 치솟는다. 읽는 동안 어느새 머릿속으로 나만의 에피소드를 구상하고 있는 걸 깨닫는 즐거운 경험도 했다. 같은 세계관이지만 에피소드마다 서로 다른 작가의 개성이 드러나는 점도 각별한 재미를 더한다.

근 미래에 인류가 실제로 진출하게 될 달의 세계를 배경으로 캐릭터와 미스터리가 빚어내는 멋진 칵테일.

<익스팬스>나 <문라이트 마일> 같은 빛나는 SF드라마 시리즈로 만들어지기에 모자람이 없다. 이제 우리나라에서도 전 세계의 SF팬들이 공감할 수 있는 SF드라마가 나올 때가 되었다. 바로 그런 기대에 충분히 부응할 수 있는 멋진 책이다.

SF팬들과 이 책의 독후감을 나누고 싶은 마음이 식질 않는다.
벌써부터 시즌 2가 기다려진다.

× 추천사 ×

오동진 영화평론가

모든 SF소설의 상상력은 여기서 끝났다 싶으면 나오고 이제 더 이상은 없다 싶을 때 나오곤 한다. 아이작 아시모프가 <파운데이션>으로 그 단순하면서도 불가해(不可解)한 로봇 3원칙을 만들었을 때가 그랬고 필립 K. 딕의 <안드로이드는 전기양의 꿈을 꾸는가?>가 그랬다. 더 이상의 SF소설은 없을 법했다. 요즘엔 테드 창의 <당신 인생의 이야기>가 해당 사항이던가.

다수의 작가가 단편의 형식으로 참여한 <월면도시> 시즌1은 옴니버스인 양 각각 연결돼 있는 듯, 별개로 독립돼 있는 단편 7편으로 돼있다. SF소설이 그렇듯 대체로다 디스토피아적인데 여기에 누아르와 호러, 하드보일드, 역사, 과학을 뒤섞었다. 모든 단편들이 다 영화의 장르적 특질로 연결돼 있다는 얘기다. 기본적으로는 수잔 콜린스의 <헝거 게임 1, 2, 3>의 구조를 차용한다. 지배체제인 센트럴이 있고 그 밑으로 12개의 월면도시가 있는데 여기에 반군들이 존재하고 있으며, 달의 시대에 태어난 돌연변이 문차일드들이 있다. <헝거 게임>과 구조는 비슷하지만 사건의 전개 과정은 아주 다르며 무엇보다 소년소녀의 영웅주의 따위란 없다. 세계관은 <블레이드 러너>급으로 디스토피아적이고 다크(dark)하다.

달의 시대에 이른 만큼 지구는 사라졌으며, 지구란 행성이 없어졌다는 사실조차 전설화 돼 사라진 지 오래인데, 누군가 혹은 어떤 정치세력=센트럴이 그 전설을 통치와 통제의 기제(機制)로 사용하고 있는 중이다. 그런데 또 누군가들은 여기에 저항하고 있는데 소설의 주인공들은 그들을 찾아서 제재를 가하려고 하거나(<재현>의 경관 마크) 미래세계에서조차 가장 미스터리한 화두가 되는 '영생(永生)'의 매개체를 찾으려는 와중에 서로를 의심하고 그럼으로써 분열된다(<진시황의 바다>의 캐릭터들). 어떤 존재들은 하층에서 살아가면서 기이한 사건에 휘말리기도 하는데(<하드보일드와 블루베리타르트>의 뱀과 토끼 수인 캐릭터) 개인적으로는 이 에피소드가 가장 특이하게 보였다. 아마도 미래세계에는 인간과 동물의 DNA를 합성한 새로운 존재들, 곧 수인(獸人)이 생겨나는 모양이고 이 에피소드에서는 그런 부류들의 삶을 하드보일드 풍으로 그려 나가고 있다. 뱀 수인인 주인공 '나'는 마치 로만 폴란스키의 영화 <차이나 타운>의 잭 니콜슨을 닮아 있다. 생각해 보면 잭 니콜슨의 눈빛은 종종 뱀처럼 야비하게 빛날 때가 많다. 그건 흉계와 통찰의 중간쯤 되는 색깔이다. 인간이 동물의 본능적 야성(野性)에 너지를 흡수하고 싶어 해왔다는 것은(토끼처럼 잘 듣고 뱀처럼 유연하게 공간을 활용하며 사자처럼 파괴력을 갖고 싶어하는 것 등등) 오래 된 얘기이며 궁극적으로는 프랑켄슈타인형(型) 인조인간을 만들고자 하는 창조 욕구 때문이다. 이건 신의 영역에 도전하고자 하는 아주 오래 된 인간의 오만한 욕망을 비유하는 것이기도 하다. 따라서 이 에피소드는 아주 쉽고 재미있게 진행되지만 인간 존재론에 대한 무시할 수 없는 상상력을 지니고 있다는 점에서 흥미롭다. 게다가 자꾸 뱀 수인의 미끌미끌한 모습이 떠올려지는 기이한 판타지의 맛이 나쁘지 않다. 당신은 다시 태어난다면 뱀을 택할 것인가, 토끼를 택할 것인가, 아니면 사자를 택할 것인가.

<월면 도시: 일광욕의 날>은 모든 SF 창작품이 그런 것처럼 먼 미래의 얘기를 하는 척 사실은 지금 당장 눈앞의 현안들, 인간들이 어쩌지 못하는 현실세계의 문제들을 나열해 낸다. 여기엔 체제와 이데올로기, 전체와 개인, 이성과 욕망, 진실과 거짓의 문제가 뒤얽힌다. 단편이라서 띄엄띄엄 보게 될 수도 있겠으나 하나를 다 보면 그 다음 얘기가 궁금해져서 곧 바로 다음으로 이어지는 식이다. 독파의 진행 속도가 남다른 리듬이어서 바이러스 유행으로 인한 타의의 고독과 단절이 요구되는 시대에 시간 보내기가 제격인 작품이다.

모두들 조금씩 이상한 채 살아 간다. 사실 정상들이 아니다. 이런 상상력을 지니고 그걸 글로 풀어 쓰는 작가들

은 더 그렇다. 나만 이상한 생각을 하며 살아가는 게 아니라는 걸 역설적으로 확인시켜 준다는 점에서 SF는 '안심(안도)과 공존의 장르'이기도 하다. 달의 시대에도 외경(外經, 비공식 경전)이 있다고 한다. 달의 성경이 지구의 그것과 다를진대 외경은 또 어떠할까. 궁금하고 또 궁금할지어다.

◊

부록

◆ 월면도시 연대기

◆ 1969
◊ NASA(미국 항공우주국)의 유인우주선 아폴로 11호 지구 최초로 달 표면 착륙.

× 선장, 닐 암스트롱은 달을 밟은 최초의 지구인이 되었고 조종사, 버즈 올드린은 달을 밟은 두 번째 지구인이 되었다.

◆ 2019
◊ CNSA(중국 국가항천국)의 달 탐사선 창어(嫦娥) 4호 지구 최초로 달 뒷면 착륙. 무인 달 탐사 차량 '위투(玉兎) 2호'와 함께 달 표면 토양 성분 및 지층 구조 분석 진행.

◆ 2025
◊ 중국의 탐사선, '진시황의 바다'라 칭한 달 뒷면의 바다 지역 심층 조사 착수.

× 달의 바다란, 어두운 현무암질의 넓고 편평한 지대를 의미한다.

◆ 2027
◊ 중국의 탐사선, '진시황의 바다'에서 정체불명의 에너지원이 매립된 위치 발견.

◆ 2028
◊ 중국, 훗날 광산도시로 개발될 구역의 외곽 지역에 갱도 구획 설계 착수.
◊ CNSA(중국 국가항천국), NASA(미국 항공우주국), ESA(유럽 우주국) 등 세계 주요 우주 당국들이 달 앞면에 공동 연구기지 설치 합의.

◆ 2030
◊ 세계 주요 열강의 과학자 및 엔지니어들이 달 표면 임시 기지에 입주.
◊ 본격적인 달 개발 및 정착을 위해 유전자 조합 및 세포 배양을 통한 비순수인 생산 그리고 다양한 적응 실험 진행키로 합의.
◊ 지구의 각 문화권에서 경쟁적으로 비순수인 및 사이보그 실험 개시.

◆ 2033
◊ 훗날 폐허도시가 되는 달 뒷면 북쪽 지역에 비순수인 생산 공장 설치 및 프로토타입 생산 개시.

× 생산 공장에서는 비인도적 실험의 과열로 다양한 돌연변이가 발생하였고 돌연변이 격리 구역은 점차 확대되어 도시를 폐허로 만들었고 다른 달 지역과 전혀 다른 생태계가 형성되다.

◆ 2035
◊ '진시황의 바다' 지하에서 정체불명의 거신상 발견. 거신상이 존재하는 지하 거대 동굴을 '요람'이라 명명.
◊ 정체불명의 에너지원의 근원이 거신상임을 밝히고 에너지 추출 연구 개시.

◆ 2037
◊ 지구로부터 1차 달 이주민들 이주(부유층, 지식인, 정치가 등).

◆ 2039

◇ 거신상의 활용과 관련하여, 달에 먼저 와 연구를 진행 중이던 과학자, 엔지니어들과 지구의 정치가들 사이에 갈등이 점화되고 달 연구 기지 내에서도 의견 대립 발생.

◇ 지구의 정치가들 그리고 달 연구 기지 내 유력 인사들을 대상으로 한 투표를 통해 거신상의 에너지원을 추출하기 이전에 요람에 대한 심층 연구를 진행키로 합의.

◆ 2040

◇ 광산도시 '선경과 중앙도시' 계획.

× 이때의 중앙도시는 훗날 구 중앙도시격인 '올드타운'으로 쇠퇴한다.

◆ 2041 ~ 2098 월면도시 1기 개척 시대

월면도시의 처음이자 마지막 평화의 시기이며
이 기간 동안 비순수인들은 순수인과 동등한 인권을 보장 받았다.

◆ 2099

◇ 지구의 에너지 고갈 및 환경 문제로 인해 거신상 활용 이슈 재점화.

◆ 2101

◇ 지구의 유력 인사들과 비공식기구인 달 개척위원회가 치열한 논의와 투표를 진행해 '거신상 활용' 결정.

◇ 반대 입장이었던 달 개척위원회는 온건파와 강경파로 분열. 강경파는 달에 거주하는 찬성파를 축출하고 지구를 상대로 한 결별 전쟁을 주장.

◆ 2102

◇ 온건파의 반대에도 불구하고 강경파는 반란군을 규합해 결별 전쟁 개전.

◆ 2102~2109 결별 전쟁(또는 7년 전쟁)

강경파는 거신상의 힘을 바탕으로 지구에 대항하였고 온건파들 또한 이 대열에 합류할 수밖에 없었으나 일부 온건파들은 비순수인들과 함께 평화적 해결을 위한 달 내부의 레지스탕스 활동을 펼치기도 했다.

◆ 2109

- ◊ 달과 지구 사이의 통신망 단절.
  - × 정확한 원인은 규명되지 않았으나 강경파에서 거신상을 활용한 공격을 지구에 가했을 것으로 추정.
- ◊ 달, 지구로부터 독립. 지구에서의 보급 및 공격이 사라졌고, 강경파는 지구 쪽 앞면의 시설을 폐쇄한 뒤 주요 기관 및 시설을 달 뒷면으로 이주시켰으며 센트럴위원회를 발족.
  - × 이때 남아 있던 찬성파들과 온건파들은 대부분 숙청 당했으며, 간신히 살아남은 이들은 지하로 숨어들었다.
- ◊ 센트럴위원회는 온건파를 지지했던 비순수인들이 존재했었다는 이유로 북쪽 비순수인 연구도시 완전 폐쇄.
- ◊ 센트럴위원회는 첫 번째 사업으로 달의 역사에서 지구를 지우는 역사 연구 사업 착수.

◆ 2110 : 센트럴위원회 발족 (센트럴력 1년)

- ◊ 센트럴의 강력한 리더십 하에 주요 교통수단인 문트레인을 포함한 달 뒷면의 월면도시 계획, 개발 착수.
- ◊ 기존 중앙도시를 버리고 신 중앙도시 계획, 개발 추진. 구 중앙도시는 '올드타운'으로 명명.

◆ 2115

- ◊ 중앙도시(신 중앙도시), 자유무역도시 완공.

◆ 2118

- ◊ 중앙도시의 세 가문(펄, 체페슈, 브렘), 정치적 이유로 격리 조치. 위성도시 '마레' 개발 착수.

◆ 2120

- ◊ 감호도시 '가마솥' 완공.
- ◊ 안드로이드 및 사이보그 연구소 개설.

◆ 2125

- ◊ 중앙도시의 베드타운으로서 위성도시인 주거 타운 완공.
- ◊ 중앙도시, 올드타운, 자유무역도시, 선경, 가마솥에 더해 7개의 도시가 더 만들어졌고 열두 개의 주요 도시 체계 확립.
- ◊ 더불어 주요 도시 주변에 다양한 위성도시 계획, 개발 진행.

◆ 2130

- ◊ 도시 간 교통수단인 문트레인 개통. 열두 개의 주요 도시 및 다양한 위성도시까지 오갈 수 있는 월면도시의 대표적 교통수단이자 센트럴의 강력한 통치 도구로서 활용.

◆ 2131 ~ 2231 센트럴 문화통치 시대

센트럴의 주도로 자본, 편의, 쾌락을 유통시킴으로써 두 번째 평화의 시대를
맞이하였으나 그것은 겉모습에 지나지 않았다. 각 도시의 자율성은 보장된 듯
했으나 어디까지나 센트럴의 보호와 감시하에 가능한 것이었다.
센트럴은 지구의 잔재 및 결별 전쟁과 관련된 이야기들을 강력히 제재하였으며
지하에 숨어들었던 레지스탕스들의 후예를 색출하기 위한 노력을 기울였다.

◆ 2231 : 일광욕의 날(센트럴력 122년)

◊ '일광욕의 날' 도착.

× '일광욕의 날'로부터 얼마 전, 세 명의 센트럴 위원은 요람에서 거인을 만났고 그들의 요청으로 거인은 일광욕을 수락했다. 그 날, 광산도시 '선경'에서 가장 큰 레지스탕스 활동이 있었다. 일명 서복의 후예들이 반란을 일으켰으나 진압되었다.

× 위성도시 '마레'에서는 세 가문의 후계자가 학살되었고, '올드타운'에서는 수인들의 반란이 일어났다. 그리고 비밀을 알고 있던 '박사'가 체포되어 그의 뇌만 입감되었다.

◆ 2233 : 3기 센트럴 무력통치의 시대

◊ '센트럴'과 각 월면도시 간 협정 체결. 조사국 설치, 문트레인 운행 체계 수정.

× 조사국의 설치 목적은 '일광욕의 날'로 인해 탄생할 순수인 돌연변이인 문차일드를 색출하기 위한 것이었으며, 지하로 숨어들어 간 레지스탕스들의 계승 세력, 이른 바 반란군에 대한 토벌 강화 목적도 있었다.

× 또한 공식 교통수단인 문트레인을 열두 차로 대폭 축소하였으며 도시 간 이동은 반드시 센트럴을 거치도록 하였다.

× 주요 도시와 위성도시 간 이동은 매우 제한적인 것으로 바뀌었고 허가된 월로버 혹은 트랙커에 허가된 인원만 태울 수 있었다.

× 센트럴이 가장 두려워하는 것은 반란군과 문차일드의 연대였다.

◆ 2237

◊ 문차일드의 등장. 초능력을 가진 이가 처음으로 센트럴 조사국에게 발각된 사건.

◆ 2240

◊ 문차일드 연구소 개소. 어린 문차일드들을 찾아내 각종 실험을 진행할 목적으로 설립.

◆ 2251

◊ 조사국의 재조사. 진시황의 바다 지하에서 생체 신호 감지

◆ 2252(센트럴력 141년~142년) - 현재.

월면도시 시즌1의 시간적 배경

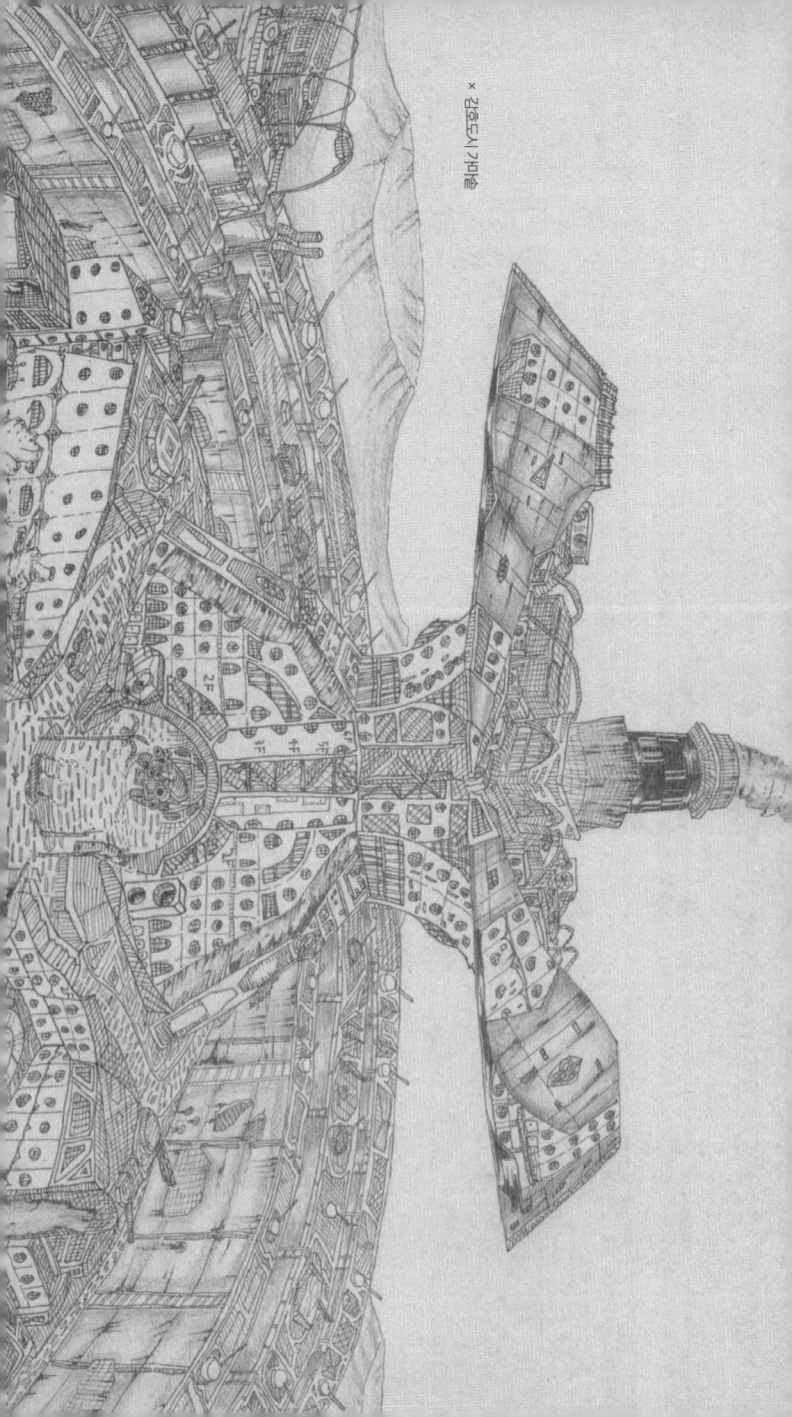

※ 건축도시기예술

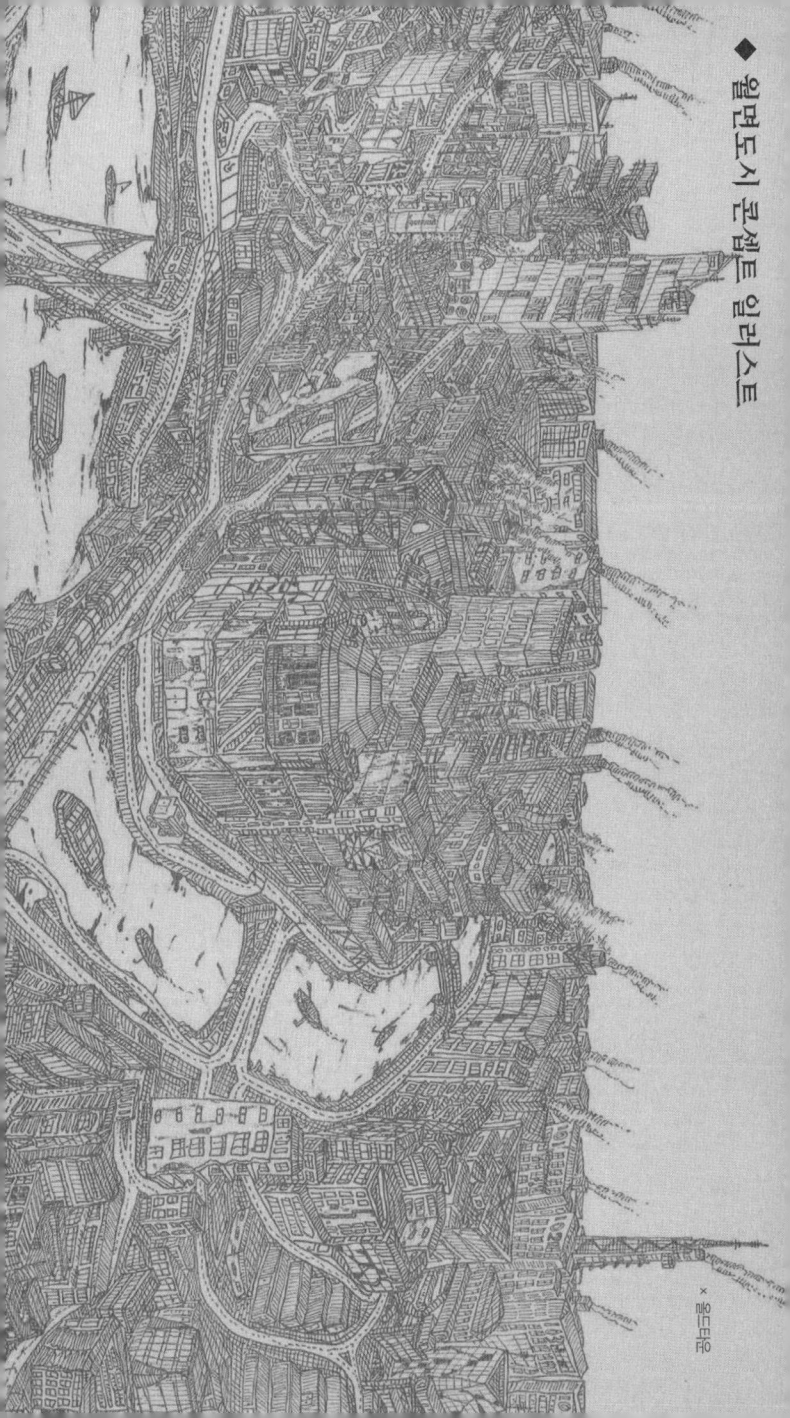

◆ 펼면도시 콘셉트 일러스트

× 올드타운

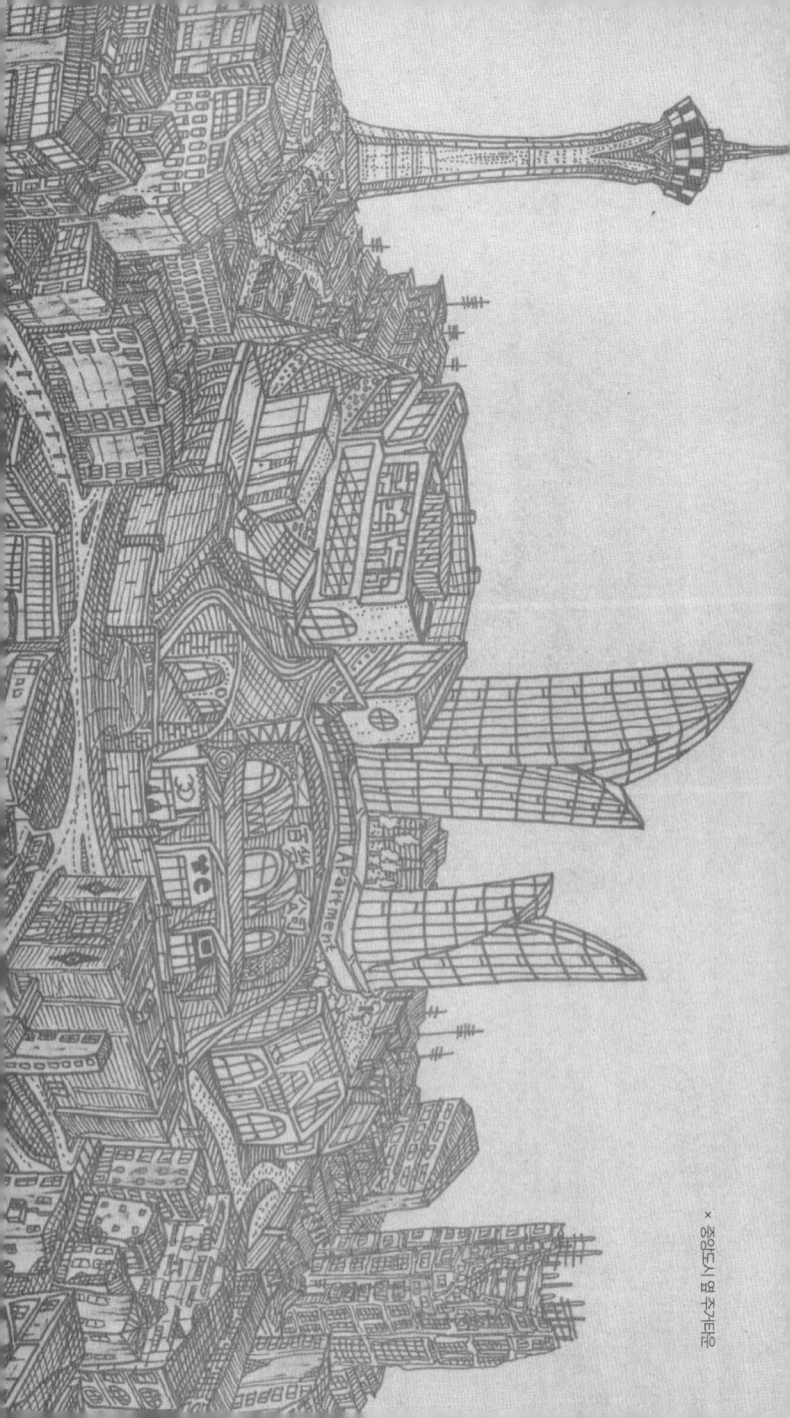

※ 중앙도시 옆 주거단지

× 위성도시 파리

월면도시 PART1: 일광욕의 날

초판발행	2020년 4월 21일
ISBN	979-11-88660-48-3
지은이	김동식 김선민 김창규 정명섭 최지혜 홍지운
발행인	김희재
기획	판게아 조민욱
편집	박혜림 조민욱 추태영
마케팅	박초아
편집디자인	박초아
표지일러스트	박선엽
내지일러스트	신기원 신기준
발행처	㈜올댓스토리
출판등록	2009년 11월 23일 제2009-000151호
주소	서울특별시 강남구 강남대로94길 67, 호전빌딩 503호
연락처	02-564-6922
팩스	02-766-6922
이메일	cabinet@allthatstory.co.kr
홈페이지	http://storycabinet.net

· 캐비넷은 ㈜올댓스토리의 임프린트입니다.
· 이 책의 판권은 지은이와 캐비넷에 있습니다.
· 이 책 내용의 전부 또는 일부를 재사용하려면 반드시 양측의 동의를 얻어야 합니다.
· 잘못된 책은 구입처에서 바꾸어 드립니다.